Luisa Valenzuela

COLA DE LAGARTIJA

—Novela—

LUISA VALENZUELA

Cola de lagartija

BRUGUERA

Queda hecho el depósito
que indica la ley 11.723
ISBN 950-561-038-6

1ª edición: noviembre, 1983
2ª edición: diciembre, 1983
Impreso en los Talleres Gráficos Indugraf
Mendoza 1523, Lanús Oeste (Prov. Bs. As.)
República Argentina

EL UNO

Advertencia

—Eso no puede escribirse

—Se escribirá a pesar nuestro. El Brujo dijo alguna vez que él hablaba con el pensamiento. Habría que intentar darle la palabra, a ver si logramos entender algo de todo este horror.

—Es una historia demasiado dolorosa y reciente. Incomprensible. Incontable.

—Se echará mano a todos los recursos: el humor negro, el sarcasmo, el grotesco. Se mitificará en grande, como corresponde.

—Podría ser peligroso

—Peligrosísimo. Se usará la sangre

—La sangre la usan ellos

—Claro. Le daremos un papel protagónico. Nuestra arma es la letra.

1981

La profecía

Correrá un
(quién pudiera alcanzarlo)
Correrá un río de sangre
(seré yo quien abra las compuertas)
río de sangre
(fluir constante de mi permanencia en ésta)
de sangre
(¡eso sí que me gusta!)
(sangre, rojo color de lo suntuoso, acompañándome siempre, siempre para ador(n)arme)
y
¡basta! la conjunción copulativa me da asco
y Vendrán Veinte Años de Paz
—veinte años no es nada
—lo que vendrá puede ser postergado para siempre
—la paz ni la menciono, es el estatismo, es lo que congela, lo que no me concierne y no me considera.

Voy a cercenar la vieja profecía y el río seguirá corriendo para siempre por mi obra y mi gracia. Correrá un río de sangre al compás de mis propios instrumentos

El acordeón

Desde mi más tierna infancia el acordeón me despierta esta especie de hormigueo y es como si perdiera el norte pero gano la calma. La flauta en cambio no, la flauta me pone alerta. Y no hablemos de tambores, los tambores son algo bien distinto y haré sonar tambores a lo largo y lo ancho de mi vida —cuando no recurra al bombo, cuando no recurra al bombo y eso sí que será esplendoroso.

¿Dije a lo largo, dije a lo ancho, dije *mi* vida? Qué estupidez. Uno acaba aplicando los lugares comunes de los otros como si uno fuera igual, como si pudiera tratarse de humanas dimensiones cuando a uno lo impregna lo infinito, eterno, aquello que lo abarca todo y es a la vez todo. Soy el Inmanente, soy la sal de la vida.

Así es y no me justifico. Si nunca (otra de las palabrejas de las que abomino) me he justificado antes no veo por qué habría de hacerlo ahora cuando por fin hemos logrado —con mi hermana Estrella, mi hermana que está en mí— aceptar plenamente la grandeza. Fue como irnos armando con arena: aceptar granito a granito de grandeza hasta configurar este nuestro único cuerpo. Y hoy, hechos por completo de arena, de la pura grandeza, el tiempo ya no pasa para nos, y la barba que me he dejado crecer es una barba digna, de profeta —no es disfraz ni ocultamiento como han insinuado algunos de los pocos elegidos que aún tienen el enorme privilegio de poder contemplar nuestra persona.

Vienen a consultarme.

Vienen a consultarnos, a mi hermana y a mí, aunque todos ignoran el Secreto. Nadie nunca jamás (tralalá, de nuevo esta engañosa medición del tiempo, como si el tiempo contara para nosotros) me ha visto sin ropa y por lo tanto nadie tralalá la ha visto a ella. Salvo aquel hombre, aquél que la reconoció y la bautizó y le dio el beso. Aquel hombre, el ex-maestro, por suerte ya no pertenece más al reino de los vivos. Fue su/mi único beso de verdad. El Beso.

Otras muy distintas fueron alguna vez mis enamoradas. Todas aquellas simultáneas en rendirme homenaje. Ahora las he erradicado de mi mundo, por osadas, por diminutas y tenaces, las he exiliado de mi mundo que remeda el de ellas, pero mientras navego en mi isla de juncos ocurre algunas veces que los vientos me hacen pasar no lejos de su actual territorio y me pongo a observarlas con los largavistas. A ellas no alcanzo a verlas —diminutas y rojas como son— pero veo sus moradas, los tacurús, altos castillos con torres y almenas y mazmorras y diminutas celdas. Algo aprendí de ellas aunque no merecieron mi respeto. Una única hembra mereció tamaña distinción y ésa cuando la conocí ya estaba muerta. Menos mal. Me salvé de caer en la temporalidad del amor o del deseo.

Las hormigas en cambio supieron de mí en vida y me reconocieron. Yo tan tierno entonces, respondiendo al acordeón y a las siestas. Dicen que mi madre gritó el doble al nacer yo y después se murió para siempre: no le quedaba otra cosa por hacer en este mundo. Dicen que ese día fue un día tan idéntico a los otros que nadie —ni mi madre— pudo reconocerlo y no fue para menos: desde mi nacimiento supe del inapreciable arte de la simulación y el mimetismo. Por eso algo más adelante mi cuna fue un cajón de frutas colgado de una rama y yo fui la flor Milhombres durante largos días. Amarillo dorado con pintitas rojas, yo fui la flor Milhombres mientras los no iluminados hablaban de sarampión y me daban brebajes.

Harina con agua. Mi madrina preparaba fideos, hacía guiso carrero y no más lo deglutía y digería. Venían después unas siestas muy largas, aplastantes, y yo con dos años apenas cuando el tiempo para mí era aún mensurable solía escaparle a esas siestas y al sonido tan triste del acordeón en las cocinas —casi como un lamento— y me iba por el lado de la risa. La tierra crujiente reseca por el sol agrietándose en sonrisas para mí, abriéndose en carcajadas hasta llegar a los tacurús, esos castillos. Y las hormigas tan diminutas, rojas, ¿por qué tenían castillos y yo no? A mi hermana aún no la sabía pero creo que fue mi hermana, que habría de llamarse Estrella, la que me dio la idea. El escozor lo sentí precisamente allí donde ella mora —entre mis piernas— y atendiendo a ese escozor inauguré la costumbre de instalarme en la cumbre de los castillos. No el castillo más alto aquella vez, todavía no alcanzaba, pero elegí uno como hecho a mi medida y me senté sobre el castillo y desmoroné el castillo. En realidad un hormiguero pero fue mi primer castillo y las hormigas me reconocieron como era lógico suponer y me cubrieron del rojo suntuoso de ellas mismas y resplandecí y vibré bajo el sol de la siesta. Un manto de hormigas coloradas, el más bello que he tenido jamás, el más vivo con antenas pulsátiles y gran estremecimiento en cada uno de sus pliegues, sus puntadas. Intenté más adelante repetir lo del manto vivo pero todo lo que hasta mí llegó y sigue llegando está ya muerto, aunque todavía tibio. El manto de serpientes que alguien sugirió una vez lo deseché por viscoso, inconstitucional. El primero fue un manto de amor y de respeto: no me picó ni una sola de estas hormigas devoradoras de hombres. Se hermanaron conmigo. Tan lustrosas, ceñidas, austeras, ágiles, nerviosas, sabiendo a ciencia cierta qué quieren y, lo que es más, a quién quieren.

En mi pubertad también yo supe a quién querer. Cuando me bajaron para siempre los testículos y mi hermana Estrella, aún desconocida, se quejó por primera y única vez antes de encontrar su cálido acomodo en medio de mis dos huevos.

—Manuel tiene tres pelotas, Manuel tiene tres pelotas, chilló en cierta oportunidad el opa Eulogio y fue lo único que chilló en su vida. Enseguida volvió a perder el habla y recuperó su mirada perdida de tarado. Como en aquel entonces yo todavía no me llamaba Manuel no me importó mucho. Más bien lo viví como un elogio. Lo que ahora denomino *el elogio de Eulogio*. El homenaje a Estrella hecho por un opa mudo que sólo habló para señalarla. Mi primer milagro.

Se lo conté muchas veces al Generalisísimo, variando eso sí algo el texto. Los milagros pueden ser elásticos y el Generalís comprendía esas cosas aunque para otras hay que reconocer que era un poco obtuso (por eso fallé en mi último intento con él y no pude devolverlo a la vida: por su pertinaz obcecación) (Toda la luz que quise brindarle y él sólo la recibió en vagos resplandores...) Pero el Generalisísimo es secundario, ya hablaré de él cuando le llegue el turno. Por ahora y siempre el turno es mío, le cederé una pizquita cuando a mí se me antoje o quizá cuando Estrella lo reclame con fuerza. Ella lo amó, creo, aunque siempre tuvo la delicadeza de tratar de ocultarlo.

Volviendo al milagro, le solía narrar al Generalís

que el Eulogio gritó —sus únicas palabras, su única emisión humana:

—El Manuel tiene aureola, el Manuel tiene aureola.

o

—El Manuel es un santo, el Manuel es un santo

o, más cerca de la verdad (si eso existe, si hay verdad excluyente):

—El Manuel tiene tres... marcas en la frente.

El Generalís no perdía su tiempo en vanas interpretaciones, solía aceptar las palabras al pie de la letra y los hechos como se le iban presentando, cosa que constituyó siempre su gran sabiduría.

Estrella en cambio, no. Estrella lo discute todo, lo analiza vivisecciona e interpreta. Metafóricamente hablando, claro está. Ella es la metáfora viva.

Estrella. La que fue descubierta por las hormigas coloradas. Fue la única que conoció las mazmorras de hormigas, sus túneles secretos donde maman la vida. Yo me senté sobre el castillo de hormigas y destruí el castillo. Ella quedó colgando dentro de las entrañas del castillo —yo me había quitado toda la ropa en esa siesta para penetrar el mundo de castillos, sin saberlo ya sabía que el verdadero ropaje sería el manto pulsátil. Gracias a lo cual Estrella, cuya existencia yo aún ignoraba, penetró los derrumbados dominios de la hormiga y supo su secreto y charló con la reina. Simples circunstancias que la llevaron a *ser* la reina y a mí que la involucró su dios omnipotente.

Ahora sé: las hormigas son sabias y también temerarias o quizá viceversa o también viceversa. Por eso mismo. La sabiduría las lleva a la temeridad, la temeridad a la sabiduría, en cíclico camino de vaivén ignorado por la mayoría de los tristes mortales que le tienen terror pánico al conocimiento y se niegan a jugarse el pellejo para poder alcanzarlo. Ellas no. Ellas saben que para alcanzar el conocimiento hay que pagar un precio y están dispuestas a todo. Muchísimas se pierden en la busca, hormigueros enteros llegan a descontrolarse y a armar las estructuras más insólitas, más bellamente inútiles y fatales. Pero las hormigas son seres inferiores: necesitan la droga. Ahora lo sé. Aunque creo que siempre lo supe por intermedio de Estrella. Las hormigas tienen criaderos de pulgones a los que ordeñan como si fueran vacas, se amamantan de los pulgones y se embriagan y saben. Como bien me habré embriagado yo, a los dos años de edad, por inconfesable vía, y desde entonces supe. No. Todo lo contrario: las hormigas libaron de mí y por eso no me devoraron vivo, y desde entonces supieron. Sus castillos los tacurús son desde entonces mucho más enhiestos y majestuosos.

Yo soy superior. Yo no necesito drogas aunque a veces las comparto con los otros por pura sociabilidad por no parecer distinto. Y por mantener en funcionamiento mi negocio: yo produzco la droga —no ya por los poros sino en forma industrial— para que también los otros alcancen aunque sean en fugaces destellos un poco de esta luz que me ilumina.

Para mi uso personal yo *soy* la droga, la droga soy yo y las hormigas libaron de mis poros, de mis más privados intersticios, razón por la cual siento que no les he robado nada al construir éste mi castillo subterráneo con túneles y pasajes, puentes y pasarelas, mazmorras y cárceles y esos respiraderos como torrecillas que vistas desde el aire parecen un campo de tacurús.

Puede que alguna hormiga osada, *in illo tempore*, haya hecho su hogar en mi persona para dictarme, tantos años después, la forma de los túneles y de los respiradores y mantenerme así fuera del alcance de la vista de aquellos que me buscan para acabar conmigo.

Un campo de tacurús es mi castillo visto del suelo para arriba. Del suelo para arriba se ve tan poca cosa...

Tacurús sabios, tubos por los que penetra el viento para que en todo mi laberíntico castillo suene música. De gimiente acordeón más que de órgano. Acordeón de las añoradas siestas infantiles, castillo subterráneo, eólico, milagro que muchas veces celebro bebiendo una copita del mejor ácido fórmico.

Hablé de mi isla flotante y hablé de mi castillo en tierra —bajo tierra—. Soy así de versátil y soy dueño también de todos los paisajes.

¿Por qué volví al terruño? me preguntan los pocos que tienen acceso a mi persona y saben de los riesgos que mi vuelta implica. Porque yo soy mi terruño, estoy —estamos, no he de olvidarla a Estrella aunque nunca la mencione en público— hecho de esta arena finísima y purísima. Soy —somos— como el cristal: de una sola pieza, y no me engaño.

Los otros, los que se supone son mis enemigos, no pueden actuar sin mí y me consultan. Usando intermediarios, dando todo tipo de rodeos, pero igual me consultan y yo les sigo el juego: me hago el que no sé y me oculto de esa gente del gobierno, sólo permito que emisarios disfrazados me encuentren, me transformo y me entrego a las metamorfosis más complejas para impedir que me encuentren permitiendo siempre que me encuentren y alentando los resultados. Me importa manejar los hilos aunque nunca aparezca mi nombre en los periódicos. He borrado mi nombre, sólo muy de vez en cuando alguien atina a llamarme don Manuel y yo no lo estimulo para nada, la opinión pública no me interesa en lo más mínimo y prefiero que crean lo que creen: que me he vuelto invisible, que me ha tragado la tierra. Oficialmente nadie puede encontrarme, ni los gendarmes, ni la policía de mi país, a pesar de que una vez fueron mis colegas y conocen mis mañas, ni Interpol ni la CIA ni el FBI ni la KGB ni ninguna de esas siglas que fueron especialmente creadas para no encontrarme.

Soy invisible por dos razones a cual más meritoria:

—sé camuflarme bajo sus propias narices

—me he vuelto imprescindible para los que imparten las órdenes.

Capital. Noche

—Te digo que es un tipo peligroso.

—Qué va. Es un pobre loco, se cree el ministro aquél de Bienestar Social ¿te acordás? hace mil años. Ese que era brujo.

—¿Se creerá, realmente? ¿No lo será de veras?

—No. A ése lo liquidaron los militares enseguida del golpe. Qué lo iban a dejar salir con vida, ese tipo era una amenaza para ellos, sabía demasiado. Y a éste lo dejan pastar tranquilo, hasta le permiten hacer la payasada de pretender esconderse cuando todo el mundo sabe que anda por ahí pavoneándose por los Esteros. Parece que hay quienes lo veneran y le llevan ofrendas.

—Claro, la gente del gobierno

—Sos una exagerada, Rulitos. De acuerdo que los militares son unos animales, pero animales más o menos racionales. No se andan con brujerías.

—Las cosas que últimamente ocurren son de la más pura brujería, no me lo vas a negar

—Esta desgracia se repite cada tanto en la historia de la humanidad. Se llama fascismo.

—No tenía por qué ocurrirnos a nosotros. Un pueblo alfabetizado, brillante, trabajador, pacífico

—Son contingencias socio-económicas. Contra las que hay que luchar. No contra brujerías inexistentes.

—Pienso que ustedes no harían mal en darse una vueltita por los Esteros. En una de esas aclaran algo. ¿Cómo es que se llama el hombre?

—Dicen que Manuel o Daniel. Un nombre común. Pero también le dicen Gurí, Eulogio, Estrella, Seisdedos, el Serruchero, Hormiga Roja

Los tambores

No hay caso, son infradotados, no más, siempre lo he dicho. Ahora creen que me van a encontrar en los Esteros. Me encuentran si yo quiero. Tengo mi propio país interior, un país de la mente donde me refugio a mi antojo y al que nadie llega. Sé que en la Capital se ha vuelto a hablar de mí y ha habido algunos trascendidos que me ubican en un punto geográfico. Que vengan a buscarme, no más. Soy un submarino de la mente, me sumerjo a voluntad los observo con mi periscopio secreto y si se acercan puedo enloquecerlos con un redoble de tambores.

Algo serio, los tambores. Son la fuerza del mundo más allá de las fronteras. Tambores, atabaques, congas, redoblantes, bongós, tumbadoras, marugas, guaguas, güiros, tamboriles, huehuetes, tablas. Esos. Nada de bombos que como ya lo he dicho pertenecen a otra región de mi historia. De los tambores recibo la fuerza y les devuelvo la fuerza a los tambores, triplicada. El parche de mi piel resuena, Estrella late en pulsaciones furiosas, yo me revuelco y vibro como si las manos de diez tamborileros negros estuvieran tañéndome. Veinte manos de palmas azuladas y algo frías estimulándome con la dulce intensidad de la que sólo son capaces esas manos.

Tendré que volver. Voy a volver.

Por tres días con sus noches se preparó para el viaje y lanzó sus llamadas. Concentrándose ante su propio altar que era un gran espejo emitió ondas mentales para que vinieran a buscarlo fuera de fecha, emitió también ciertas ondas herzianas de frecuencia privada y se puso la túnica blanca a la espera del crepúsculo.

A la hora indicada se encendió una doble hilera de falsos tacurús para señalar la pista y la avioneta aterrizó sin contratiempos.

—Voy a aprovechar para cargar la mercadería, le

dijo el piloto. Vamos a tener que volar muy alto, ahí está el equipo de oxígeno por si hace falta.

—Despreocúpese. Yo *siempre* vuelo alto.

La ancha cinta del río les señaló la frontera, y a los pocos kilómetros el piloto detectó la otra pista clandestina. Un aterrizaje casi a ciegas y el Cessna volvió a cobrar altura dejándolo a él solo en medio de la selva y a una cierta distancia del terreiro.

Se vio forzado a caminar en la oscuridad creciente, siguiendo la picada en medio de la selva. La túnica blanca se le fue tiñendo con la tierra colorada y las manchas de sudor se hicieron coágulos. Quizá por eso, quizá por otras señales más secretas, al llegar al terreiro donde se desarrollaba la ceremonia de quimbanda provocó el alarido.

¡Eshú! ¡Eshú! gritó la hija de santo ya posesa, contorsionándose bajo el enorme mantel blanco que los demás tendían a la altura del pecho.

¡Eshúuuu! fue el alarido general cuando él puso su primer pie en la ronça, y aunque era más bien grito de espanto él se esponjó de gusto. Los toques de atabaque cambiaron, empezó el llamado a Eshú, frenético, la hija de santo redobló sus convulsiones tratando de quitársela a Oshalá del cuerpo. Había que hacerle lugar a Eshú aunque el turno de Eshú ya había pasado.

Qué placer para él, el ser reconocido en su aspecto más oscuro, diabólico, el ser así aclamado aunque fuera con miedo, nunca ser bienvenido.

Unas gotas de sangre empezaron a caer pesadamente sobre el blanquísimo mantel y le dibujaron flores. Nadie se preguntó de dónde vendrían las gotas, el trance se fue apoderando de todos poco a poco y hombres y mujeres se lanzaron al ruedo y comenzaron a retorcerse con el dolor del baile, a gemir como parturientas, a vibrar y a sacudirse. Y él hierático en el centro del círculo de danzantes respirando hondo y sintiéndose elevar mientras los atabaques rugen de furia y ya no se ven las manos de los batidores y el padre de santo lo nimba con el pestilente humo de su charuto. Alguien le alcanza una botella de aguardiente y él empieza a girar sobre sus talones y a rociar con aguardiente a todas las hijas de santo que bailan a su alrededor y se desmembran.

Shangó no baja, Iemanyá no baja a pesar de los llamados. Y los caballos galopan, piafan, corcovean los caballos de los santos sin espíritu que los monte porque Eshú se ha apoderado de la fiesta y es el desenfreno.

Aquí estoy y me elevo
Me desdoblo
algo de mí se eleva por los aires mientras los bailarines abajo se desgarran yo no estoy entre ellos yo soy allá arriba un puntito de luz que brilla condescendiente y titila al compás de los tambores
soy ella, soy Estrella allá arriba y aquí abajo soy yo por encima de todos
los estrujo y bendigo
los tolero y los amo
los inundo y GRITO
grito sin que nadie me oiga. Me purifico y vivo los
tiempos más remotos.

Con peso de tres pelotas nadie puede arrastrarse por la tierra sin sentirse distinto. El opa Eulogio gritó y gracias a ese grito yo fui el Otro, el señalado ¿Quién puede reprocharme el haberme desvestido ante un opa y una niñita de 24 dedos? Ella era Seisdedos y ese mismo día se partió el embalsado y Seisdedos se me fue a la deriva. Eulogio volvió a perder el habla y a mí nunca nadie me llamó Tripeloto aunque todos supieron —me encargué bien de eso— que yo era distinto. Superior. Completo.

Para evitar preguntas abandonó al Eulogio en la desolación del embalsado y solito se fue impulsando el bote hacia donde debía estar la tierra firme. En medio de la laguna la pértiga no tocó fondo y tuvo que ponerse a remar aunque no sabía hacerlo. Giró mucho en redondo, fue su propio remolino, pasó una noche entera en medio del agua y por fin llegó al lugar donde acaban los esteros y pudo echarse a caminar, primero con el agua a la rodilla, después chapoteando en el barro y por fin en seco oh tan seco que a los tres días de marcha añoró el agua, la brillante laguna. Cuando por fin alcanzó el gran río ni le prestó atención. Sólo supo que debía cruzarlo y no precisamente a nado; reconoció su anchura, su amenaza.

Del otro lado del río, cruzada la frontera, se encontró por fin con aquél que parecía esperarlo.

El que habría de ser maestro antes de verse degradado a la humillante condición de paria tenía en su casa un cartel que decía *Dejad que los niños vengan a mí* y él que entonces era niño se consideró llamado. Jura que nunca notó lo que estaba escrito debajo, con letra más pequeña: *de espaldas*.

Entró de frente, con la ídem bien alta y sus tres pelotas como quien dice en la mano. Las puso sobre la mesa, como quien dice, para inquirir sobre ese fenómeno.

El maestro se hincó ante él y le besó la supernumeraria. Hermana pelota, musitó, hermana, hermana. Y fue así como nuestro hombre entró en contacto con Estrella, a través del beso del maestro.

Estrella, su hermana gemela, la que en el vientre materno eligió incorporarse a él, permanecer para siempre a su abrigo.

El maestro lo inició a él en los tambores y a ella le puso un nombre: Estrella de la Mañana. Fue un bautizo lleno de emoción no limitado a sus partes pudendas que de alguna forma le colmó todo el cuerpo, lo inundó de temblores.

El maestro, impresionado por las palabras de Eulogio, lo llamó a él Manuel y lo invistió con sus primeras galas blancas, una túnica recamada en perlas y alborotada de puntillas.

—Manuel, pareces una novia, le dijo el maestro entre suspiros, y él aceptó sin vacilar el dudoso cumplido intuyendo que se trataba de su propio casamiento con la recién bautizada Estrella de la Mañana, para él Estrella de todo el día y de la noche, Estrella de la vida. Que ella te guíe, se repetiría a lo largo de los años, y ella dócilmente lo guiaría por su intrincado camino a lo largo de pantanos y de ciénagas. El maestro, sin entender muy bien que se estaba cavando su propia fosa, fue el padrino de ambos: besó al novio, a la novia y también un poquito más arriba y más abajo.

Se inició así la iniciación y empezaron los rituales junto con el lento aprendizaje de recetas: la preparación de perfumes propiciatorios, el jabón de las siete potencias, los talismanes a favor y en contra del mal de ojo, las hierbas de enamorar, los inciensos para la limpia y su contracara, el pestilente ungüento para las salaciones.

Algunas recetas las aprendió demasiado bien y otras no tanto. Ciertos perfumes como el de Venus siempre le salieron volátiles y algo rancios. Pero creó novísimas fórmulas que le depararon un sitial de honor —algo tenebroso, son fórmulas oscuras— entre los iniciados del mundo entero.

La fórmula de la esencia que abre las puertas del secreto maldito fue su máxima especialidad y ésa no se la transmitió jamás a nadie, la reservó para su uso privado y algunas veces obtuvo grandes satisfacciones. Muy buenos resultados supo darle esta fórmula en vida del Generalisísimo, cuando no sólo los poderes esotéricos sino también los terrenales pasaban por sus manos.

Ahora no quiero poderes terrenales, ahora estoy en otra busca y me aboco a la protección del huevo místico mientras Estrella se eleva por su cuenta y centellea, diáfana. Estrella tan mujer tan mía titila sólo para mí y sólo yo puedo verla. Por ahora nos entregamos al juego de la paciencia y trabajamos duro pero algún día obtendremos el fruto de nuestro matrimonio y será un fruto tan pero tan perfecto que no habrá necesidad de ningún otro ser en este mundo. No necesitaremos a nadie ni siquiera para tañer tambores. Los tambores son ahora y no cuando llegue el tiempo sin medida en el que seremos tres y a la vez uno, como corresponde.

Mientras tanto los tambores claman por un sacrificio y Estrella se los brinda, siempre tan abnegada, ella. Es su propia sangre menstrual la que gota a gota, rítmicamente, sigue cayendo sobre el mantel de Oshalá que era tan blanco y ya se ve cuajado de floraciones rojas. Es éste el verdadero sacrificio: gotas de una sangre que renuncia al hijo, no de esa otra sangre vulgar que con generosidad sin límite anduvimos haciendo derramar por ahí para aquietar a los dioses menores, los que interfieren: Correrá un río de sangre.

El humo se vuelve más y más denso, lo enmascara todo, ya, y sólo veo unas formas blancas que siguen y siguen retorciéndose al son cada vez más frenético de los tambores, no veo las manos de los tamboreros que vuelan sobre los parches, sólo oigo las palmas que tamborean, las yemas de los dedos, sucesión de dorsos, palma, sucesión de dedos, palma, palma, para cambiar el toque, y adivino el movimiento entre el humo densísimo de los cigarros que nos hace invisibles y sin moverme me integro al movimiento, me entrego al humo. Estrella flotando y yo también flotando en dimensión distinta. Son nubes. No es más el humo de charutos, ahora son nubes que me arropan, me envuelven como velos y yo floto sin el lastre de Estrella y me voy deshilachando en éxtasis.

Por eso soy tan puro, por eso tan amado —por mí.

De las formas blancas de abajo más allá de las nubes una se ha desprendido y empieza a elevarse. Se me va acercando, flotando por los aires, y no puedo dejar de reconocerla con un estremecimiento que por poco me devuelve a ras de tierra. Es ella, es la Muerta, el sueño de mi vida, la que siempre quise encontrar cara a cara en movimiento y no como de costumbre protegida por el inviolable rigor mortis. Ella, tan transparente y rubia, cada vez más radiante, se acerca y su boca palpita como si me quisiera hablar, sí, me va a hablar nada menos que a mí, el elegido, ella no se le aparece a cualquiera, ella sólo viene a mí que tanto la he invocado, su cuerpo entero casi de puro aire aspira hondo y se llena más de aire, tiembla, está a punto de transmitirme su mensaje, lo dice

—Bajá, carajo. Bajá y hacete hombre.

Esta frase la guardo para mí en lo más recóndito de mi ser, como un tesoro. No se la he repetido a nadie porque la maldad humana podría malinterpretarla. Yo conozco la esencia, la esencia es ésta:

—Te rogamos que por una vez más abandones nuestro reino divino en las alturas. Vuelve por favor con los mortales que aún te necesitan.

Ella siempre ha sido algo brutal en sus conminaciones pero nadie puede ignorar su inmensísimo caudal de dulzura. Ella es el panal y yo la abeja que el panal construye, que del panal se nutre, se multiplica en el panal y lo destroza. Por lo tanto atendí grácilmente su pedido, bajé y me volví a hacer hombre. Dejé de ser dios por otro rato. Los tambores callaron y se disipó el humo.

La avioneta —una vez entregada su preciosa carga— volvió a buscarme para devolverme a mi lado habitual de la frontera.

—Disculpe, señor, hemos tenido un breve enfrentamiento con los miserables de acá. Cada tanto nos atacan para hacer ver a su gente que no están con nosotros. No ha habido bajas, claro, pero como puede apreciar con el tiroteo nos reventaron un vidrio. Vamos a tener que volar bajito. Le ruego me disculpe, señor.

—Está bien así. Es lo que corresponde, por ahora.

Capital. Día

—Ese hombre ha vuelto a las andanzas. Creo que esta vez vamos a tener que eliminarlo.

—¿Se trata de una orden, mi general, señor Presidente, o de una expresión de deseo?

—Me temo que se trate de lo último. Hasta que no sepamos dónde ocultó esos documentos no lo vamos a poder tocar. Pero dupliquémosle la vigilancia. Me enteré de que una vez más cruzó la frontera y tuvo una entrevista secreta. Además, el Cessna en el que viajó —que iba con la carga— fue baleado.

—¿Usted cree, mi general, que les está entregando información a nuestros vecinos?

—No, imposible que tenga más información de la que nos dignamos darle. Pero igual es peligroso.
—¿Para el país?
—No. Para nosotros.

Las flautas

Por estas regiones no siempre hay viento. En los más bochornosos mediodías de muerte algunas sublimes veces los falsos tacurús en lugar de insuflar aspiran el aire de los túneles y nuestro hombre oye las flautas y sabe que ha llegado la hora de salir de su encierro y sabe que no puede hacerlo. Unico tiempo de humildad que le cae como un mazazo, desesperantes horas de espera hasta que el sol se calme y se deje de resquebrajar la tierra. Deambula entonces por los largos corredores aullando al unísono con esas flautas chupadoras de aire. Patea las paredes. Su castillo El Tacurú es un vientre materno lleno de vericuetos y escondrijos como él se merece y él patea las paredes y trata de destruir una vez más el vientre, volver a matar la madre. Provocar el derrumbe.

Estrella está en él para impedírselo; cuando él recoge la pierna para desplegarla con toda su furia contra una de las columnas Estrella se contrae de dolor y lo deja doblado en dos, revolcándose por el piso.

—Guainas, guainas, clama a los alaridos y las guainas acuden con sus blancos tipoi y le dicen muy quedito

—Llora llora urutaú, y lo acunan entre sus brazos cobrizos.

Unicos momentos, éstos, de permitirse un asomo de poesía, de ternura por más barata que sea. La ternura y él, divorciados desde sus 13 años. Estrella es a partir de ese entonces la depositaria de la ternura de ambos, Estrella la afelpadita, la aterciopelada. El la acaricia mientras las guainas lo acunan y a veces Estrella por un conducto que no le es del todo ajeno le llora en la mano; blancas, doloridas lágrimas, y él les tiende la mano a las guainas para que se la laman a gusto.

Breve beatitud provocada por el dulce sonido de las flautas. El suele recomponerse al ratito, no más; olvida la beatitud y vuelve a sus alambiques y retortas. No puede distraerse más de un instante, y ahora en sus ratos de ocio está tratando de poner a punto cierta fórmula mágica que salvará al mundo. La superpoblación, gracias a él, ya no será problema, habrá alimento para todas las bocas porque habrá pocas bocas, y la guerra volverá a ser cosa de placer, no de necesidad como en estos tiempos inmisericordes.

La compuesta definitiva deberá dar por resultado un líquido incoloro, inodoro, insípido —se lo ha prometido a Estrella— que una vez insertado por vía vaginal disolverá los úteros sin afectar para nada a las damas tratadas. Puede que pierdan, sí, sus apetitos sexuales, pero esa eventualidad no preocupa a Estrellita, más bien la tranquiliza. Y él so pretexto de juego prueba sus compuestas con las guainas y so pretexto de experimentación juega con las guainas y les inserta líquidos y a veces los dedos y ellas sienten escozores no siempre desagradables. Pero los úteros como si nada y cada tanto, no se sabe cómo o con ayuda de quién, producen algún crío. Cuando él se entera (lo que no siempre ocurre, los hay que ya están crecidos y deambulan ocultos por los vericuetos del castillo, algo pálidos es verdad pero sanitos) exige que se lo traigan a la mesa, bien tostado y con manzana en la boca.

La manzana no cabe en la boquita, la carne de recién nacido es por demás insulsa y blanca, él la traga con cierta repulsión unida a la felicidad de saberse dueño de vidas y de haciendas, a la mañana siguiente anda con retortijones. No le importa: un rito se ha cumplido. Hay que integrarse como quiera que sea a la reproducción humana y él se halla en la otra punta de esa cadena de montaje. No encara la reproducción como cualquier hijo de vecino, no se desdobla ni anda en movimientos de vaivén ni emplea úteros ajenos, no se abarata tanto. No. El está en el extremo responsable, él asume la reproducción humana: la deglute, la incorpora sin más a su propio organismo.

Todo esto a la espera de que se repita el milagro Seisdedos. Por eso no desalienta del todo la reproducción bajo su techo —que es el mundo—. A veces hasta permite que los emisarios del Gobierno Central, los que llegan a sus dominios disfrazados de vagabundos o de cazadores furtivos o de indios o de desertores o de prófugos se pierdan por los meandros del Tacurú y se distraigan un poco fecundando a las guainas. Por eso tampoco lo desalientan demasiado las largas horas pasadas en el laboratorio sin lograr el líquido precioso que disolverá los úteros como sal en el agua. Si hasta está por abandonar estos experimentos a cambio de que algún día nazca otra como aquella que él quiso en su infancia. Nacerá otra igual y él volverá a saber el nombre de los pájaros.

Primer amor: Seisdedos
El Gran Amor: Estrella
Veneración: La Muerta

En esta trilogía Estrella gana porque él sabe que nunca nunca se separará de ella. Aunque pueda. Aquél desnaturalizado imbécil que sugirió una intervención quirúrgica lo pagó con su vida. No habrá bisturí ni sombra alguna que logre cercenarlo de su Estrella, carne de su carne.

La Muerta también lo acompaña por el mundo pero sólo in memoriam y en la realidad de un dedo —toda la identidad de ella—. Estrellita no siente celos de la Muerta, también la ama a su manera.

Seisdedos es sólo la tibieza de un recuerdo infantil, y pare de contar en materia de amores. Nada más para él que no puede estar desperdiciando su preciosa energía en digresiones.

Hubo muchas que quisieron enredarlo, fue en una época hombre de real poder, bocado codiciable. Y muchos le ofrecieron mujeres para tenerlo entre sus manos o para chantajearlo o comprar sus favores. El siempre se mostró muy digno, distante.

¿Mujeres? ¿para qué quiero mujeres? Yo vengo con mujer incorporada, soy completo. No tengo por qué andar buscándome en espejos.

Y a algunos se dignó explicarles

—Aquello a lo que se renuncia nos enriquece, y renunciar al sexo es la mayor de las renuncias, por lo tanto

En ocasiones mucho más privadas se le oyó decir

—Obedezco a un ser superior que dicta mi conducta: me obedezco a mí mismo.

Sólo una mujer creyó tenerlo y él la dejó creer, por conveniencia. La llamaba la Intrusa. Cuando un buen día tuvo que empezar a decirle Presidenta decidió hacer como quien caía en sus redes y se unió a ella con toda su dignidad intacta, sin bajarse jamás los pantalones. Como símbolo, condescendió en aclarar cierta noche. En realidad como verdadero tríbolo, rectificó para su coleto feliz de su diferencia y de su ingenio.

Cumplió someramente pero cumplió con su deber durante más de un año, orgulloso de estársela dando nada menos que a ésa viuda y con la tranquilidad suplementaria de saberla estéril.

—¿Quién lleva aquí los pantalones? —le solía gritar en esos tiempos zamarreándola por los pelos, y ella se veía obligada a rendirse a la evidencia a pesar de estar ocupando entonces el más alto de los cargos públicos. Y él se sentía del todo seguro en su sitial de honor aunque ella saliera al balcón —cada vez más raramente— y el pueblo desde la plaza le gritara

—Presidenta, coraje, al brujo dale el raje!!!

Nadie habría de darle el raje a él, y menos la Presidenta que lo necesitaba hasta para tomar la sopa.

La Presidenta no lo traicionaría jamás: la tenía en sus manos y por eso mismo, a veces, no sin cierto disgusto, se esforzaba por tenerla en sus brazos. Su semilla era una ofrenda más que le hacía a los dioses, la embadurnaba a la Presi con su semilla —por dentro y por fuera— para que no olvidara nunca que el poder que ella ejercía sobre el pueblo era en realidad el poder de él, su Amo

(quizás otra hubiera sido la historia de habérsela podido fornicar a La Muerta, de quien la presidenta era apenas un pálido reflejo)

Yo soy el Amo porque no amo. No engendro.
Nunca me disperso.

Tuvo un único hijo y fue él mismo: la única mujer que mereció sus genes fue precisamente aquella que lo infantó, para infantarlo. Con el simple acto de nacer del propio espermatozoide logró la prueba fehaciente de la primordialidad del huevo: la gallina nunca ha sido más que intermediaria y una vez cumplida su misión conviene destruirla.

Mediodías espesos que se chupan el aire, mientras suenan las flautas, cuando más intensamente se le despierta el odio a los claustros maternos. El, que fue su propio padre y destruyó su claustro, es también la primera mujer por suerte sin vagina, el puro huevo.

Los pájaros

Sin madre ni padre, tan sólo él mismo, solo, al cumplir dos años se convirtió en amenaza y fue condenado a pasar la infancia lejos de su tierra y de los tacurús, en una isla.

Don Ciriaco pasó cierto día por las cocinas montando un lobuno y aceptó llevárselo, apartándolo de la tierra reseca, de las hormigas.

—El hijo de ña Eulalia, que en paz descanse. Ella era conocedora de hierbas, una verdadera santa. No podemos permitir que el gurí ande jugando con los venenos, va a desencadenar el mal de ojo si sigue destruyendo tacurús con el culo, se sienta encima de los hormigueros y estudia la ponzoña de la hormiga.

Don Ciriaco convino en llevárselo junto con el herbario de ña Eulalia y algunos ungüentos que exigió de yapa. No lo llevó enancado porque era muy chico. Lo puso a horcajadas sobre la cruz del animal, entre sus brazos, reclinado del lado de las riendas.

Envuelto en los vahos del sudor de ese primer caballo, el gurí tuvo su primer sueño que él dice profético aunque jamás se lo narró a nadie y lo más probable es que ya no lo recuerde. Cuando por fin abrió los ojos se encontró con esa confusa y desconocida región llamada selva. El perfume del jazmín salvaje, flor que se transforma y cambia de color con el paso del tiempo —del blanco al violeta más violento— acabó emborrachándolo hasta el punto de hacerle ver doble: el paisaje repetido boca abajo hundiéndose en el suelo.

Era el comienzo de los esteros, las primeras avanzadas del agua pero él no podía saberlo en ese entonces. Palmeras hacia arriba y hacia abajo, espejadas en el agua en la que se iba hundiendo el caballo al pisar por momentos una alfombra de un verde muy tierno, traicionero, que cedía bajo los cascos.

Quizá por eso a él nunca le gustaron las alfombras verdes. Siempre prefirió las rojas.

Primer paso en el reino de las aguas, primera lección de aprender a leer en los reflejos.

Don Ciriaco se apeó cuando ya el agua le llegaba a la rodilla y rescató su bote escondido entre los juncos. Puso con gran cuidado las hierbas de la Eulalia sobre el bote y después lo cargó al hijo de la Eulalia como un fardo más, colocándolo sobre las bolsas de harina y la de azúcar. Al lobuno le quitó el cabezal, le dio una palmada para que volviera a tierra firme a pastar hasta nuevo aviso y, con los pantalones muy arremangados, empezó a empujar el bote hasta atravesar la barrera de lirios acuáticos como palmatorias, florecidos con velas color púrpura.

Lo último que el gurí vio de esa semitierra semiagua fue el carao aposentado sobre una palma, que se despidió de él con un graznido.

Un camino inicial puede repetirse siempre.

El gurí de dos años, en el bote entre bolsas, se dejó llevar a lo largo de la picada abierta en los juncales. Angosto camino de agua por el que apenitas pasaba la embarcación. Don Ciriaco clavaba el botador y empujaba logrando un avance lento.

Al hijo de la Eulalia, al Eulalito al que todos llamaban el gurí a falta de nombre propio, no le sorprendieron para nada esos muros paralelos de altísimas varas doradas casi tapando el cielo. Lo que descubrió y amó por ese insólito camino fueron las telarañas gigantescas, comunitarias, frente a las que pasaba el bote: metros de telaraña oscura, red de encajes negros para pescar peces voladores y el montón de arañas plácidamente agazapadas en un rincón haciendo como quien duerme la siesta, a la espera de una buena presa. Tejer las redes apropiadas y echarse a dormir ¿será el más eficaz de los sistemas?

El más eficaz quizás en un mundo de marañas. Porque el embalsado de juncos se acabó de repente y el bote salió a aguas abiertas donde la pesca es otra. ¡Oh maravilla de la laguna eterna! el espacio visible se volvió toda agua sin horizonte alguno y era un agua negra y a la vez transparente, con jardines interiores como las esmeraldas. El gurí de entonces nada podía saber de las esmeraldas pero en ese momento descubrió los jardines profundos y quedó para siempre entrampado en la otra cara del espejo. Espejo de aguas negras, la descomposición del mundo.

Bajo el agua había bosques como de pinos con diminutas flores amarillas que iban perdiendo color de la superficie para abajo, perdiendo color pero ganando sin duda algo insospechado al llegar al fondo.

Al filo de la laguna, una vasta extensión de bruñido cristal oscuro. Para la mirada horizontal el infinito que es la nada; pero para la mirada vertical —penetrante— el mundo subacuático emergiendo a veces en una única hoja flotante que el gurí a veces atrapaba descubriendo el larguísimo cable negro que unía a la hoja con el inescrutable fondo. Cada tanto un camalote le salía al paso, una planta chatita de vejigas infladas como sapos. Entonces él metía una mano en el agua, bien adentro, y don Ciriaco —desde la popa del bote con aire de gondolero dándole a la pértiga— musitaba *La piraña*, así, en singular, porque era hombre de poquísimas palabras y porque no se estaba refiriendo a un tipo de pez sino a una maldición.

Y el gurí entendía aun sin tener ideas de pirañas, y seguía con la mano en el agua como si nada porque también sabía que las amenazas, él, podía desatenderlas.

Y así, bogando sobre bosques y prados, por insondables pozos negros, sorteando alimañas, dirigiéndose hacia un sol que los enceguecía y les hacía ver blancas esas aguas oscuras, llegaron por fin a la isla de don Ciriaco donde doña Rosa recibió al gurí con la misma expresión indiferente con la que recibió el azúcar y la harina. Tenía ya seis hijos y esperaba a otro. Una mancha más qué le hace al tigre, se dijo. Le gustaron, eso sí, las hierbas.

El gurí era chiquito para su edad y blanquecino. Obtuvo un cierto éxito con Amalia, la mayor de las hijas, que lo metió en un cajón de fruta de los grandes, colgado del emparrado, y jugó con él a la muñeca.

Los años pasados en la isla fueron años de estopa, blandos y hasta cálidos, e influida por ellos su vida pudo haber sido muy distinta de no haber estado signada desde el vamos. Cierto día, sobre su cuna hamaca cajón de fruta se abrió un trapo amarillo que parecía impreso con complejo diseño escarlata, intrincadas estrías.

—Es la flor Milhombres, le dijo Amalia que le iba dando el nombre de las cosas. El se identificó tanto con esa flor que flameaba sobre su cabeza que hasta cayó enfermo.

Otro día, explorando con la Amalia el corazoncito selvático de la islita vio palpitar algo como una pequeña bolsa de arpillera colgada de una rama. La bolsa primero suspiró, después se estremeció toda hasta que de su interior emergió un pájaro oscuro mucho más grande que la bolsa. El pájaro se alejó volando inmediatamente pero él lo retuvo en su recuerdo.

—Es el boyero, le dijo la Amalia. Y él se identificó con el boyero.

Es el sietecolores, el cardenal, el tero, el aguapeazú que cuando grita señala el peligro, el dueño del sol, el hornero, le fue indicando la Amalia, y él quiso ser todos los pájaros pero más fácil le resultó ser la lampalagua o el yacaré que a veces cazaba don Ciriaco para vender los cueros.

Mucho estar con la Amalia y aprender cosas de ella hasta que nació la Cora. En sus propias narices. El, colgado de su rama que ya iba cediendo, en su nido que ya le iba quedando chico como el nido del boyero. Todo encogido y fetalizado para caber en el cajón de fruta, haciéndose el dormido, espió por entre las tablitas esas piernas abiertas, ese hueco feroz que se iba abriendo como para tragárselo, que después empezó a chorrear agua y se puso a escupir una araña peluda que emergió y emergió hasta develar la forma algo viscosa de la Cora.

Primero le cortaron el cable oscuro de planta que la unía al fondo de la laguna oscura, después la lavaron y a él lo sacaron para siempre de su nido y metieron a la Cora. Envuelta en unos trapos amarillos, con la piel escarlata del color del estampado de la flor Milhombres.

No pudo odiarla. Le dejó su nido y la llamó florcita y con el correr de los años le fue enseñando el nombre de los pájaros y aprendió a contar con los dedos de ella. Por eso su sistema métrico nunca fue decimal; porque florcita, la Cora tenía seis dedos en cada pie y unos muñoncitos adorables al borde de cada mano, del lado del meñique. Tenía otras cosas, también, que él le iría descubriendo con el tiempo, pero en la más tierna infancia sólo esos muñoncitos que él solía chupar hasta quedar dormido.

El nunca pescó un dorado, no tuvo esa felicidad viva y luchadora al extremo de su línea. No cazó el yacaré ni el ciervo de los pantanos. Siempre lo dejaron en la muy breve tierrafirme de la isla para ayudar y cuidar a las mujeres. Era demasiado extraño para permitirle internarse en el terso silencio del estero. Demasiado blanco; atraería resplandores.

Cuando tuvo siete años empezó a comprender qué era eso de ayudar y cuidar a las mujeres y no se sintió para nada interesado, sólo le interesaba Seisdedos porque era distinta. Por esa época cayeron los gendarmes a hostigar a doña Rosa y él no prestó ni la menor ayuda, ¿qué hubiera podido hacer, de todos modos?

El rugido de un motor fuera de borda empezó a crecer en la distancia y Seisdedos y él dejaron su guarida en la selvita para correr hacia el embarcadero y ver qué era ese animal que se estaba acercando. Sobre los tablones roídos doña Rosa seguía lavando y fregando la ropa sin atender para nada el estertor que acabó espantando a los patos sirirí y que hizo gritar al aguapeazú entre los carrizales.

Casi tuvieron que plantarle una bota en la cara, los gendarmes, para que ella levantara la vista interrogante. Ellos no le iban a preguntar nada, ellos jamás dudaban: que preguntara ella, primero. Y doña Rosa sin asombro, muda.

—Decinos dónde escondiste al fugitivo o te molemos a golpes.

—¿Fugitivo?

—Sí, el bandido, el fueradelaley, el prófugo, el juído. El Guerrillero.

—No he visto a ninguno d'esos.

—No te preguntamos si viste. Te ordenamos que lo entregues. Cantá.

—¡Cantá, cantáa! —le gritaron a la nuevamente enmudecida doña Rosa.

Y el gurí y la Cora, escondidos entre los juncos, se alegraron: por fin sabrían qué pájaro era doña Rosa, por el canto.

Más que ave canora resultó carao, por los chillidos. Eso cuando los gendarmes empezaron a patearle la cara y a arrastrarla a las patadas por los troncos del embarcadero. Cantá, le gritaban, ¿dónde escondiste al hombre? y la obligaban a ponerse de rodillas torciéndole un brazo tras la espalda, la obligaban a besar el piso y le restregaban la cara por la madera hirsuta. Ahí no más tirada, doña Rosa, con la ropa hecha jirones, y el gurí y Seisdedos entre los juncos abrazándose fuerte. Seisdedos apretó los párpados, el gurí se mantuvo con los ojos abiertos y una vez más vio el hueco tan oscuro, persistente, y esta vez le tocó saber qué le sucede al hueco de afuera para dentro.

Un gendarme primero, y después el otro, se bajaron los pantalones y se le tiraron encima a doña Rosa dejándola chillar a gusto porque, total, en la inmensidad de la laguna, en medio de los vastísimos esteros que no acababan nunca ¿quién escucharía esos chillidos y a quién le importarían?

El gurí no intentó siquiera cumplir con su deber: no pudo cuidarla ni ayudarla. Sólo pudo mirar y mirar esa escena muy confusa y seguir mirando mientras doña Rosa quedaba tendida allí, tan abierta de piernas que parecía rota.

El segundo gendarme, al calzarse los pantalones, largó su advertencia:

—Te dimos lo que ningún guerrillero de mierda te va a poder dar nunca, deberías agradecernos. Ahora vamos a buscarlo por otras islas pero no te preocupés: volveremos.

Puede que doña Rosa no. Doña Rosa casi seguro que no. Pero el gurí, cuando nuevamente quedaban solos en la isla, soñaba que volvían esos caranchos. Era un sueño excitante.

Capital. Noche

—Por qué no se morirá, me pregunto, por qué no reventará de una buena vez y listo. En una de esas, muerto el perro se acabó la rabia. Desaparecido el hombre se acaban todos nuestros males.

—No caigas en la trampa que nos tiende el gobierno. Es muy fácil tener al tipo ése de chivo expiatorio y hacer la vista gorda a todo lo que está ocurriendo a nuestro alrededor. Creo que los males que aquejan a nuestro pobre país dependen de elementos infinitamente más complejos que la vida o muerte de un solo hombre, por más brujo que sea. De un hombre que quizá ni siquiera existe, un hombre que es como la personificación de la histeria colectiva y sus miedos indefinidos. Me hace acordar al Medioevo, cuando en las cazas de brujas todos confesaban haber estado en el sabat, después de una buena sesión de torturas. Creo que acá está ocurriendo lo mismo, la gente ve al demonio por todas partes de puro oprimida que está, y eso bien que le conviene al gobierno.

—Mirá, creo que menospreciar la fuerza del enemigo es la mejor manera de darle fuerza al enemigo. Un poco como el diablo, ya que lo querés así, ¿cómo es eso de que la mejor treta del diablo es hacernos creer que no existe?

—Descentralizar al enemigo es la mejor manera de desplazar responsabilidades. Y hacernos creer en la existencia de un enemigo descentralizado es la mejor manera de obligarnos a desplazar nuestro foco de atención. Estos militares son *muy* hábiles. Han digitado a la perfección esta campaña de rumores y trascendidos sobre la longevidad o resurrección o reencarnación del brujo para hundirnos en los pantanosos terrenos de la superstición y la leyenda donde no es para nada fácil hacer pie. Nos lo brindan como la más perfecta información, si aceptamos la definición de Warren Weaver citada por Umberto Ecco: "el concepto de información no se refiere solamente a un mensaje en particular sino al carácter estadístico de un conjunto de mensajes; en tales términos estadísticos las palabras *información* e *incertidumbre* están íntimamente relacionadas entre sí". El énfasis lo puse yo, para que, partiendo de esta base, empecemos a analizar la manipulación oficial a la que nos vemos sometidos respecto de la *incertidumbre* del material que llega a nuestro conocimiento. Aparentemente nos están transmitiendo un mensaje, pero nada nos obliga a aceptarlo como mensaje verídico. Más bien todo lo contrario. Hay exceso de ambigüedad en la información, y es imposible trazar el camino hasta la fuente.

Creo que debemos tomar eso de los Esteros como una metáfora. Debemos analizar punto por punto los elementos que nos han sido brindados y desarticular la textualidad inscripta en el discurso paraoficial. Debemos tratar de elaborar nuestras coordenadas sobre la base de la dicotomía de esta posición del gobierno. Se trata de un perfecto juego especular con un superyó represor en superficie (el gobierno) y su contracara represora bajo tierra (el brujo). Esta figura nos traba el movimiento, no ofrece ni la más mínima libertad intersticial. Es el “doble bind” de Bateson. Las actuales estructuras de poder del gobierno central se articulan sin lugar a duda en la cognoscencia de un yo lábil por parte del pueblo, adquiriendo así un poder de manipulación sobre dicho pueblo gracias a la cara oscura de la realidad que les es presentada, despertando el miedo supersticioso y a la vez una vaga promesa de salvación por la magia, congelándolo, de esta forma, en el dominio de lo imaginario.

El canto del serrucho

Con seis dedos se puede señalar el espacio invisible, con seis dedos vale la pena rascarse para dentro.

Pero la Cora Seisdedos se fue para siempre bogando a la deriva y me dejó clavado en una ruta fija que defenderé hasta las últimas consecuencias. Ella se alejó en silencio sin mirar hacia atrás y yo me quedé en lo firme sin saber que en ese preciso instante estábamos desdoblándonos: ella la flor y yo milhombres, para siempre.

Mil hombres voy a tener a mis pies. Mil y mil más, por mil y mil más, por 27. Cosas éstas que se intuyen o se recuerdan en la inmensidad de las lagunas. Ahora sé, *las* lagunas, unas tras otras enhebradas por insospechados pasajes entre los juncos.

Hay picadas que sólo yo conozco, mandadas a abrir por mí a serrucho. El misterio de los embalsados y de las islas flotantes lo descubrí en carne propia de muy joven: se quebró el embalsado y Seisdedos se me fue bogando en una islita recién hecha. Nunca más supe de ella. Ahora la busco en mis ratos de meditación, en mi tiempo suspendido entre dos aguas. Con su dedo de más podría señalarme el camino que no se ve en el agua. Es así como suceden los terrores.

A los siete años, después de cierto incidente del que prefiero no hacer referencia, me dejaron un bote para que fuera a avisar de los peligros. Nunca avisé nada de nada, lo que es peligro para unos puede no serlo para otros; en cambio empezamos a pasearnos con Seisdedos hasta el confín de la laguna donde están los juncales.

Cosas de la naturaleza que va armando los engaños y nos hace creer lo que no es y sin embargo es. Las raíces de los juncos se van enmarañando bajo el agua y forman un colchón —el embalsado— sobre el que crecen más juncos. Vastísimas extensiones de falsas llanuras que a veces los vientos fraccionan y convierten en islas flotantes a merced de los vientos. Estas islas van cambiando de lugar, transformando constantemente el paisaje de las lagunas que parece muy quieto pero jamás estático.

Por eso puedo ahora navegar en mi isla flotante, porque modificar paisajes ha sido y es la pasión de mi vida.

Con Seisdedos retozábamos por acá en otras regiones del tiempo que nos eran propicias. Veníamos a jugar y ella se abría de piernas como en cierta oportunidad se había abierto su madre doña Rosa. Sólo que Seisdedos no gritaba nunca, más bien se reía como loca cuando yo la exploraba con el dedo. Dos dedos, tres dedos, cuatro dedos, todita la mano. Sentía que me faltaba un dedo para hacerla de verdad dichosa pero no, la dicha de verdad nunca ha dejado de fluir de mis manos cuando yo lo he querido.

Extraño que sea yo quien la busque en este nuevo ciclo y no sea ella quien ande por las lagunas clamando por mi mano. Mano santa.

Ciertas noches sin embargo la oigo. Gurí, gurí, me llama, como el grito de un pato. Seisdedos convertida en pato, palmípeda como era o más o menos. Impermeable. Una noche de estas cuando me sienta inspirado haré ensalmos para obligarla a volver y se la presentaré a Estrella. Sólo un sexto dedo puede tocarla, a Estrella, sólo algo venido de otros mundos. Seisdedos sospecho que era hija de su propio hermano, se merece el alto honor de conocer a Estrella.

Me limito por ahora a buscarla en el terreno de lo físico y hago abrir las picadas. Cuando sé que los emisarios no vendrán a consultarme por un tiempo me largo a navegar por las lagunas en busca de un sitio propicio. Llevo conmigo a los serrucheros y les señalo el punto: vamos así descubriendo nuevas lagunas y explorando la extensión de este mundo de esteros. Con sus serruchos los hombres van abriendo caminos, cortando el embalsado como si estuviera hecho de madera. Me siento Colón cada vez que llegamos a otro espejo de agua, al salir del mundo de alimañas que es el juncal y aflorar una vez más a la diafanidad de otra laguna. El embalsado es caja de Pandora. Cierta vez a un serruchero lo picó la yarará y tuvimos que serrucharle el pie para que el veneno no avanzara. Al hombre hube de despedirlo por incauto, pero el pie lo conservo en mi museo personal, como trofeo.

Aquella noche los serruchos se pusieron de duelo y cantaron como nunca. Esa es la gracia de mis serrucheros, por eso no los liquido a todos: son virtuosos de ese instrumento tan delicado que es el serrucho y cuando acaban de abrir una picada ejecutan las músicas más conmovedoras. Oculto entre los apaciguados juncos de mi isla flotante yo los escucho con unción y a veces lloro.

Tiempo de meditar, de confundirse con la naturaleza. Quizás allá en el Tacurú importantes emisarios me estén aguardando para nuevas consultas pero en este estado de ánimo prefiero seguir bogando en mi isla y acunar mis recuerdos. No porque se me haya pasado el tiempo de acción y esté ahora en el de pura reflexión. Nada de eso. Soy más bien como el tigre que se agazapa para preparar el salto. Soy el tigre de los pantanos, el acechante.

Durante la reflexión me pregunto si en este abrir picadas, en este navegar a bordo de una isla que es un juncal que flota ando en busca de Seisdedos o en realidad al que quisiera encontrar es al Eulogio. El Eulogio supo mi secreto y por eso mismo ya debe —debería— haber muerto. Creerlo vivo significa dudar de mis propios conjuros. Yo le brindé la voz y volví a quitársela para siempre, una forma como cualquiera de recuperarla para Estrella. La ex voz del Eulogio es ahora la callada voz que Estrella usa tan solo para comunicarse conmigo, es decir con el resto de su/mi persona.

A veces por las noches Estrella me despierta sollozando y yo la acaricio hasta que nos volvemos a dormir, ya más calmados. A veces exige ciertos sacrificios: encontrar al Eulogio, untarlo de miel para endulzarle esa voz tan áspera con que la acusó a ella (la insultó, más bien, llamándola pelota) y dejarlo sobre un tacurú a merced de las hormigas.

¿Por qué no habría de bañarme desnudo en la laguna delante del tarado? ¿Desde cuándo se oculta uno de los opas, quién tiene pudor con ellos? Pero de golpe se le iluminaron los ojos al Eulogio, tuvo un destello de inteligencia al gritar El Manuel Tiene Tres Pelotas y ella fue descubierta, descubierta también por mí aunque en ese momento yo no podía entenderlo.

El médico que propuso operarme diciendo que era un quiste pagó cara su osadía. El Eulogio cada tanto paga en la piel de otros, por interpósita persona, por procuración, digamos. Cuando Estrella clama venganza cualquier víctima es buena, y más de un Eulogio fue untado con miel y plantado en medio de un hormiguero para servir de pasto a mis amigas.

Así me reconoció el actual gobierno: cuando se corrió la voz de estos sacrificios rituales. Muchos quisieron sentenciarme pero el gobierno decidió con bastante más tino nombrarme su asesor en asuntos secretos.

Ahora hay quienes me veneran. Hermano, me llaman, y me llaman padre. Yo huyo de ellos en mi isla, acompañado por la dulce música de los serruchos. Los serrucheros tocan con finísimos arcos de violín que les hice traer especialmente de Viena. En la avioneta de los consultantes me suelen llegar exquisiteces no sólo para halagar mis papilas gustativas. Me llegan por ejemplo viejos catálogos de herramientas gracias a los cuales sueño en voz alta los más refinados métodos de tortura. En voz alta porque sé que han plagado mi castillo de micrófonos ocultos y me entretengo así insinuándoles lo que les podría ocurrir si se pasan de vivos. Juntas líquidas, tableros dieléctricos de amianto cementado, bujes de bronce, cabrestantes, válvulas de pistón: instrumentos por demás útiles si se los sabe usar con buen criterio.

Personalmente nunca hablo de venganzas. Soy todo un caballero, casi una dama. De mi boca no aflora una amenaza. Pero ellos saben muy bien qué les esperaría si me llegara a ocurrir una desgracia, por eso me cuidan tanto, me tienen entre algodones. Serán pocos imaginativos pero no sonsos y yo suelo dejarles poco lugar para la imaginación. Prefiero pecar por explícito.

Todo esto lo anoto no para dejar sentada la evidencia sino simplemente porque estoy escribiendo una novela. No mientras navego en mi isla, no. Mientras navego sólo pesco elementos para enriquecerla: alguna anguila eléctrica, una raya, pirañas, anacondas, los seres letales del fondo de estas aguas transparentes y negras por las que nadie se aventura. Sólo mis serrucheros bajan de la isla y meten los pies en el pantano. Los mando en el bote y me mantengo a distancia porque una cosa es saber de la descomposición —eso me gusta— y otra muy distinta es sufrirla en pituitaria propia. Esta agua tan diáfana, con vegetación interna, se vuelve neblinosa y despide sus miasmas en cuanto uno le revuelve el fondo. Son vahos que de lejos olfateo con deleite pero que de muy cerca podrían asfixiarme.

De gurí supe de este barro esponjoso y tibio: uno cree apoyar los pies y se hunde hasta las rodillas. No hay fondo firme, tiene algo de ciénaga y de chico esas fascinaciones son irresistibles. De grande ya no, y menos aún después de los ahogados.

Estoy seguro de que me los arrojaron a propósito para decirme en forma indirecta que me habían identificado. Como si eso me importara. Señor, Señor, llamaron los serrucheros cosa que me sorprendió sobremanera porque les tengo prohibido dirigirme la palabra. Señor, Señor, y supuse que era una emergencia.

(¿dije que estoy escribiendo mi novela? Mentí. En realidad estoy componiendo un diario íntimo para que el hoy tenga lugar en todos los tiempos. Aunque estas etiquetas son despreciables; mi vida y por lo tanto mi diario constituyen una gran novela. *La* novela. La Biblia)

Me acerqué. Señor, Señor, Señor; como vocativo. Y alcancé a ver a los ahogados con la piel del todo terrosa y muy hinchados. Reconocí mi vieja sugerencia: súbanlos a un helicóptero y tírenlos al río, les ordené en aquel entonces cuando me preguntaron qué hacer con los que se les habían estropeado por demás durante los interrogatorios. Al río, les aclaré muy bien. Nunca a mis lagunas, nunca a mis lagunas.

Por eso mismo y por última vez me sumí en el barro y les di vuelta la cabeza a los ahogados que tienen la púdica costumbre de flotar boca abajo. No me pareció reconocer a ninguno de los tres aunque poco podía importarme ese detalle. Di orden de serrucharles las cabezas y esa noche los serruchos cantaron como nunca. Yo también tarareé una canción cuando, ya bien embaladas, les entregué las tres cabezas a los consultantes que vinieron a consultarme disfrazados de indios. Y les dije

—He aquí un regalo para el gran jefe blanco. Nada demasiado importante, que el gran jefe blanco ni se moleste en agradecérmelo. Apenas un recuerdo.

Más bien un recordatorio, sí. Cosa de que no le ande fallando la memoria.

Capital. Día

—Coronel, convoque al general Durañona inmediatamente.

—Sí, señor Presidente.

El coronel se retira cuando entra el general Durañona, el Presidente va derecho al grano.

—General Durañona, ese hombre debe ser eliminado.

—Usted sabe muy bien, mi general, que por el momento no podemos correr ese riesgo. Además es un excelente asesor.

—Como asesor no tiene mejores ideas de las que tendríamos nosotros si nos pusiéramos a pensar un rato.

—Precisamente, y en ese aspecto él cuenta con armas que los militares aún no hemos puesto a punto. No me mire así, señor Presidente, no me refiero a la inteligencia, me refiero a las armas del espíritu. No debemos olvidar que ese hombre es un vidente, que maneja las ciencias ocultas.

—Por eso mismo resulta una amenaza

—Por eso mismo, señor Presidente, mi general, es que muerto nos representaría una amenaza aun mayor que vivo. Por sus conocimientos de ocultismo y por lo-que-ya-sabemos. En cambio para nuestros enemigos

—Creo que ya no nos quedan enemigos, los hemos eliminado a todos.

—Gracias a ese hombre, como usted lo llama, seguimos descubriendo enemigos hasta entre los ciudadanos más irreprochables. Eso fortifica el régimen y justifica la represión que es nuestra manera de expresarnos, nuestra única razón de ser.

—Yo sigo teniendo mis serias dudas con respecto a ese hombre

—Mi general. No podemos suprimir de un plumazo a nuestro teórico. Casi diría nuestro teólogo —nosotros somos hombres de acción y él sabe crear la acción cuando la necesitamos.

En el Tacurú

—¿Qué es eso de dirigirse a mí con el sombrero puesto? ¿Acaso ignora que todos deben presentarse ante mi venerable persona con el sombrero en la mano, humildes, cabizbajos?

—Es un morrión, señor. Sospecho que ante usted, últimamente, no se han presentado muchos hombres uniformados. Nuestro morrión es señal de respeto, señor. Tenemos órdenes superiores de lucir siempre el uniforme completo e impecable, señor, y éste ha sido un viaje larguísimo y muy cansador pero aquí me tiene, como recién salido de la tintorería, sin una arruguita. Es lo menos que usted puede esperar de su fiel granadero

—Decididamente lo menos. En cuanto a lo más, estoy segurísimo que de usted se puede esperar todo. Se le nota en el porte tan noble, en la mirada alerta.

—Muchas gracias, Señor. Usted me halaga.

—Te lo mereces, hijo, te lo mereces. Más algunas recompensas que te brindaré en su momento si ahora me dices todo lo que tienes que decirme. Cuéntame cómo andan las cosas allá por la lejana Capital, y más específicamente en el lugar de donde vienes.

—Confusas, Señor,

y me narró la conversación del presidente y el general Durañona casi como si hubiera estado allí. Verbatim. Por eso cuando llegó este último emisario supe cómo manejar la delicada situación y firmé la sentencia.

—La duda —casi lo acusé personalmente— la duda va a llevar a nuestro país a la ruina. Todo aquel que dude debe ser eliminado de cuajo, no podemos permitirle un respiro. Hemos trazado un plan perfecto y no vamos a apartarnos de él caiga quien caiga y perezca quien perezca. Porque sólo el plan está por encima de nuestras cabezas. Es ésta la gran lección que nos ha dado la historia y que nunca recordamos cuando llega el momento. Tantos gobiernos han caído estrepitosamente, tantos nobles proyectos fracasaron por el simple hecho de no atenerse al Plan, por querer modificar el rumbo en plena marcha. Es así como muchos son víctimas de las tempestades y escoran a babor, si entiende lo que quiero decir. La mayoría de los grandes naufragios políticos han ocurrido por no atenerse al plan inicial. Nosotros no vamos a permitir que esto suceda. Nosotros seguiremos navegando contra viento y marea por el derrotero exacto que nos hemos trazado al zarpar de puerto. Aplastaremos a todo aquel que se nos cruce en el camino, amigo o enemigo, y si se hace necesario cambiaremos de piloto —pero nuestro plan es uno y es nuestro. La Reconstrucción Nacional así lo exige. Las pautas son de centralización —aparente— y cohesión, de jerarquía y eficiencia, con el aparato militar finamente calibrado al servicio de un proyecto que sólo puede ser implementado por la fuerza. Es ésta una visión ideológica que empapa las bases elaboradas por nosotros y por los Altos Mandos militares con la firme intención de comunicar la disciplina de los valores castrenses al conjunto de aparatos del Estado para encauzar la tradición autoritaria hacia los objetivos del progreso social y económico. Como reza nuestro primer comunicado. He dicho. De lo que se desprende: impondremos nuestro modelo al mundo y seguiremos raudos navegando a toda vela contra viento y marea por el proceloso mar de la historia.

—Muy bien, mi Capitán

—Y si el general en jefe duda, pues entonces derróquenlo, derrótenlo, defenéstrenlo, reemplácenlo, aniquílenlo, desaparézcanlo, dilúyanlo, fulmínenlo, engúllanlo, petrifíquenlo, bórrenlo, disuélvanlo, háganlo puré. Pero no lo mantengan como Primer Magistrado. Eso es insalubre para la Nación. Hay que erradicar la duda por decreto. Para la duda no hay cabida en la Historia.

Y después me consultaron sobre la posible guerra con nuestro vecino del oeste. Hace años que me vienen preguntando lo mismo, indirectamente. Y yo siempre les contesto ¡declárenla! cómprense las armas más modernas, cobren nuevos impuestos para comprar más armas, y declárenla. Hay que sacarse los gustos en vida.

A ellos les encanta la idea. Cada vez que compran nuevas armas son como chicos con juguetes nuevos, se llenan de cosquillas y de excitación y después dudan, a último momento, dudan. Por eso digo lo del decreto pero también por eso mismo les profeso un cariño de padre. Son tan inconsecuentes.

Capital. Noche

Creo que debemos analizar uno a uno cada eslabón de la cadena significante que nos ha sido presentada por el gobierno central y en lo posible tratar de engrillarlos con ella.

Por ejemplo: ¿Qué metáfora más evidente que la de los Esteros? Se lo ha ubicado al supuesto brujo en los Esteros, una zona a la vez transparente y fétida, un lugar que parece ser un paraíso cristalino y es en verdad un pantano, cuajado de plantas en descomposición, de miasmas, de flores venenosas y todo tipo de alimañas bajo una superficie que simula ser pura. ¿Pueden acaso ustedes encontrar una mejor representación que ésa del inconsciente humano? Las claridades que ocultan, los olores pútridos que afloran al menor paso. Lo aceptamos como un lugar real porque así somos en las zonas más tenebrosos de nuestro ser. Por eso insisto que los Esteros es el lugar de una convención, de un símbolo. Como lo es ese supuesto brujo que vive bajo tierra y navega en una isla, con sus exorcismos baratos, Como lo es toda esta rememoración de un lejanísimo pasado que por pasado y lejano aparece como añorable. Nuestro deber consiste ahora en desarticular los símbolos e interpretar el discurso inconsciente del gobierno, decodificar el mensaje que nos está transmitiendo a pesar suyo.

El garza

Qué gran satisfacción. Mi novela está funcionando a las mil maravillas ¿Acaso para tener un protagonista fuerte no se necesita un antagonista de hierro? Ni vale la pena mencionar que el protagonista soy yo, de eso se han dado cuenta sobrada, pero ahora soy también mi antagonista y voy creciendo a diario. El gigantismo no me asusta. Con decir que mi castillo El Tacurú, que era un convento, se ha transformado ahora en un verdadero hormiguero. Y no es broma: nadie ni lugar alguno ha dejado de cumplir con su destino. Hormiguitas, hormiguitas, es decir cuadrillas de albañiles van abriendo nuevas galerías y ensanchando las viejas. Tallan, cavan, modelan, y sobre todo elevan la altura de los techos porque mi nueva estatura requiere más espacio. Cuando a uno lo toman por símbolo el tamaño de uno se vuelve inconmensurable.

Por suerte en estas tierras calcáreas se hace innecesario apuntalar las galerías. Sería horrible sentirme dentro de una mina, detesto todo lo que tenga que ver con vagonetas.

—Disculpá, che señor Amo, ha llegado un mensajero de las Tierras de Afuera.

—Me lo revisan a fondo, como de costumbre. Sin olvidar intersticio alguno. Y una vez desarmado, que pase.

—Es denigrante, osó decir uno que por supuesto no volvió a poner los pies por estas latitudes (ni por ninguna otra, me temo), denigrante, humillante eso de dejarse hurguetear por las mujeres.

¿Denigrante? ¿Humillante? Estaba loco. Es la única diversión gratuita que les brindo a quienes tienen el alto honor de comparecer ante mí. Porque lo que es las otras diversiones, se las cobro. Esta no: van mis guainas vestidas con el blanco tipoi y primero los palpan de armas de arriba abajo, por los cuatro costados. Después les arrancan las ropas y meten los dedos donde pueden y oprimen lo que hay que oprimir por si esconden algún implemento ofensivo en algún conducto natural o debajo de la piel. Los manosean bien, los registran a fondo y muchos vuelven a visitarme nada más que por el gusto de ser palpados de armas de esta forma y muchas veces las guainas muerden un poquito cuando sospechan algo o arañan como al descuido pero con toda saña, quedando con jirones de piel bajo las uñas, como a mí me gusta. Por eso las observo a veces a través de mi espejo doble faz y cuando alguno presenta un rasguño en la cara lo reconozco como a un señalado. Marcado con mi marca. No a fuego, no, no con un hierro candente. Marcado a sangre como corresponde. Un trabajito fino.

Cada cual tiene el ganado que se merece y yo tengo mi manada de hombres.

No rebaño como el otro. Ni tropilla ni recua (aunque a veces...). Una manada de lobos hambrientos, de búfalos jóvenes que si han sido señalados en la cara por mis guainas me obedecerán sin límite.

Ellas los eligen a la perfección. Saben que a mi manada sólo pueden ingresar los de esfínteres más firmes y pelotas más sólidas. Los incorruptibles. Los más blancos y de dientes filosos. Son la flor de la hombría y por eso cuento con tan pocos por ahora. Cuando la manada alcance los mil hombres será un verdadero ejército. Los hombres de mi flor, la flor Milhombres. Y elevaremos el estandarte amarillo-dorado con estrías de sangre y saldremos a conquistar el mundo.

Me faltan muchos todavía. Con suerte y si este mensajero que ahora están palpando de armas aparece con la señal en la cara, serán 99 —pero no me apuro ni me impaciento: quiero que la elección sea perfecta y tengo todo el tiempo por delante. Serán estos guerreros o sus hijos o los hijos de sus hijos, que heredarán las marcas.

El nuevo mensajero llegó sin marcas, pero pienso que ha lugar a apelación. Tiene muy buen porte, rasgos finos, una apenas sonrisa irónica bajo dorado bigotito y creo que me gustan sus ojos. Se cuadra como los dioses

—Presente, señor.

—Puedes llamarme Amo, no más.

—Amo

—Bien. Si me amas, acércate con confianza. Ven que palpe un poco esos bíceps, esas tersuras. Sácate los anteojos oscuros... qué ojos tan azules... sácate la gorra... qué pelo tan rubio, rizado. Sácate el pantalón, qué... ven, acércate más. No te voy a morder. Súbete a ese banquito.

No lo dejé partir y eso que debía llevar un mensaje importante. En cambio me calcé mi uniforme de parada (y sí) y lo hice mi edecán. Este es un gobierno en exilio interno y se rige por sus propias leyes.

Castigué debidamente a las guainas por no haberlo señalado. Las castigué por interpósita persona, es decir que le di a él mi látigo cola de lagartija y muy bien supo usarlo. Desnudas, las guainas aullaban bajo el castigo y yo grabé esos aullidos que ampliamente cubrieron mis discretos gemidos de placer, controlados como todo lo mío. Ahora esta grabación la uso de música de fondo cuando vienen visitantes, le da un carácter austero a mi castillo y los visitantes no se sienten así fuera de lugar, están como en su casa.

A mi nuevo edecán le lavé el nombre y ahora se llama el Garza, por lo blanco y grácil. Debería decirle Ruiseñor y a veces se lo digo: canta con voz maravillosa. Finísima. Estrella no lo quiere y eso que nos complementa, le faltan las pelotas —Dice que las perdió de muy chico en una pelea callejera y a veces lo obligo a reconstruir los hechos y yo soy el atacante y me quedo con sus supuestos testículos entre los dientes y después me los guardo donde no se imaginan. A él no le gusta este juego, dice que lo hace sufrir. Yo insisto que es como el psicodrama: terapéutico.

Terapéutico para mí, claro, eso es lo que importa. Puede que me ayude a consumar finalmente mis bodas con Estrella.

Un hijo de Estrella y mío, la combinación más pura, más perfecta. Para lo cual no desdeño la asistencia del Garza. Y como él no puede distinguir anomalía alguna en mi escroto —conoció tan sólo su propio escroto vacío— le permito de vez en cuando que aporte su lengua y su saliva a la más noble de las causas procreativas.

Ciertas noches me las paso en vela, cavilando. Me imagino el gran momento y me pregunto no sin cierta ansiedad cómo sobrellevará la pobre Estrella el embarazo. Ella tan consistente, tan pequeña, redondita y plácida ¿la tendré que transportar en carretilla? ¿se hinchará tanto que me impedirá todo movimiento? ¿tendré que untarla de pomadas dulcísimas para que no se le resquebraje la piel ni se le formen estrías? ¿el embarazo durará nueve meses? ¿Y cómo será el parto, y por dónde? Yo puedo colaborar en eso, tengo orificios propios.

A veces hago un ensayo general y mi edecán me cubre con aceite de sándalo, y al correr sobre mi piel su mano es tan suave que temo acostumbrarme. Lo agarro entonces a latigazos y después me echo a llorar en un rincón del cuarto, arrepentido.

Por suerte tareas mucho más imperiosas me reclaman y me impiden ablandarme en la lujuria. En mis manos está el destino de mi país, del mundo entero, y no debo olvidarlo. Los placeres de la carne son accesorios en relación con los placeres del poder, lo único que importa.

Lo mando a mi edecán a que se vista y atienda a los nuevos consultantes que llegan más y más a menudo. El les da mi bendición y les transmite mi palabra. El verbo. Que es actuar, y actuar. Impedir que la situación se estanque, no dejar que les gane la molicie, actuar con mano dura, ir apretando el lazo.

Afortunadamente no tenemos problemas por el lado económico. Los ministros cambian pero perduran los sistemas y el proceso inflacionario brilla ahora en todo su esplendor. El pueblo está cada vez más desnutrido, ni fuerzas tiene para rebelarse.

A veces me da asco un pueblo sin rebeldía. Da ganas de que se soliviante un poco, que alce la cabeza; voy a tener que enviarle algunos estímulos, voy a tener que motivarlo un poco. A ver si se despiertan, pibes, a ver si me declaran algunas huelguitas por ahí y expresan de una vez su descontento. Así los podemos aplastar con más gusto. Cucarachas.

Por hongos

El Amo es divino. También es divino cuando salimos así a navegar y yo me paro en la popa del larguísimo bote, erecto como la garza que soy, intocado por el sol gracias a la divina sombrilla, y voy empujando ésta como góndola con el botador que es un palo largo, interesante, y no hacemos ruido alguno por la laguna muerta.

El Amo yace en el fondo de la embarcación con su noble barba blanca más radiante que todos los opoí del mundo. Le he tejido mantillas de ñandutí para que se cubra cuando llegan las brisas. Soy la garza, el ñandutí es mi nido, puedo tejer a gusto y el Amo me aprecia más así, desnudo, que con áspero uniforme de fajina.

Vamos bogando por el agua negra y mis bíceps brillan cuando le doy al botador y el Amo me admira. Yo me admiro. Es divino. La cabeza de mi amo casi a mis pies y yo desnudo y mi amo recostado a mis pies que va y abre la boca, lentamente, con gula, va abriendo la boca y ya no puedo contenerme más y le largo el chorro. Apunto bien y es como un hilo de oro que fluye de mí hasta la boca de mi amo; y el amo se ríe, ríe, se retuerce y lo bebe con ganas.

—¡Me measte!

—¡Le gustó, mi amo! Era lluvia de oro para usted.

—¡Qué te importa si me gustó o no! Eso no es cosa tuya. Vas a tener tu castigo. La pucha que vas a tener tu castigo. Ahora apurémonos y ponete la túnica, vamos, de una buena vez. No te quiero ver tostado, hecho un negro de mierda. Lo único que me faltaba: meado por los negros.

A este turro que me meó encima lo voy a convertir en perro. Bien que le gustó, mi amo, dice el castrado imbécil con su vocecita de flauta. Y claro que me gustó, por eso no te desnuqué ahí mismo de una patada, que para algo me entrené en capoeira. Y no creas que no pensé abandonarte en medio de la laguna. Pero después quién me traía a casa, quién me remaba de vuelta ¿eh?

¡En cuatro patas, infeliz! No no te vuelvas a enderezar más. En cuatro patas, que total bien poca cosa te cuelga. Y a ladrar, se ha dicho, y a lamerme la mano. A ver. Más fuerte esos ladridos. Y ahora a gemir un poco... aúuu... A ver. Aúuu... así. Así me gusta. Me gusta... Vení que te pongo tu collar, pichicho. Pichicho lindo. A ver, haga un pis contra la pared. Un pis, le digo, que para eso lo saco a pasear. Pis

pis, esta es ahora su misión en el mundo. El Manneken-pis canino. ¡Levante bien esa pata! Así. Y mea más, eh, no sólo unas gotitas.

Y me ladra, aúu, aúuu. Y me gime. Así me gusta. Sí. También yo como un perro. De policía. Un perro policía. Venga,no se me aleje ¿qué hacen los perros cuando están entre ellos? Se huelen el traste. Oleme el traste, así, pichicho, así, más adentro, con más ganas. A ver esa lenguita, esa lenguota de perro. Más fuerte, más al fondo. Y ahora montame, como se montan los perros. Montame y metémela. ¡Metémela te digo! ¿Qué no podés? Bueno, no llores, no llores, hacé lo que puedas...

Tranquilizate, vení, vamos a arreglarte una linda cuchita, ¿te gusta? y esta cadena, mirá, es bien larga, vas a poder moverte bastante, pero no tirés de más, eso sí que no, no no, nunca tirar de más, porque el collar es malo, el collar tiene pinchos que se te clavan en tu lindo cuellito de lebrel fino. Si tirás los pinchos se te clavan y te desgarran ese lindo cuellito, pichicho, lo único tieso que tenés, lo único erecto.

No es un perro de raza lo que quiero, lo que quiero es un perro bien macho. Voy a ver si te llamo un veterinario para que te arregle el problema, a ver si te hacen un injerto o algo, quiero un perro bien puesto, dispuesto, un perro enhiesto.

Eso le digo a él y pienso mientras gime en su rincón, pienso en posibles soluciones a este descorazonante contratiempo. ¿Inflarlo como un globo? El aire se le escaparía por los poros: desinflado cuando más lo preciso. ¿Insertarle una varilla? Eso no le enriquecería el volumen, ¿qué entonces, y cómo? El ex maestro tendría quizá respuesta a este interrogante, para él estos temas eran de vital importancia, para mí son sólo secundarios y por eso no logro dar en la tecla y encontrar la solución más rápida, la más sencilla. Yo tengo otras cosas en qué pensar, no puedo estar distrayendo mi tiempo en nimiedades ¿Nimiedades, el pito del perro? Sin duda, sobre todo por el momento, sí, nada hay irremplazable ni menos en terrenos como éste; hay tantos pero tantos sustitutos. Sólo que, dejar algo así, inconcluso, un deseo insatisfecho, un cabo sin atar que desordenará el meticuloso orden del mundo de mis sentidos. La prolija trama de mis sentidos exige que mis deseos se satisfagan, mis menores exigencias, mis menores caprichos, mis antojos, mis ganas, mi necesidad, mi líbido. Nada inconcluso, nada librado al azar, este perro sin poronga puede muy bien volverse en mi contra, puede muy bien morder la mano que le da de comer si no logro enderezarlo. El porongo del perro, los hongos...

Por simple asociación de ideas que tanto hacen a la magia contigua supo que la verdad la encontraría en los hongos. Retomar pues un camino largo rato olvidado, desandar los vericuetos del castillo para retornar a las renegadas fuentes. Como buen brujo que era supo cómo vestirse: la túnica de Gran Maestre con el ojo bordado, y en alto el candelabro de oro que una vez perteneció a los tesoros de la Muerta. Así se largó a caminar por los largos corredores, iluminado por la vela que arrancaba monstruosas sombras de los pilares blancos. Al reino de los hongos no se puede llegar con luz directa.

Los había cultivado en el confín del Tacurú en su primera, gloriosa identificación con las hormigas, pero últimamente ya le estaban dando muy pocas gratificaciones. Relegados por lo tanto los hongos al olvido hasta este instante, relegados desde el momento en que el gobierno instaló en sus dominios la planta de procesamiento de cocaína.

Sin embargo los hongos poseen poderes que la cocaína desconoce por completo. Con los hongos se puede transcurrir en el tiempo, ver pasado y futuro, acrecentar los ya desmesurados poderes adivinatorios. Por eso mismo no intentó comercializarlos, contra lo que podía dictarle el sentido común; por eso mismo se concentró de lleno en la planta de cocaína, una droga tan superficial y tan poco inteligente. Ideal para los que sólo buscan la euforia y el olvido y se niegan a volver la mirada para dentro. La cocaína es la religión de los pueblos y suerte que así sea: fácil resulta mantenerlos contentos y hacer pingües ganancias.

Son éstas las reflexiones del avanzar cauteloso por las galerías de su laberinto. Siempre doblando a la derecha para entrar, a la izquierda para salir, como corresponde en estas coyunturas. Avanza con su candelabro de oro en alto, enfundado en su túnica bordada en oro. Nada demasiado ostentoso, una túnica vieja, la misma que se pone cuando quiere hacer llover

(En su observatorio de palmeras tiene la máquina de bombardear nubes y esa otra máquina tanto más moderna de *fabricar* nubes. Pero para lograr el fenómeno pluvial cuenta sobre todo con sus ensalmos, y con sus imprecaciones)

Lluvias ahora no, ahora tan sólo llegar a la caverna de humedad natural donde se crían los hongos. Y en el camino prepararse para recibir los hongos y que los hongos lo iluminen. Hongo por hongo. Ellos tendrán la solución, por afinidad fálica, por simpatía, simbiosis, mimetismo. Prepararse por lo tanto a lo largo del camino para recibir los hongos.

Un camino extenso y hecho de vericuetos, recovecos destinados a apaciguar la mente y aquietar el alma, corredores con circunvalaciones de cerebro y textura algo esponjosa, más y más blanca a la luz de la vela. Corredores espiralándose, subiendo y bajando y volviéndose imprecisos, vagos, como en un sueño por el que él transita en pos del mensaje, internándose más y más en el vientre de la tierra, vieja pachamama tan rocosa y estéril por dentro, de vísceras poco cálidas, poco acogedoras o mullidas, sólidas vísceras de roca por las que él se interna identificándose, granítico él, inconmovible pero tan corruptible como corrompido está el viente de la tierra, intestinos de tierra que se vuelven mohosos por momentos, con algo de la viscosidad de la verdadera entraña, y él no los quiere así, no, y por eso avanza en pos de una rigidez preternatural que en poder de su edecán, el perro, lo llevará a él, el amo, al verdadero éxtasis.

Es el éxtasis lo que va buscando a lo largo de las desoladas galerías viscerales. Las patinosas gredosas mucosas de la tierra, su tacto de seda por momentos, y ese coagulado rojo color hígado y un palpitar de corazón que a veces le llega y lo conmueve, transmitiéndole la vida de la tierra.

Todo prefigurado, previsible. Hasta que en una curva del camino de golpe se topa con las inesperadas lágrimas de la tierra: una vasta caverna de estalactitas blancas que caen en finísimos hilos, detenida lluvia casi hasta al piso, y las estalagmitas naciendo del piso y llorando hacia arriba, desafiando la gravedad para encontrarse —lengua contra lengua— con sus compañeras que vienen bajando a lo largo de años y que gota a gota las han ido esculpiendo.

Blanquísimas estalactitas de sal. Friables. Quebradizas. Un paraíso de pureza incorruptible y frágil —la sal lo quema todo, no permite ni una gota de vida, de corrupción futura. El mundo de lo podrido ha quedado atrás. Las miasmas, las lagunas. El tiene ahora que atravesar con su cuerpo ese túnel de sal que jamás ha visto una presencia, por eso avanza tieso con el candelabro en alto y va quebrando a su paso las estalactitas que truenan con seco ruido de hueso roto. Al avanzar así, abriéndose un camino por la sólida lluvia, se siente puro, sublime, quién diría, y eso gracias a la pureza de la sal, la gran protectora. La más limpia. Radiante. La luz de la vela se espeja en los cristales de sal y lo baña de destellos iridiscentes.

Todo el mal de ojo de la tierra se le va despegando del cuerpo a medida que las estalactitas lo rozan, cayendo fulminadas a su paso. Güiros, guacharadas, cuicas, o un redoble de tambores livianísimos; bajo sus pies los muy crujientes cristales van marcándole el ritmo, guiándolo por interminable camino de sal hasta enfrentarlo con la señal de entrada. El mojón. La gran estalagmita de colores carnosos.

En los inicios del cultivo de hongos, cuando él solía frecuentar estas grutas del misterio, la estalagmita era su hito. Soñaba entonces frente a ella durante largas horas, después de haber ingerido los hongos de a pares como establece el dogma. La estalagmita era entonces, para él, la Virgen de Sal y bajo la capa pétrea el cuerpo cristalizado de la doncella se tornaba visible. El sueño era complejo y recurrente: él colocando allí a la doncella —la más clara, la más casta— obligándola a permanecer del todo inmóvil, narcotizada quizá, mientras las gotas de agua salina llovidas del techo de la caverna se petrificaban sobre su cuerpo, lenta muy lentamente, a lo largo de décadas. El contemplando incansable, sin tiempo, y la doncella inmóvil volviéndose piedra bajo su mirada pétrea, transformándose en la estatua de sal para siempre viva bajo los cristales de color carne viva. A veces la sentía palpitar, a veces bajo el crudo manto de sal se le aparecía el rostro de la Muerta y él podía permitirse el lujo de unas lágrimas que también son saladas. Consustanciación ritual del llanto, nada de debilidades.

Eso antes, cuando ensoñaciones menores cabían en su destino. Ahora no, ahora por fin alcanza la verdad de la estatua de sal, su sublime forma. Y ve el falo, el inconfundible falo aclarándole tantas dudas y permitiéndole otras. Un gigantesco falo con una gotita sonrosada que le chorrea del glande. Una promesa.

A la cámara de los hongos entró entonces con paso esperanzado y pudo por primera vez dejarse deslumbrar por su belleza. Era una enorme catedral abovedada con paredes como piedras preciosas de un cristal muy transparente con jardines internos como el agua de sus lagunas en este caso del todo mineral, estáticos. Con chorreaduras de zafiros líquidos, de coaguladas esmeraldas. Y más allá un vasto cristal rosado; paredes de cuarzo, de hematita. Todo gracias a los juegos de la sal tan transparente y sus chorreaduras minerales, herrumbres de cobre y de hierro detenidas por siglos, ácidos esperándolo a él, nada menos que a él que llegaba sólo con un candelabro de oro, empobrecido.

Y los hongos allí en el centro de la catedral de transparencias, preservados de la sal, sumergidos en un resplandor acuoso irradiado por ellos mismos.

Con el cabito de vela que le resta y que está ya a punto de extinguirse él avanza hacia la radiante luminosidad de los hongos, la misma claridad que él sabrá dentro de sí una vez que los haya ingerido. ¿Insuperable claridad? No. Allí no más, al fondo, algo más resplandeciente que los mismos hongos con color de hongo, una luz más verdosa aún, más inquietante. La luz parece llamarlo y él avanza en busca de sí mismo, de un espejo que le devolverá su propia imagen, única capaz de irradiar tamaña luz, tamaño despropósito.

¿Y qué encuentra en el fondo de este palacio enjoyado, natural, que ninguna mente humana será capaz de concebir jamás? ¿Un espejo de oro? No. ¿El resplandor divino como lago quieto que devuelve su imagen? No. Encuentra lo incomprensible: el resplandor es una pila de harapos, y de harapos parlantes.

—Sí, señor, hijo mío, aunque bien sé que debería llamarte hijo de alguna bastante menos virtuosa que yo. Sí. Heme aquí a pesar de tu olvido. Sobreviviendo todos estos años tan sólo para darte la lección de humildad que buena falta te hace. Soy la Machi, sí. Me trajiste de mis tierras del sur con promesas mucho menos pálidas que estos malditos hongos, con promesas refulgentes. Y yo no te creí, por eso vine, para desconcertarte. ¿Cómo se te pudo haber ocurrido que la Machi, la madre, la maestra, la bruja, iba a caer en una trampa tan torpe, una burda red tejida de promesas? Si yo soy la promesa, soy quien tiene ese don de profecía en el que la profecía se cumple. Todo lo demás fuera de mí está vacío, te lo dije alguna vez, ¿recuerdas? y no me importa si te has olvidado por completo, allí están mis palabras, siguen siempre en vigencia para que la sofocada memoria se haga carne en tí y te lacere. Por eso mismo, por lo que te dije aquel día, pegaste media vuelta y no volviste más, desapareciste con la idea de borrarme de tu vida y del mundo de los vivos. Qué poco criterio ¿no? qué escaso conocimiento profundo a pesar de lo mucho que crees conocer. Yo en cambio no necesito tenerte ante mis ojos para saber que sigues sembrando el mal por ahí, esparciendo por el mundo las crueldades para las cuales no has nacido.

—Eso lo dirás vos, vieja bruja. El primer recuerdo de mi vida es el chillido del pájaro negro, y después la negra caverna de la mujer abierta para expulsar al ser monstruoso con seis dedos en cada mano. Nadie, que yo sepa, ha recibido tantos avisos del reino de las tinieblas, nadie mejor que yo ni tan predestinado.

—Sólo manifestaciones de las fuerzas superiores a las que todos estamos sometidos.

—Vieja Machi de mierda, puroharapo, no veo a qué manifestación superior de fuerzas vas a estar sometida vos, hecha un guiñapo en el piso, ya sin forma, los huesos no más, irradiando una luz de pudredumbre verde.

—Nunca tuviste buen carácter, pero te estás agriando con la edad. Ten cuidado. El té de ciertos honguitos te vendría a las mil maravillas, te devolvería la calma.

—¡Té de honguitos! ¡Té de honguitos! Vine a buscar los hongos fuertes, los que me darán poder a través de otro, los potentes. No necesito té de especie alguna. Si de tomar algo se trata, tomaría sopa de Machi, para que sepas. Sos puro hueso, vieja bruja, ni pa' charque servís y eso que el charque es lo más reseco que hay sobre la tierra. Voy a mandar a hacer sopa con tus huesos, para tomarla de bajativo por las noches.

—Será sopa de hongos, te diré. No he comido otra cosa desde que te dignaste olvidarte de mí. Y ya se sabe que la sopa de hongos no es buena por las noches, da malos sueños, se te aparecen las viejas brujas y te sueltan todas las maldiciones que has merecido a lo largo de tu vida, que ya es mucho decir.

—Cállate, huesito 'e sopa, caracú vacío. Tengo un perro que

—No me interrumpa tanto, quiere. Yo irradio la luz y por lo tanto irradio la palabra y usted es apenas un vil reflejo mío, bastante malparido, y si cierto día se alejó de mí fue por que yo se lo permití y si ahora ha vuelto es porque yo así lo dispuse, te convoqué ante mí. Tengo algo que decirte y me vas a escuchar o reventar.

Hice ambas cosas, la escuché y reventé. De bronca. Pero no la escuché por ella, vieja bruja barata, la escuché porque Estrella empezó a revolverse en su pellejo y a sentirse muy incómoda mientras yo le decía a la Machi unas cuantas verdades. Por eso callé, por mi hermana, porque la Machi supo reconocerla hace mil años y la llamó Lucerito del Alba, y Estrella es así de agradecida y no olvida las lisonjas, como buena mujer que es, buena sensiblera. Hay que aceptarlo: Estrella feliz, yo feliz, por eso la saqué en aquel entonces a la Machi de su ridículo templete araucano, una ruca cualquiera, y me la traje a casa para que ejerciera las sublimes funciones de guardiana de los hongos. Todo por Estrella y ahora Estrella obligándome a escucharla, pesándome tanto que debo poner rodilla en tierra para acomodarla bien, para calmarla. Y la Machi habla y habla, aprovechando para escupirme en la cara todo lo que no la dejé expresar en estos años. Habla y habla y yo tranquilo porque mientras tanto se olvida de reclamarme la trapalacucha sagrada. Ni pienso devolvérsela. El pectoral habrá sido su objeto ritual y lo que quiera pero ahora ha pasado a mi poder, es sólo mío. Cierto que estas ceremonias de indios fríos son poco interesantes, poco ardientes, nada que ver con la magia de los negros cargada de energía, pero la trapalacucha sagrada es otra cosa: de plata maciza, tiene todo tipo de poderes. En esto los araucanos son superiores a los negros que sólo usan unas vulgares conchitas para sus adornos litúrgicos. Con la trapalacucha sagrada colgándome del cuello me siento soberano, sobre todo durante las fiestas de los Cuartos Crecientes. Escucho a la Machi para que no me quite el pectoral o para que no me lo descargue desde lejos. Es muy capaz de hacerme una perrada semejante, vieja de mierda. Puede también negarme un poco de la fosforescencia verde que se agarró para sí y largarme por estas galerías escoltado sólo por murciélagos.

—Deberías de confiar en ellos, hijo, te guiarían con toda la precisión necesaria. Son bastante más perfectos en materia de radares que uno que yo conozco.

Vieja bruja devoradora, las cosas que siguió diciéndome, acusándome como si tuviera derecho. No pienso repetirlas para no aburrir a nadie, puras mentiras, infundios inventados por esa mente pervertida que tiene. Vieja pajera ahí en la soledad de su gruta imaginándose cosas que yo, bueno, quizá ¿nó? pero que ella no tenía por qué andar ventilando.

La dejé hablar, y mientras hablaba —para que no me anule los poderes— repetí el arcaico encantamiento.

Espejo soy. Mírense en mí. La transparencia
será hallada en la imagen mía que está
en la pureza de quien se sospecha y es.
Fui iluso, ilusorio, ilusionante. Soy.
Tierra son mis flatos y océanos y cielos
mis palpitaciones amenguadas.
Soy la neurona padremadre.

Y me llevé mi buena cosecha de hongos de luz verde aunque ella intentó impedírmelo. Esta es mi casa de arriba para abajo y todo lo que aquí crece y lo que aquí respira es mío. La luz verde más que nada a pesar de que haya andado luciéndola la muy harapienta.

Soy la neurona padremadre, nadie va a venir por estas tierras a brillar más que nosotros ¿eh, Estrellita?

¿Brillar más que el Brujo, quién puede, y menos ahora que se ha apropiado de la fosforescencia? Por eso en la Capital, de noche, en el secreto de un ámbito cerrado, puede oirse esta voz:

Uno trata de no dejarse atrapar en la pringosa red de las supersticiones, pero estos son tiempos pegajosos, oscuros, y la superstición lo va impregnando todo con su fétido olor a estancado, a miasmas. Ideas en descomposición, los nobles preceptos pudriéndose lentamente y el olor a descomposición nos llega por oleadas, nos sofoca. Las sirenas de los patrulleros desprenden a veces esta fetidez, o la mirada turbia de soldados que mañana tarde y noche nos apuntan con sus ametralladoras. Ya ni se puede caminar por las calles de la ciudad sin que a cada rato nos aplasten contra una pared y nos palpen de armas. Nos manosean, nos pegotean al cuerpo el olor a miasmas, a plantas en descomposición. Las lluvias no nos lavan, tampoco las inundaciones, todo lo cóntrario. Ahora llueve a destiempo y fuera de lugar, se anegan los desiertos y las praderas se transforman en eriales. Como si alguien estuviera jugando con las nubes.

Y para colmo esto, y para colmo esto. La superstición nos va cercando poco a poco. La superstición tiene por nombre miedo. Ahora titilan las llamadas luces malas en el norte y no podemos saber de dónde vienen. Un resplandor verdoso se enciende con el crepúsculo y sólo muere al morir la noche. Posiblemente siga allí en permanencia aplacado por el día. Es la luz de la podredumbre, la claridad del horror.

Al menos si se disipara con el día, si durante el día pudiéramos andar por las calles y cumplir con nuestras obligaciones sin que nadie nos moleste, sin miedo. Pero cada tanto surge un coche misterioso con cuatro hombres dentro que se llevan a uno de nosotros, encapuchado, y nunca más volvemos a saber de él. ¿Qué nos impide actuar o defendernos, qué nos paraliza? La superstición. La inutilidad de todo esto. El terror. El asco. El cansancio. La necesidad de creer en algo. Los sueños. Las pesadillas.

Mano dura

Debo aclarar que el general de brigada Mastrotti ha sido defenestrado. Lo reemplaza a la cabeza del gobierno el general Durañona, un incondicional. Como debe de ser. Y no se puede decir que estas manitas mías no hayan tenido su injerencia en tan feliz —para mí— acontecimiento. Un bien más que le he hecho a mi país: le he entregado un dirigente firme y enérgico. El general Mastrotti nos había resultado algo blando, poco práctico, impreciso, carcomido por la duda que es la peor de las carcomas. Me río porque ahora en el Campo Militar número 8, cuartel 7 —su antiguo regimiento— debe de estar gozando de los beneficios de su relajamiento disciplinario. Los maestros torturadores ya no son los grandes artistas del dolor que fueron en mis tiempos. Ahora son unos pobres chapuceros, sin adiestramiento alguno. Cualquier infeliz tortura, hoy día, ya ni respeto hay para los especialistas, los que calibraban con precisión su arte.

Mientras yo pude impartir instrucciones personales la tortura en este país fue una verdadera ciencia, un bordado fino. Sabíamos hasta qué punto apretar, sabíamos llevar al sujeto al borde mismo de lo intolerable sin permitir que se nos fuera de entre las manos. Ningún maestro en la tortura soporta el gran fracaso cuando el sujeto se le raja y se le va tranquilito al otro mundo donde nada lo alcanza. Hay que conocer a ciencia cierta hasta dónde aguanta el cuerpo, hay que conocerle los límites; destruirlo no significa destruirlo del todo, significa eso: doblegarlo, quebrarlo, deshacerlo y que sepa, llevarlo hasta el fondo del dolor y que sepa, que no se pierda ni una, que sepa siempre y sepa.

Ensayamos mucho para alcanzar la perfección, me enorgullezco en decirlo, experimentamos a fondo y con todo rigor. A mis hombres no se los podía acusar de improvisados.

Estos de hoy ya ni me consultan, creen que se las saben todas y son unos chambones. Han leído mis manuales, debo reconocerlo, pero con leer no basta: los avances técnicos deben ser empleados con criterio, sin cometer torpezas. Lástima por el pobre general Mastrotti (R): puede que no viva para hacerse pasar por mártir.

Y pensar que intentaron mandármelo aquí, nada menos que a mi Territorio Libre. Por todos los demonios ¡no me lo contaminen! Un general coriáceo ¿para qué lo quiero? Hubiera podido dárselo de juguete a las guainas, claro, pero no tengo por qué ser tan descortés con mis pobres muchachas y darles un juguetito tan poco estimulante. Las pobres no le hicieron mal a nadie, aunque tampoco le han hecho a nadie demasiado bien, para eso las tengo aleccionadas. No voy a permitir el bien en mi reducto.

Por suerte el bien ya no será moneda corriente con el general Durañona a la cabeza; la cosa se va a poner mucho más divertida. Este general sí que acata mis ideas como si fueran propias y las aplica hasta sus últimas consecuencias. Es un hombre de pro, un verdadero líder. No tiene una mano algo blanduzca como el otro, no señor; hace honor a su nombre. Le sugerí la creación de un cuerpo de paramilitares, para reforzar la represión. Ya con los parapoliciales no basta, y eso que me dieron mis buenas satisfacciones, sobre todo en los tiempos cuando me movía feliz entre ellos. La Triple P habíamos formado ¿adivinen por qué? Sólo que yo insinuaba otras connotaciones para no traicionarla a Estrella y además ¿para qué aclarar tanto? lo principal fue sembrar el terror y eso sí que lo logramos, la pucha que lo logramos, bien que me pude reír en ese entonces. Como me voy a reír ahora, sólo que ahora más porque es más secreto, más recóndito y mío, para mi coleto.

Nos hace falta gente, me manda a decir Durañona, y yo puedo impartir mi consejo de siempre, como si no lo supieran, como si necesitaran mi aval para estos menesteres. Bien. Sáquenlos de las cárceles, les digo, es en las cárceles donde se consigue el mejor personal, no sólo el más idóneo sino también el más adicto, el que está agradecido. Esos son capaces de cualquier cosa, hasta de fidelidad son capaces, es increíble.

Umbanda

—Como ustedes, el brujo también se viste de blanco y dice que es religioso.

—Sí. Pero con el signo opuesto, cambiado. El está del lado oscuro y ése no es secreto para nadie. Podemos concentrarnos para que de ahora en adelante se vista de negro, o de rojo, si usted quiere. Sus túnicas blancas o lo que fueran teñidas con la sangre de sus víctimas

—No quise decir eso. Qué importan los colores de los trajes, no estamos haciendo una representación teatral, estamos tratando de lidiar con una realidad muy poco asible, con aspectos que la razón no logra captar. No sé si ustedes podrán hacer algo, pero por favor no malgasten esfuerzos en cuestiones estéticas.

—Lo encuentro muy cartesiano, amigo. Los colores no importan, lo que importa es el símbolo, es a ese nivel que nos manejamos nosotros, no a un nivel visible.

—Está bien, está bien. Ya lo pensé, similia similibus curantur; si nos atacan por el lado de la irracionalidad, contraatacaremos por el mismo flanco. No hay que desdeñar nunca al enemigo. Pero conste que esta no es nuestra habitual forma de actuar. Pueden proceder, no más.

Y proceder podían, no más, en relativa tranquilidad, porque habían encontrado el sitio perfecto más allá de la Capital donde la zona urbana se empieza a confundir con lo ignoto. Era una antigua casona al fondo de un terreno mal sembrado pero bien tapiado, con buenos perros y amplísimos sótanos que en el siglo anterior habían sido alternativamente prisión, refugio y depósito de contrabandistas y de nuevo prisión, hasta ser condenados por algún remoto habitante que quiso separarse de esos fantasmas demasiado densos. La vieja que ahora vivía en la casona un día oyó la voz de los fantasmas y para su terror dio con los sótanos. Corrió entonces a buscar a aquellos sacerdotes del Umbanda que aún podían reunirse clandestinamente y les rogó que fueran a su casa, a limpiarla de malos espíritus.

—Los sótanos están llenos de voces y no sé qué quieren decirme

—No importa, nosotros la vamos a ayudar. Prepare no más los elementos y no se olvide de tener tres botellas de aguardiente.

No para beber, el aguardiente: para brindársela a las fuerzas y tratar de apaciguarlas.

Por eso cuando el pequeño grupo de rebeldes encabezado por Alfredo Navoni fue a buscar a los Umbanda para pedirles insólito socorro ellos no vacilaron en señalar el lugar: la antigua prisión que se abriría de par en par para intentar liberarlos.

¿De dónde me llega este grito de triunfo? ¿quién se permite perturbar la majestad de Mi sueño? Guardia!! Tráigame al perro.

Perro, edecán, lameme los pies, sobame con tu hocico húmedo, lameme, perro, que no puedo dormir y hoy es viernes, perro, de luna llena, alguien está tratando de lastimarme. Deberías transformarte en lobo, no en perro maricón, perro faldero.

En lobo, he dicho. Yo te voy a convertir en lobo. Ahora a mi vez te meo pero el mío es un meo sagrado que te va a devolver el odio, edecán, garza maldita, marica de mierda; hacete lobo, he dicho, aullale a la luna, bien fuerte, te digo, bien fuerte para que se quede tranquila y no me joda. Con mis ojos internos la veo, reflejada en las lagunas negras y se ríe de mí la luna puta, la puta luna, se ríe de mí reflejada una, dos, veinte veces, una por cada laguna y son *mis* lagunas, no lo voy a permitir. Cincuenta, cien y en todos los reflejos se ríe de mí, la muy perra, en todos menos en uno. Tenemos que llegar a ese único reflejo, ahí donde la luna no se ríe, donde muy seria está, tratando de aniquilarme. Aullá, lobo, vení que te pongo esta piel sobre el lomo. Aullá, hirsuto, maldito; pelotas no tendrás pero ferocidad te sobra, imbécil. Merecés esta patada. Tomá. Y no te babées, no gimas. Arriba, lobo. Aúlle.

Hombres y mujeres de blanco en el sótano oscuro, sacudidos por estertores violentísimos, peleando a muerte contra potencias invisibles. Muchos riendo, a veces, riendo con grandes carcajadas, sus rostros como lunas.

Se estremecen, cantan y ríen y a veces una vibración demasiado intensa les sacude el cuerpo y pegan un grito de horror que algo tiene de triunfo. A ratos alguno se dobla en dos y gime presa del dolor absoluto, entonces los demás lo toman entre sus brazos, lo ponen de pie y le pasan las manos por el cuerpo, de pies a cabeza, las manos bien abiertas como barriéndolo, quitándole el mal, y después sacuden las manos en el aire para desprender lo invisible, lo inasible y viscoso. A la Esfera ha penetrado una fuerza negativa, hay que ahuyentarla, destruírla, y para eso diseñan un círculo de pólvora alrededor del poseso y encienden la pólvora. Se elevan llamas altísimas, azules, y el humo inunda el ámbito. El denso humo azul y acre de la pólvora, transfigurando la escena, y los hombres de blanco ya como en otro plano, revolcándose sobre las llamas.

Del otro lado de las rejas de madera que los separan de la Esfera, del recinto mágico, Navoni y su gente se dejan atrapar por lo que *no* está sucediendo, por todo lo que estos actos implican y revelan sin necesidad de explicación alguna. La lucha es sin cuartel y ellos lo saben aunque nadie se lo diga, la lucha se ha entablado, el contrincante está a 700 kilómetros de distancia. Puede que el humo de la pólvora le llegue, el resplandor de las llamas azules sobre las que los hombres de blanco se revuelcan chamuscándose a veces el pelo y a veces las cejas. La purificación.

Tráiganme la morfina que me están destrozando, grita el otro allá en el norte, bajo *su* tierra, y las guainas corren a preparar la inyección al verlo retorcerse en el piso. Es como si me arrancaran las tripas, el cuchillo de pedernal, el cuchillo de obsidiana, me penetra, urga en mí, no pude ser, no, no yo la víctima, yo siempre el sacerdote, no víctima propiciatoria, no. Suéltenme les digo. Suéltenme.

Y las guainas que no lo han tocado —nadie lo ha

tocado— lo miran aterradas, con la jeringa lista entre las manos. Las guainas sin saber qué hacer mientras él reclama su dosis y chilla que lo suelten cuando nadie lo sujeta.

Por fin una atina a clavarle la aguja en un tobillo, con esperanzas de acertarle a una vena, y él se va calmando de a poco, entre jadeos.

Echado en un rincón, sobre el piso, el Edecán no puede dejar de aullar quedito.

Seguí, lobo de mierda, seguí, marica, aullá que así me gusta, aullá, lobo, clamá por mí lo que yo callo, dale, que lo necesito, sos mi voz, no, no sos mi voz, mi voz es mía, única, no te la doy ni te la presto ni te permito, sos la voz, una que conozco como si siempre maresoplara en mi oreja. Dale Edecán, perro, lobo, marica, mierda, aullá edecán. Aullá te digo. Esa voz es una voz muy especial y no quiero perdérmela.

—¿Puede saberse, después de tanto desgaste de energía, si estas cosas surten efecto?

—No. O quizá sí. Lo sentimos en la piel, nosotros. Pero no esperen resultados inmediatos, me temo que va a ser una lucha larga y muy pesada. No es un enemigo común, este hombre es la encarnación del mal. No se asombre si ahora nos llueven las represalias.

—¿Quiere decir que despertaron al perro que duerme?

—Ese perro nunca duerme, como tal. Pero si realmente tiene poderes, y me temo que los tiene, en estos momentos ya debe de estar planeando una venganza. La cosa puede llegar a ser muy seria.

—¿Y cómo nos ponemos de nuevo en contacto con ustedes, por si saben algo? ¿Con señales de humo?

—Por favor, Navoni, no estamos para bromas. Sabe muy bien que me puede encontrar en mi despacho cuando me necesite. Y no lo olvide: nosotros también arriesgamos el pellejo en esta empresa. Sobre todo nosotros.

Ceremonias de venganza

Venganza, toda mi sangre clama por venganza. Me han estado haciendo brujerías, les voy a tirar encima todas las fuerzas de mi fuerza, los voy a aniquilar, los voy a hacer trizas yo solito, no voy a cruzar la frontera en busca de ayuda, yo solo con todo mi poder los voy a triturar, a desintegrar. He impartido órdenes para que los busquen hasta debajo de las piedras. Es gente peligrosa, saben manejar los poderes de la mente y para evitarlo hay un solo remedio: destruir la mente. Mi gente de la Capital ha sido adiestrada al respecto, utiliza a la perfección los instrumentos, pero para eso hay que encontrarlos. He puesto en marcha un operativo rastrillo y ahora van de casa en casa, aunque no es fácil identificar a un enemigo tan volátil. Caen muchos inocentes, dicen; como si eso me importara. Inocentes, por favor, quien más quien menos, a todos les gustaría acabar conmigo.

El gobierno central no quiere sumarse a ésta mi campaña de exterminio. Alega tener que lidiar con enemigos más tangibles. Enemigos del gobierno, verdaderos enemigos del gobierno, son estos que me apuntan a mí, sabiendo que sólo a través de mi persona destruirán el concepto de gobierno y a mí qué me importa, yo soy invulnerable. Pero no voy a permitir que me tomen el pelo.

Por eso mismo, no tanto para protegerme, es que he mandado a construir la pirámide. Una pirámide trunca con cara a los cuatro puntos cardinales. Si ayer fui víctima propiciatoria hoy seré sacerdote, sin más, seré sumo pontífice, seré, como siempre he sido, el gran ejecutor, el execrable.

Quiero que los traigan vivos y yo personalmente les arrancaré las vísceras a mano. A cada uno de los que celebraron oficio contra mi persona. Y no podrán decir —como nunca han podido decir, aunque quisieran— que mis manos están sucias de sangre. No señor. Para algo se han inventado los guantes de goma.

¡A apurarse, esclavos, lacayos, animales, apurarse, animales todos ustedes aunque yo tenga puesta la máscara!

Me gusta así, algo ritual y bastante egipcio. No del todo, tengo mis propias convicciones, me personalizo siempre y me defiendo a muerte de cultos extranjerizantes. Nunca me dejaré adoctrinar ni arrastrar, incorporo simplemente lo que me resulta útil, lo adapto y adopto. Soy el gran sincretizador, el gran ecuménico, el totalizador, el Sublime. Por eso me he puesto esta máscara de Anubis con quien me identifico a veces. Por eso la pirámide que me están construyendo es una doble pirámide, una pirámide doblefaz y a la vez única. La unidad me simboliza y me escinde. Como a mi pirámide que será azteca por fuera —es decir trunca— y del todo piramidal, egipcia, por dentro.

Pero azteca a simple vista para el gran sacrificio. Me atacan bajo tierra y yo me elevo, me escapo. Mi pirámide está siendo construída de adobe: la piedra es muy difícil de hallar por estos parajes y yo necesito mi pirámide *ya*, sin la menor demora. Aunque sea de adobe. ¿De adobe? Mejor. Así estaré conectado directamente con la tierra y resistiré todos los temblores.

Por motivos de tierra les digo a mis siervos que se apuren. La gleba. En este clima reseco los adobes casi se fabrican solos y yo necesito mi pirámide cuanto antes. Mi enemigo oculto va a volver a atacar y debo estar preparado. Van a volver al ataque esos brujos desconocidos que me hicieron retorcer de dolor con la última luna llena. Un ratito no más me retorcí, pero igual no quiero que se repita la experiencia.

Ya no puedo ni navegar por mis lagunas ni escribir mi novela. Tomo apuntes, eso sí, y con fruición preparo la venganza.

Me he puesto la túnica roja de las grandes represalias y estoy casi listo. Pensar que mis incapaces hombres de la Capital me contestan que no pueden encontrar a los brujos, que no hay tales brujos. Yo los he sentido en mis entrañas y los voy a hacer salir de sus guaridas al aullido del lobo. Aullá, edecán, lobo, aullá un poco más que yo a esa voz la reconozco. No como la voz de las sirenas de mis queridos patrulleros de *illo tempore*. Aullá, no con esa voz de pito, con voz digna, rarificada, aullá, la siento a Ella detrás de los agudos, sí, es mi Muerta, nada menos, mi Muerta rediviva en esa voz tuya de despelotado, carajo! Te regalaría una de mis pelotas a cambio de este milagro, sólo que entonces no, ya no sería lo mismo, volverías a ser un boludo más y no la Muerta. El receptáculo de la voz de la Muerta. Dale un poco más, así, con un aullidito triste detrás de las palabras ¡eso es! La voz de Ella que vuelve para mandarle mensajes a su pueblo. Mensajes de venganza. De exterminio.

Mi querido pueblo, mis queridos, repetí conmigo. Amaditos, salgan a buscar a esos hijos de puta, los brujos de pacotilla que pretenden destruírme. Venganza, mi querido pueblo, compañeros.

Necesito de ustedes, salgan a reventarlos, salgan, levántense, protéjanme. Que revienten los brujos que me odian. El pueblo te va a escuchar, lobo. La va a escuchar a Ella. Dále, hablá, relajate. Estás muy tranquilo, tranquilito, no sentís tu cuerpo, esa mano está muerta, te va a entrar mucho sueño, sueño, ya tenés mucho sueño, qué rico, te estás durmiendo, no podés mantener los ojos abiertos. Los párpados te pesan. Te pesan. Ya te dormís. Ya estás dormido

¡hablá, ahora, Muerta mía! Hablá que te estoy grabando. Y deciles que los revienten a todos, que los hagan papilla.

Mis queridos proletarios, escúchenme. He vuelto con ustedes. Hoy más que nunca necesitan de mí.

Necesitan de mi desinteresada y amantísima protección, pero fuerzas del mal estan dispuestas a destruírme. No lo permitan, amados míos, mi pueblo. Si destruyen mi culto ya nadie se ocupará de ustedes, nadie vendrá del Más Allá para tenderles una mano. Y el ataque se perpetra en la persona de mi Sumo Sacerdote. Cierta secta maléfica está oficiando misas negras para aniquilarlo. Hay que destruirla, hay que encontrar esta secta que se reúne bajo tierra en algún sótano, encontrarla y aniquilarla, y para eso cuento con ustedes, mi querido pueblo, mis proletaritos. Pediré a mi Sumo Sacerdote, a mi Señor, que ore por ustedes. El sabrá agradecerles si cumplen su misión.

No, pará. Borren la última frase. No tengo por qué agradecerle nada a nadie. Ellos van a cumplir con su deber y esa es la máxima felicidad a la que puede aspirar súbdito alguno. Ellos me deben agradecer a mí: bastante con que les señalo el camino y les doy ciertas pistas.

Los pueblistas

—Si no fuese que ella es una santa diría que es cosa 'e Mandinga. Nos siguen llegando mensajes de ultratumba y es Su voz, no hay duda, es la voz de ella en las interferencias que se cuelan por encima de la música o detrás de la voz del locutor que trata de decirnos todo lo contrario. Creo que ha llegado el momento de actuar, no podemos seguir así en la sombra. Si Ella nos lo pide.

—Tenemos que estar alertas, compañero. Pueden muy bien ser los enemigos de Ella que pretenden movilizarnos para sus propios fines. Parece ser Su voz, es cierto, pero una voz puede ser imitada. Propongo que esperemos nuevas pruebas antes de entrar en acción clandestina.

—De acuerdo. De todos modos convocaré a reunión para el domingo. La voz prometió enviar nuevos elementos de prueba, inobjetables. Mientras tanto impartí órdenes para que los compañeros de allá estén preparados, prontos a movilizarse para reabrir el Santuario Secreto. Hay que ventilarlo un poco después de tantos años, hay que ver si todo está en orden y si nadie lo ha descubierto, si nadie lo ha violentado para obtener las pruebas de que nos hablan.

—Que procedan con suma prudencia.

—Sin duda. Hoy más que nunca debemos precavernos.

Al altar, al altar

El Gran Sacerdote de noble barba blanca y su acólito dorado se dirigen ahora al misterioso Altar del Dedo. Observen, señoras y señores, el paso de majestad casi divina, el andar de hada, levitando casi. Con túnicas encarnadas —los trajes de novia han sido sumergidos en tinturas secretas— se dirigen solemnemente hacia el centro de la tierra, al altar donde el Dedo resplandece, solo y admonitorio como siempre.

Es un obelisco infinito. Es un haz de luz que perfora las nubes.

Se lo puede ver a mil millas de distancia aunque nadie lo perciba porque nadie presta atención a estos llamados.

Es el Sagrado Dedo que por fin habrá de cumplir su noble misión en este mundo.

El Gran Sacerdote y su acólito avanzan a paso muy solemne. Un pie casi arrastrado hace un breve paréntesis a mitad de camino y luego pósase delante del otro. Y el otro pie se desliza con tristeza de tener que desprenderse unos escasos milímetros de la tierra nutricia. El Gran Sacerdote va musitando su plegaria; y pide perdón por primera vez humildemente porque sabe que el Dedo al apuntar también a él lo apunta, más a él que a nadie —él está en todas partes— y lo acusa sin saber que por fin habrá de cumplir su sacro cometido.

Mea culpa, hermana, madre, amante, mea culpa, esta es mi obra y nadie nunca ni el propio Generalís lo sospechó jamás. Porque yo te amé más que a nadie en el mundo y supe de tu perduración a través de la muerte y te he ayudado en esta perduración, para mantenerte viva en tu aura mística y tu leyenda. Estarás siempre acá entre nosotros gracias a este dedo índice que algunos murmurarán que me robé, porque pelafustanes nunca faltan.

En su pomposa marcha hacia el altar, el Gran Sacerdote revive la escena en forma tan intensa que no puede menos que caer de rodillas con lágrimas en los ojos. Su acólito dorado, tres pasos más atrás, no reacciona a tiempo, tropieza con la figura postrada de su Amo y cae en confuso enredo de brazos y piernas y más tarde de saliva y otras secreciones más secretas que manchan de barro las rojas túnicas, coágulos de pasión que el Dedo se merece.

La escena,

la tan evocada tuvo lugar cuando por fin después de tantísimos años lograron recuperarla. Se la habían quitado y escondido muy lejos de su alcance, pero un buen día se la devolvieron al Generalís, a él y a la otra, la Intrusa.

Y los tres juntos procedieron a descubrirla. Después de tantos años. Pero él los detuvo

—No podemos hacerlo así, burdamente con destornillador y formones, no podemos profanarla de esta forma. Ella es una Santa, le debemos el alto honor de una ceremonia para abrir su sarcófago.

Quizá levantar la tapa con el simple poder del espíritu, quizás algo menos ambicioso pero igualmente lleno de sentimiento. El empezó a entonar los cánticos, el Generalís y la Intrusa se le acoplaron primero tímidamente, después con bríos y por último con una impaciencia que estalló cuando el Generalís tomó el martillo y empezó a darle a la tapa del féretro con furia, empleando el formón.

—Nos tuvieron separados por veinte años, no quiero esperar más. ¡Quiero verla!

Logró hacer saltar la tapa de madera y apareció otra tapa de cristal refulgente y, al fondo de esa agua tan quieta, el cuerpo embalsamado de la Muerta.

Aquí estás, aquí estás, gritó el Generalisísimo tratando de abrazarla. Y en efecto, allí estaba, más bella que nunca, más transparente y viva, y por eso la Intrusa sufrió un ataque de nervios y se puso a chillar como loca. A él casi le da un vahído. Reaccioná, no seas papafrita, se dijo a sí mismo; esta Bella Durmiente va a ser tuya si conservás la calma.

Salió en busca del más fino de los finos diamantes de la Casa de Gobierno para cortar el cristal, y el Generalís lo dejó hacer y permitió que organizara el elaborado ritual a pesar de su impaciencia. Primero hubo que purificar la atmósfera del cuarto —la cámara mortuoria— por medio de ensalmos y de incienso. Después sacaron a empujones a la Intrusa porque ambos hombres querían quedar solos con la Muerta.

Cortar el cristal les llevó más de dos horas. Era tarea que debía ser realizada con precisión de cirujano y con amor de madre. Y por fin quedó La Muerta allí, al descubierto, tan perfecta y traslúcida que ninguno de los dos osó tocarla. Apenas el Generalisísimo le pasó muy suavemente la yema de los dedos por la cara con miedo de que se le desintegrara a la menor presión, y después se abrazaron los dos, el General y su ministro el Brujo, y sollozaron largo rato el uno sobre el hombro del otro y cada cual pensó que era a ella a quien tenía entre los brazos.

Mientras tanto la Intrusa no había estado perdiendo el tiempo, no. La muy calculadora. Había llamado a todo el Estado Mayor para que fueran testigos de tan magno acontecimiento y había llamado a la Curia para que se reabriera el proceso de canonización (más le valía tener una santa de rival que una embalsamada cualquiera. Una cualquiera embalsamada, mejor dicho)

Empezaron a llegar los generales, los coroneles, el obispo, los dos contraalmirantes, los brigadieres, el capellán, otros altos dignatarios religiosos y/o castrenses. Y fueron invadiendo el sacrosanto recinto, la cámara mortuoria que muy pronto empezó a parecer un salón de fiestas al brillo de entorchados y medallas.

Mucho destello pero igual todos quedaron deslumbrados ante la belleza de la Muerta, una belleza espiritual que ha superado la burda materia, como muy bien señaló el obispo, también deslumbrado. Y empezaron a barajarse nuevamente los proyectos de construirle un altar en medio de la vía pública, en el centro más transitado de la ciudad rodeado de parques y jardines.

—Eso es. Expropiemos unas cuantas manzanas, echemos abajo los edificios, digamos que en unas cuatro manzanas a la redonda, y abramos un amplísimo rond-point en medio del cual se erigirá el mausoleo. El santuario.

—Podríamos hacerle un monumento de oro macizo, para exaltar su valor.

—Podríamos recubrirlo de brillantes

—Tallarle la tapa de un solo brillante gigantísimo

—Podríamos

—Un momento. Estoy de acuerdo con que debemos ofrecerle al pueblo el inalienable derecho de venerarla. Pero de venerarla a *ella*, la única, la insustituible, la que está viva en el alma de todos nosotros. Porque pueden muy bien habérnosla cambiado: ¿Quién nos asegura que esta bella muerta es algo más que un hábil simulacro, o una muerta de cera? O, peor aún, un cadáver ajeno preparado por un habilísimo artista para que se asemeje a Ella?

—¡Monseñor! ¿Duda usted de mi honestidad en un asunto tan personal, tan delicado?

—En absoluto, señor Presidente, en absoluto. Pero usted también puede ser víctima del engaño

—¡Eso es imposible! Yo la reconocería entre todas

las mujeres. Mi sangre toda la reconoce. Viva o muerta. Y la venera.

—No lo dudo, mi General. Y lo respeto y admiro por eso, válgame Dios de querer ofenderlo. Pero usted comprenderá que en tan delicada situación debemos estar totalmente seguros. Han pasado muchos, muchísimos años y me parece casi imposible que ella se haya conservado tan intacta. Sería un milagro. La mejor prueba de su santidad. Y como usted no lo ignora, la Iglesia tiene como primera misión desconfiar de los milagros hasta prueba de lo contrario.

—Disculpe, señor Presidente, pero quizá Monseñor tenga razón. ¿Monseñor qué sugiere?

—Pienso que sería conveniente llamar al médico forense para que haga las identificaciones del caso.

—Yo soy cirujano militar, Monseñor, creo que estoy capacitado para estos menesteres.

—Muy bien, doctor-coronel. ¿Qué procedimiento propone?

—Analizar el estado de la dentadura sería demasiado traumático, estropearíamos esa tan sugestiva semisonrisa. Además me temo que el dentista que atendió a la Señora ha muerto, y no deben conservarse las fichas. Además no conviene ventilar el asunto, esta investigación debe quedar estrictamente entre nosotros. Creo que lo más sensato sería recurrir a las huellas dactilares. Si no hay inconveniente.

—De acuerdo —convino el Generalisísimo ya medio compungido— siempre que después le limpie bien el dedo.

—Es que no sé como explicarme, mi General, mi Generalísimo, mi Generalisísimo... el dedo de la Señora se halla totalmente deshidratado. Habrá que amputarlo, colocarlo en remojo durante unas cuantas horas para que recupere el necesario porcentaje de humedad, tomar la impresión y volverlo a coser con todo esmero. Y aquí no ha pasado nada. Puedo prometérselo. Quedará como nueva.

—¡Saquen a este monstruo de mi vista! —aulló el Generalisísimo— que no pise más este recinto —conminó el Generalisísimo— su idea es escalofriante, irreverente. Sádica.

Tuve que intervenir en ese preciso momento para calmar a mi Generalís. Nadie más que yo podía acercársele cuando se enfurecía, y hay que reconocer que en aquel momento estaba fuera de sí, resoplando entre dientes y hasta gimiendo un poco. No conmovió a nadie. Chacales y hienas se agolparon a su alrededor reclamando el dedo, esa libra de carne.

—El doctor es cirujano del Estado Mayor conjunto, sus suturas son invisibles, no puede ocasionar daño alguno —atinó a modular alguna de las hienas del fondo, y pensé que tenía razón, y que más convenía sacarlos a todos de en medio y proceder inmediatamente.

—No necesitan asistir a la operación —los conminé— les bastará con ver el dedo y confrontar las huellas dactilares.

No les quedó más remedio que irse retirando a regañadientes, renunciando al espectáculo de la amputación que tanto los inflamaba. Se congregaron en el salón principal del primer piso y exigieron refrigerios para matizar la espera.

oh mi general, oh amadísimo, oh señor de las tinieblas aunque no te lo diga, o ceniciento prócer, procelosa ceniza que pronto se nos volará dejándome solito para cuidar de esta Muerta y para velar sobre este dedo, oh hombre entre los hombres y señor de muchos hombres aunque nunca de todos. Oh reemplazable ireemplazable, oh hermanito menor, incauto. Yo me adueño de esta ceremonia, yo lavo las culpas mientras el cirujano mayor del Estado cercena el Dedo. Lo que no digo y sabés, lo que sabés aunque yo no lo diga, lo que ni te sospecharás jamás de los jamases y total para qué tus días están contados, contados con los dedos de unas pocas manos y no las escogidas manos de Seisdedos. Contados con los dedos y uno menos, este mismo que ahora el cirujano mayor con toda la delicadeza de su sublimado oficio va cercenando lentamente, dejando que su amor fluya por el escalpelo y babeándose un poco. Apenas un hilito de baba que le corre por la comisura de los labios, se escurre a lo largo del mentón y saca a relucir lo ávido. Vampiresco. Me gusta así: el hilo de baba, el río de sangre. Yo los voy calibrando.

Siempre

En la memoria de aquel sumo momento y también hoy, calibrándolos siempre.

Importante la ausencia de la sangre. Ese cuerpo tan muerto remuerto embalsamado, ni una gota. ¡Y tanta sangre que usan las mujeres, tanta que derraman, despilfarran derrochan! por eso las desprecio —salvo ésta— por no valorar el líquido sagrado, por no impresionarse ante la gran presencia roja. Dicen que mi madre menstruó durante todo su embarazo, no le dejé ni un minuto de respiro. Esa sangre tan densa, tan poco estimulante.

El agua en la que finalmente se sumergió el dedo: sacralizada por mí. Agua del todo estéril de pecado, agua sin vibraciones para que el dedo la cargue —me la beberé después cuando nadie me vea y sabré así las verdades del dedo. Las verdades del agua ya me las tengo sabidas de memoria y por eso las borro, las anulo con pases de descarga para que en este neutralizado líquido sólo quede lo otro. Y por mi organismo circulará lo que nunca ha circulado antes, y tendré la esencia de la única mujer que importa para mí y Estrella recibirá los beneficios de una femineidad digital que le señalará el camino. Será para Estrella un zumo alentador, un estímulo que la impulsará adelante y la hará madurar; Estrella como fruto maduro esperando la siembra. Este jugo de dedo será el riego preciso, el dedo será el arado y me abrirá el surco.

Dónde meter el dedo, dónde me pregunto dónde estará la llaga, el dedo en la llaga, mi aspiración más íntima. Meterlo y conservarlo allí y revolver en lo posible: no dejar que cicatrice. Nefastas son las cicatrices, nefandas, diría yo, con mucho de muerte implícita. Lo único que está vivo es la llaga, lo único que supura.

En aquél entonces no pensar en la llaga. Limitarse en aquel entonces a buscar el otro dedo para reemplazar al dedo, el gran revolvedor, al dedo que urgará para siempre en la llaga. A no confundirse, las ideas bien claras. Buscar el reemplazo. ¿Dónde andará Seisdedos? Ella me hubiera entregado uno de los suyos sin sentir la pérdida, uno solo de sus dedos sobrantes que para eso le nacieron tan dulcemente en esas manitas suyas. La ofrenda del sexto dedo para que yo pueda procurarme el verdadero. El Verdadedo.

Todo el tiempo. La desmedida cantidad de tiempo requerida para entrar en contacto con uno mismo y captar el meollo. Ese embrollo. Por suerte lo tengo para mí, todo el tiempo del mundo por delante porque por detrás sólo tengo mi centro de placer y una que otra memoria. Memoria del día aquél, del momento del dedo. El mismo Dedo que nunca nunca jamás usé o usaré con propósitos posteriores. Nada de posterioridad en lo referente al Dedo aunque me gustaría. Posteridad tan solo. Eso es, posteridad.

Es decir: la llaga no es mía, la carne viva es otra. El bien para los demás. Alertarles las heridas para lograr así mantenerlos despiertos.

Otra llaga quedó, quizás una cicatriz queloide y qué. Mi misión la percibí desde un comienzo. Y la idea cuajó mientras bajaba marcialmente por las escalinatas de la Casa de Gobierno con el frasco del Dedo en alto (el Generalís no pensaba moverse del lado de su muerta, *nuestra* muerta. Si le habían amputado un dedo él permanecería allí para hacerle de dedo, de brazo derecho, de cuerpo entero, de alma. Alma. Lo que tanto les hacía falta a ambos).

Yo entonces, solo, descendiendo las escalinatas de mármol con el frasco enarbolado y mi lucidez aguzadísima. Les dejé el dedo a los altos funcionarios eclesiásticos y castrenses, los chacales. Que ellos lo observaran macerar mientras yo me sumergía en otras aguas. Cinco horas tenía. Cinco horas son más que suficientes para perpetrar cualquier reemplazo.

¡Con qué fruición la busqué! con qué desesperación por último. Puse en juego mis prerrogativas oficiales y mis dones. Todo para procurarme otro índice derecho de otra bella de treinta. Dicho así suena lo que no fue: fácil. ¡Santa mierda! y todo con el embalsamador a la rastra para que completara prestamente la tarea. No la encontré en la cárcel de mujeres ni en penitenciaría alguna —hubiera sido menos descortés. Una sosías, una rubia algo clara de finísimas manos con un índice agudo ¿dónde hallarla en esta indiferente ciudad de mierda, en este tembladal de seres más bien oscuros, subrepticios? Por fin en un café. Sentadita. Leyendo. Exhibiendo sus manos al echar el azúcar en la taza, al remover un poco. Hubo que cortarle la uña y quitarle el esmalte. Eso antes que nada y ella preguntando por qué, y qué había hecho. Gente de pocas palabras, los guardianes del orden que la apresaron; obedecieron mis instrucciones y no tuvieron por qué andar haciendo comentarios. Ni en aquel instante ni en instante alguno, de eso me encargaría yo y ellos bien lo sabían. Así que mutismo total y la rubia azorada. Se desmayó en el momento culminante. Vaya esta información como una nota más sobre la debilidad humana. Yo me quedé no sólo con el dedo, también con el anillo. De recuerdo. A los muchachos les dejé —de recuerdo— a la rubia maltrecha. Ellos sabrían mantenerla a la sombra todo el tiempo que fuera necesario. Hasta que le creciera el dedo, quizás, o hasta que se le borrara la memoria.

Volví al lugar de mis desvelos, con el falso dedo regresé allí donde el Dedo verdadero me aguardaba. Y todos estaban prestos ya para asistir a la solemne prueba. El Generalisísimo bajó entonces de su alminar después de la larga vela y a la vista de todos extrajo con devoción el dedo del frasco y con devoción lo conservó largo rato entre sus manos. Parecía estar orando.

Yo preparé la almohadilla y la placa de vidrio. El Generalís, como si se tratara del suyo propio, entintó ese dedo y acto seguido procedió a apoyarlo tiernamente sobre la placa de vidrio. Se hizo la oscuridad más absoluta y en recogimiento total procedimos a proyectar la placa sobre la blanquísima pantalla. Un segundo más tarde del otro proyector salió el haz de luz que develaría el misterio. Y al lado de nuestra impresión afloró la otra, la impresión registrada de antiguo en Aquella que todos sabemos.

¡Qué frío corrió por esa sala! Qué temblor de excitación cuando pudo comprobarse que las huellas eran sin duda alguna idénticas. Una misma impresión una misma persona en dos estados distintos del tiempo, dos estados del cuerpo. Ese dedo allí secándose entre algodones y aquél —¡el mismo!— que alguna vez de propia voluntad estampó su firma.

Mi Generalís rompió en sollozos apenas contenidos y hube de acompañarlo hasta sus aposentos y ayudar a desvestirlo y a calmarlo. No por largo rato, no. Lo dejé con su edecán y me reintegré a la sala donde el Dedo descansaba triunfal entre algodones, rodeado por los chacales reverentes. Reverendos. Reverendos imbéciles, obnubilados por una inmanencia que en verdad estaba en mí, no en este dedo que pasaría a ser mío.

Tomé el nido de algodones y cargué el Dedo en alto. Ascendí por las escalinatas y en el recodo hice la sustitución como un pase de magia. El dedo de la Muerta quedó sobre mi pecho, palpitando conmigo.

Todo corazón. Yo. Como ahora, como en estos precisos momentos del recuerdo, laguna de aguas quietas, densas aguas, palpitando yo todo corazón y mi edecán el Garza el niñito de oro tratando de aplacarme entre sus brazos. ¿Qué puede saber el infeliz de mis designios?

Ella ya no es más ella, enterrada nuevamente en un lugar secreto. Ese cuerpo por más bello que sea y más imputrecible ha perdido toda identidad. Ella es sólo este dedo por el cual una vez fue reconocida, y este dedo es mío, ahora, ahora y siempre, mío. Le erigí un altar, lo conservé por años, lo amamanté con mis propias secreciones, puedo hacer lo que me plazca con el dedo manejarlo a mi antojo este dedo puede ser como dije mi arado y mi carozo. Para nada necesito de un edecán eunuco, estúpido, abrazándome ahora y pensando que con eso calmará mis palpitaciones, mis latidos. No lo necesito para nada, para nada inmediato, para nada efectivo, que para otros menesteres buena falta me hace. El tiene la voz, yo tengo el Dedo y tengo mi cerebro. Seré imbatible.

Tierra son mis flatos y océanos y cielos mis palpitaciones amenguadas. Querer apaciguarlas es sólo una locura. Espejo soy, mírense en mí. Ilusionante soy. Soy la neurona padremadre.

Ser todo lo que corresponde y cumplir con mi destino preclaro que el dedo me señala. El Dedo es lo único que necesito para complementarme, es lo que a mi edecán le falta.

Los incondicionales

—Queridos Compañeros, hoy estamos reunidos en el mayor secreto por orden del Comité Central. Se nos ha encargado una misión que no vacilaría en calificar de histórica y por eso mismo he querido compartir este sublime momento con todos ustedes, sin omitir compañera o compañero alguno.

Sólo unos pocos detalles interesan cuando se trata de una misión de esta magnitud, y no pienso seguir explotando el suspenso. Estimados compañeros, amigos más bien, hermanos: si todo se confirma muy pronto nos será ratificada la orden de penetrar en el Santuario Secreto de la Muerta, rompiendo los sellos. La luz volverá a circular por esas cámaras aunque no sea más que por el tiempo necesario para hacer una rápida inspección y para pasarles el plumero. Le devolveremos su antiguo lustre y comprobaremos que todo está como era entonces.

Sí, tal como me oyen y comprendo los murmullos de asombro y hasta de resquemor. Pero la consigna nos ha llegado del Comité Central y debemos estar preparados para cuando nos den la orden de marchar. Y más que nada debemos sentirnos orgullosos de haber merecido tamaña distinción. Juremos pues una vez más fidelidad a la causa y sepamos respetar hasta la muerte nuestro voto de silencio.

No puedo ocultarles que ésta será la más riesgosa de las misiones que nos ha sido encomendada jamás. También la más noble y la menos sangrienta, por el momento. Pero toda compañera o compañero que acepte acompañarnos debe estar preparado para el posible peligro y asumir plenamente los riesgos.

Antes de entrar en detalles quisiera hacer una salvedad que debe quedar bien clara: todo aquel que no se sienta competente para seguir las instrucciones al pie de la letra puede retirarse de esta sala y no se le hará recriminación alguna. Será debidamente exonerado y no se le harán preguntas. Exento de culpa y cargo podrá seguir militando en nuestras filas. Siempre que se retire a tiempo de esta sala. Porque una vez que hayan sido impartidas las instrucciones y examinados los pormenores del caso, ya será demasiado tarde para dar marcha atrás. No habrá entonces miramientos y todo desertor o desertora será juzgado por traición.

Debemos también contar con la cápsula de cianuro que nos fue entregada a cada uno de nosotros cuando pasamos a la clandestinidad. Una vez que nos comprometamos en este operativo no nos separaremos más de dicha cápsula y estaremos dispuestos a ingerirla si por alguna fatalidad somos aprehendidos. Recuérdenlo:

un Pueblista no se entrega ni delata, se mata.

Por lo tanto, quien no esté dispuesto a afrontar las consecuencias mejor se retira a tiempo y permanece en la ignorancia.

Esta será una misión sumamente delicada y sólo podremos emprenderla los puros de corazón. Si nuestra venerada Muerta ha elegido manifestarse entre nosotros, nuestra misión consiste en romper los sellos del Santuario y ver si todo está en orden. Sólo pido que ahora deliberen entre ustedes y hagan el cómputo para saber finalmente con cuántos incondicionales podremos contar.

Se forman los corrillos. Deliberaciones, debates. Por fin el vocero del más nutrido de los grupos:

—Creo que se impone una diversificación de fuerzas. Como quien dice, no poner todos los huevos en la misma canasta. Por eso mismo el grupo que ahora represento opta por sacrificarse manteniéndose al margen del secreto. Escogemos la ignorancia para beneficiar nuestra Causa. Seremos los Veneradores de la Muerta desde la sombra y sin buscar oropeles. Así, y Dios no lo quiera, si alguno de ustedes cae en manos de las fuerzas armadas y por un descuido arrastra a los demás, siempre se podrá contar con nosotros para seguir manteniendo en alto el estandarte de nuestra devoción. Por eso mismo, si se nos permite, procederemos a retirarnos de la sala no sin un muy comprensible pesar.

A lo que el jefe respondió con una inclinación de cabeza y un intento de mantener la mirada baja para no demostrar sus sentimientos. Sentimientos que no se transparentaron en sus palabras.

—Con suma alegría veo que los más jóvenes Pueblistas han permanecido con nosotros. Espero que su arriesgada decisión no haya sido tomada por simple curiosidad sino imbuídos por la nobleza de la causa que les será encomendada. La curiosidad es la madre de muchos desatinos. Se impone pues satisfacerla en seguida para que no enturbie la solemnidad del designio.

Procederemos entonces a la instrucción por boca de nuestra fiel Narradora, quien nos brindará palabras llenas de sabiduría. Debemos estar plenamente preparados para cuando llegue El Momento.

La leyenda

Hace ya muchos, muchos, muchísimos años, esta tierra era nuestra y vivíamos instalados en la dicha gracias a una mujer excepcional, una diosa: la llamábamos simplemente Capitana y ella no esperaba más de nosotros, tan sólo guiarnos por sendas de felicidad y bienestar. Siempre fue humilde y siempre estuvo al lado de los humildes y de los desamparados. Fue nuestra luz, nuestra guía. La Capitana. Una madre para todos nosotros. Bien puedo decirlo yo que ahora soy puras arrugas y era entonces muy joven y ella me acarició la cabeza, un día, al pasar, y fue como si se me abrieran los cielos.

Ella había ido a nuestra pobre barriada a colocar la piedra fundamental para la instalación de 12 canillas nuevas, y yo estaba en primera fila desde la noche anterior a la espera de merecer la bendición de su caricia. Ella era dorada como el sol y transparente, y poco a poco nos iba dando todo lo que necesitábamos, nos iba bañando con sus dones. Por una vez en la larga y triste historia de la humanidad se habían invertido los papeles: ella le quitaba a los ricos para que a los muy pobres, a los siempre olvidados, no les faltara nada. Día y noche, infatigablemente, atendía larguísimas colas de pobres que esperaban para pedirle alguna gracia, o tan sólo para verla en su radiante belleza. Peleó por los trabajadores, nunca se vendió a la patronal, lo sacudió al Generalisísimo —su reverendo esposo— para que también él luchara en defensa de los oprimidos. Hacete macho, carajo, le espetó en más de una ocasión y en presencia de otros. Ella bien sabía qué era eso de ser macho, porque los hay cargados de testículos que son unos cobardes, y hay mujeres como ella que son verdaderos guerreros. Ella fue nuestra principal guerrera, nuestro escudo, peleó en nuestro nombre y nos defendió de los explotadores.

Pero un día se nos fue, angélica. No estuvo más entre nosotros, al cielo se fue con todo su coraje a cuestas. No es que lo haya elegido, no. El Señor la llevó porque pertenecía más a las Alturas que a este sucio pantano que llamamos vida. Pero supo no abandonarnos, no; con nosotros dejó su bellísimo cuerpo, debidamente embalsamado, y pudimos venerarlo en su caja de cristal y durante unos cuantos años nos sentimos de alguna manera acompañados.

Hasta que en un sucio golpe militar lo derrocaron al Generalisísimo y el Generalisísimo tuvo que partir sin despedirse y ella nos fue quitada sin previo aviso. La buscamos durante años, por el mundo entero la buscamos sin descanso y sin éxito. Tuvieron que transcurrir casi veinte años para que el Generalisísimo pudiera cumplir su antigua promesa de volver. Y nos volvió, triunfal como correspondía, y al poco tiempo nuestra Muerta nos fue retornada, el verdadero retorno, y allí apareció tan bella e impoluta como siempre, inmarcesible, y pudimos de nuevo venerarla como en los viejos tiempos.

Junto al sarcófago de cristal, siempre estaba el otro hombre, el desconocido, el Brujo. Que llegó a ser ministro. Era un poco un padre para ella, y cierto día ese hombre nos habló. El Generalísimo acababa de morir y ya lo habíamos enterrado con gran pompa cuando el hombre habló. Nos dijo de los milagros de la Muerta y de alguna manera todos ya lo sabíamos. Así que empezamos a pedirle cosas y también a ofertarle cosas: ex-votos, relicarios, lo que podíamos; el vestido de novia cuando nos conseguía marido, las muletas cuando nos curaba la renguera, flores, cirios, dinero, todas nuestras joyas. Lo que podíamos, lo que teníamos.

Ese hombre le construyó un templo y allí íbamos a dejar nuestros dones y a orar. Hasta que sobrevino una nueva hecatombe, otro golpe de estado, y se prohibió el culto. Pero esta vez fuimos más rápidos y pudimos ocultarla antes de que nos la volvieran a quitar. La ocultamos con todo y sus tesoros en este lugar secreto que pronto iremos nuevamente a visitar pero con el mayor sigilo, tan sólo para renovarle el aire que no respira, para sacudirle el polvo y para probarle nuestro agradecimiento y la emoción que experimentamos al saber que nuevamente se ha dignado manifestarse entre nosotros.

En el otro mundo, en la otra memoria, no nos ha olvidado. La vestiremos con sus mejores galas y una vez más en su presencia le reiteraremos el juramento de obediencia hasta la muerte, y más allá de la muerte también. Ella es nuestra salvadora, de ella dependemos para que por fin se realice la antigua profecía. Correrá un río de sangre, dijo don Bosco; y el río ya está corriendo *Correrá un río de sangre y vendrán veinte años de paz.* Si Ella se ha dignado volver entre nosotros será para traernos esta paz que tanta falta nos hace.

¡Viva la Muerta! ¡Viva la Virgen!

—¡Viva!

El Dedo

Dedito divino de papá cuic chuic venga acá con papacito que le da otro besito y perdón dedito lindo que lo haya sacado de su cómoda cunita de formol tan amorosa y que lo haya lavado bien bien con mucha agüita limpita bajo la canilla mucha agüita para sacarle el venenoso olor de formol, dedito hidratadito él; dedito divino, mire como lo cuido embalsamadito y todo lo conservo en formol por si acaso y lo lavo y lo lavo bajo la canilla con agüita limpita y aprécielo bien que por acá el agua escasea.

Dedito divino se va a convertir en el Gran Dedo Vengador, mire, mire cómo, apunte al sur, así, señalando, que para eso es índice, señáleme bien el sur no como ese otro estúpido dedo que siempre señala el oeste, de bronce el otro dedo, mire usted, pegado eternamente a una estatua, qué cosa tan banal, tan antinatural, no como este dedito lindísimo que es de carne y hueso y está sueltito, libre, preservado por el milagro de la ciencia y del milagro.

Gran Dedo Vengador que también me dará otras satisfacciones cuando llegue el momento, dedito de papi, dése el gusto de apuntar al sur por un ratito más y ahora venga para acá y disculpe que lo oprima sobre esta fea almohadilla pero así es la vida: siempre habrá algún poderoso como yo para oprimir a los otros y entintarlos y usarlos para sus muy nobles fines. O para sus sucias maniobras. Como sea.

¿Quién va a dudar ahora que la Muerta está viva, que ha vuelto a la tierra para reclamar venganza? Ahora sí tengo poder sobre la vida y la muerte, puedo revivir a mi antojo, puedo llenarles el culo de impresiones digitales de la Muerta. Será algo nunca visto, tengo que prepararme a fondo. Identificarme plenamente con ella. Y después dicen que fracasé en mis resurrecciones. Mejor dicho en la gran resurrección, cuando hice El Intento. Por Satanás que nunca fallo en nada, tan sólo a veces postergo un poquito mis triunfos.

Al mi Generalís no logré resucitarlo en ese entonces por falta de verdadero interés, de empeño. A ella sí estoy trayéndola a la vida porque ella se merece esto y mucho más, y porque yo también me lo merezco. Este hecho que logrará mi premio es ya de por sí mi premio.

El intento

El estaba orando en su capilla privada de entonces, en el seno mismo de la Casa de Gobierno. Y la orden había sido impartida: no perturbar las oraciones del Ministro, salvo en caso de extrema emergencia. Este fue caso de extrema emergencia y el emisario no vaciló en arrancar al Ministro de su concentración para darle la noticia. El Ministro había estado tratando de insuflarle nuevas fuerzas a la imagen del Generalisísimo, en medio del pentáculo sagrado, nimbado en saumerios.

—Demasiado tarde, señor Ministro, musitó el emisario, dolorido, Nuestro Generalisísimo acaba de entregar su último suspiro. Debemos resignarnos. Ha pasado a mejor vida.

—¡Mejor vida, infeliz! ¿De qué estás hablando? Qué vida mejor puede esperarle que la de este mundo donde no le faltaba nada, absolutamente nada, rodeado del cariño de su pueblo, gozando el inefable privilegio de tenerme a su lado, poseedor de todos los bienes materiales a los que puede aspirar persona alguna y más también, con el espíritu en paz después de haber cumplido la gran venganza de volver triunfal a este país de donde un día había salido derrotado, ¡qué más puede pedir un hombre que la enorme satisfacción de hacerle pagar a su enemigo, a cada uno de sus numerosísimos enemigos, hacerles pagar ojo por ojo y diente por diente todo el mal que le hicieron? ¿Mejor vida, animal, puede haber para él una vida mejor que esta vida que le permitió cumplir con su designio?

—Disculpe, señor Ministro.

—Mi amo. De ahora en adelante seré tu amo, el

amo de todos. El así lo quiere, me lo acaba de comunicar en astral. Fui yo quien dispuse la venganza y esta es mi recompensa. Seré el amo. Con la frente en alto asumiré la responsabilidad y sabré mantener vivo su nombre. Y no sólo su nombre, algo más también.

—Sí, en fin, mi amo

—¡Con Mayúsculas!

—Con Mayúsculas.

—Y ahora haz comparecer ante mi persona a esos medicuchos responsables de la gran catástrofe, del Enorme Dolor que Aqueja al País Entero. Los quiero acá, enseguida.

Cuando los tuvo ante sí, lo primero que hizo fue conminarlos a que devolvieran la vida al Generalísimo.

—Imposible, señor Ministro. Lo hemos intentado todo, como bien puede imaginar. Masaje cardíaco, oxígeno, respiración boca a boca, drogas, todo. No, no es posible contrariar los designios de la naturaleza.

—¿Cómo que no? ¡Guardia! Que estos hombres queden bajo custodia hasta nuevo aviso.

—Señor, no puede hacernos esto. Nuestros otros pacientes nos esperan.

—¡Qué revienten! Si El ha muerto, los demás enfermos de este país no tienen derecho a la vida.

Frase que quedó registrada en la memoria colectiva como síntesis de devoción y de firmeza.

La memoria colectiva también registra un intento de resurrección que nunca pudo establecerse a ciencia cierta si ocurrió realmente, pero cuya descripción redunda en beneficio de la leyenda del Brujo.

Cierto es que nuestro hombre se dirigió a los aposentos con paso más marcial, más ministerial que nunca, ya agrandado.

La Intrusa había sido dejada sola con su marido muerto. Por respeto a su duelo. Y la pobre lloraba desconsoladamente. Era lo único que se le había ocurrido hacer en tan histórico momento. Una mujer débil, ésa, que se dejaba aplastar por los hechos. No como la otra, para nada como la otra que yacía allí a unos pocos pasos de distancia, siempre plácida en su ataúd junto a la cama del Generalisísimo, sin que se le moviera un músculo. Solemne ella, como las circunstancias lo exigían. Una reina.

El toro por los cuernos. Sacudí un poco a la Intrusa para hacerla reaccionar y decidí en ese mismo instante convertirla en mi aliada. Juntos le echamos llave a las puertas y le tapamos la cara a la Difunta con una toalla bordada. Que la pobrecita no vea que se lo estamos arrebatando, le expliqué a la viva.

Y di comienzo a la ceremonia en la que saqué a relucir lo mejor de mis conocimientos esotéricos. Pero yo entonces era más joven y el Generalís coreáceo. Creo que recité los ensalmos a la perfección, los conjuros me salieron de una sola pieza. Los había estado ensayando durante meses, no pude haberme equivocado. Cuando ya no quedaba palabra alguna le tiré con desesperación de los pies, reiteradamente, y lo llamé tres veces por su nombre completo.

Toma tu espíritu y vente, toma tu espíritu y vente, invoqué como en las curas de espanto. Y el Generalís tal cual, imperturbable. Cabezadura como de costumbre. Cada vez más y más cabezadura, duro todo él duro, rigidizándose ante nuestros propios ojos mientras tratábamos de ablandarlo con los ritos. De golpe se le cayó la mandíbula, quedó boquiabierto de asombro y bien muerto. Iba a permanecer así toda la eternidad si no hacíamos algo pronto. Tuve que atarle la mandíbula inferior con un pañuelo, como a un muerto cualquiera, y fue el reconocimiento del fin pero aún no quisimos aceptarlo.

—Parece con dolor de muelas, dijo la Intrusa y la idea nos resultó consoladora.

General Caries, lo llamé, General Muela Dolorida lo llamé, sabiendo que estas cosas del dolor son cosas de los vivos. Y él como si nada. No queriendo escucharme. Haciéndose el desentendido, el muerto. Todo por llevarme la contra, por no darme el gusto una vez más. Fue la última vez que hizo su sacrosanta voluntad, demás está decirlo.

Los coroneles no nos dejaron continuar con las invocaciones. Forzaron la puerta e irrumpieron en la estancia para rendirle —dijeron— homenaje póstumo. Con Arzobispo y todo. Tuve que dejarle al Arzobispo mi puesto a la cabecera de la cama, pero en espíritu permanecí allí. Siempre a la cabecera.

Ahora sí que podré resucitar a piacere y nadie logrará interrumpirme. Porque la estoy resucitando nada menos que a Ella. Resucitando a mi manera, claro está. Nunca dejará de ser la Muerta, la Difunta, la Bella Occisa. Es esa su condición más envidiable. Pero vuelvo a hacerla cundir entre nosotros. He impartido las órdenes que parecen provenir de Ella y son órdenes que ya empiezan a cumplirse.

Ella resucitada por mí habla a través de mi boca. O mejor dicho de boca del abólico, y firma con su dedo que es apenas un sello entre mis manos.

COMPAÑERO: EL MEJOR ENEMIGO ES EL ENEMIGO MUERTO

Cierta secta secreta pretende acabar con mi memoria

Destrúyanla

Venérenme

y estampo su huella digital para que no tengan un instante de duda. Así puedo estar seguro de que buscarán a los de la secta maldita que pretenden acabar conmigo. Los destruirán para venerarme a mí. Como corresponde.

Comando en Jefe

—Complot, esa es la palabra. Parece que nuestro hombre tenía razón, después de todo. Se está gestando un complot contra el gobierno. He dado órdenes de que se active la búsqueda de los elementos subversivos, los apátridas, contribuyendo así firme y enérgicamente con las pautas del Proceso de Reorganización Nacional al que estamos abocados. Debemos prevenir y reprender este que podríamos calificar de delito místico, verdadera amenaza en la depuración del Estado. Pero debemos también andar con pie de plomo y desplegar un operativo inconspicuo. Al dirigirme ayer a la Casa de Gobierno creí percibir una extraña efervescencia en el pueblo. Parecían hormigas preparándose para alguna actividad sospechosa. Dupliquemos las fuerzas pero que no sea notorio. Nuestra imagen debe ser de confianza, de paz y de feliz expectativa, para que el pueblo perciba que gracias a nosotros el país se reencontrará con el destino de grandeza que racional y racionadamente le corresponde.

—Así se hará, Brigadier. Pero no se nos vuelva poeta que no es sano.

La pirámide 20.000 Hombres

Metáfora que ahora estoy haciendo realidad porque así lo quiere el vaivén de la historia que va del hecho al símbolo y del símbolo al hecho en un abrir y cerrar de ojos, con un papirotazo de los dedos —del Dedo—. El vaivén para quienes como yo hacen la historia, por dentro y por fuera, viviéndola y narrándola, justificándola y/o modificándola. Quienes como yo detentan el poder —¡y son tan pocos!— son los únicos que pueden permitirse este inapreciable lujo: hacer realidad los sueños o pasar con toda impunidad del dicho al hecho. No del dicho propio, que sería demasiado sencillo. Pasar al hecho desde la base tan incierta de un dicho popular, una frase hecha, una metáfora como aclaré anteriormente.

Por eso ahora me voy físicamente para arriba, me coloco a la cabecera de todo, asciendo, me dignifico, me altarizo y enaltezco sobre la pirámide que he mandado construir. Sin gastar un centavo, a cambio tan sólo del bien espiritual que les brindo a mis siervos. Mi grey, mis muy devotos.

—Estamos construyendo el Gran Templo, los arengo. Y ellos beben mis palabras y por suerte ignoran que a lo largo de los siglos los constructores de los templos nunca han sido los beneficiarios de los templos como ellos tan cándidamente esperan. La sangre de los obreros siempre ha servido para elaborar la argamasa que sostiene el templo, no veo por qué éstos tienen que ser una excepción, por más exangües y desnutridos que parezcan.

—Si los sacrificas a todos, oh Maestro, te quedarás sin adoradores, sin grey. Y para colmo con el templo inconcluso, osa murmurar mi edecán que ahora es mi acólito y yo le permito estas infrecuentes impertinencias porque soy magnánimo y a veces reconozco la relativa sensatez aunque fluya de boca de un eunuco.

Hasta Estrella se ha puesto del lado de la moderación y eso me indigna más que nada. Estrellita, Estrellita, entendé que no estamos hablando de esas cosas prácticas que son privativas de las mujeres, estamos hablando de actos grandiosos, viriles. No seas como el castrado, pensá en el espectáculo. Pensá en la gloria eterna de nuestro nombre si nos decidimos por el gran sacrificio. Marco Polo cuenta, le aclaro por si no lo sabe aunque ella lo sabe todo, que veinte mil personas fueron ejecutadas durante la procesión funeraria del Gran Mogol para que le sirvieran en la muerte.

—Aquí nadie se ha muerto, acota Estrellita desde las profundidades de mi ser y sólo yo la oigo, por suerte. Esta no es una procesión fúnebre, vos no sos Mogol o lo que fuera ni nada de lo que se le parezca, y no hay por qué creerle a Marco Polo que era un cuentero de siete suelas.

—Estrellita, vos siempre con los pies en la tierra... sin que lo tomes como alusión a tus carencias, claro.

Dejé pasar uno o dos días y esgrimí un argumento irrebatible: al inaugurar el Templo Mayor de Tenochtitlan los sacerdotes aztecas sacrificaron a veinte mil hombres en un solo día. Los hicieron formar en filas de cinco mil señalando los cuatro puntos cardinales y crac crac les fueron arrancando el corazón de a uno, a medida que iban subiendo. Como en una cadena de montaje. De desmontaje, mejor, imaginate qué espectáculo sublime, qué belleza, toda esa sangre tiñendo las escalinatas, una alfombra de sangre como un gigantesco manto de hormigas coloradas, manto vivo, de sangre radiante, relucientes como hormigas, caliente. Cuatro sublimes afluentes para mi río de sangre.

¡Ajjjj!

A Estrellita, la muy traidora, le dio un retortijón del estómago y yo tuve que doblarme en dos, casi como hincarme, casi pedirle perdón pero nada de eso. Me recuperé enseguida y agarrándome las pelotas con las manos llamé a la guardia para que me la trajeran a la Machi, la bruja de los hongos. Ella sí que entendería. Tanto ver verde, tanto resplandor mohoso, seguro que estaría sedienta por ver rojo, por un baño de sangre.

Bolsadeharapos llegó tambaleante. Zas, me dije, se quedó ciega, no va a poder admirar la fastuosidad de mi pirámide, no le voy a poder explicar nada de nada.

—Te equivocas, hijo, no tienes por qué mirarme con esa expresión de asco tan tuya. He perdido mil cosas pero los sentidos los conservo intactos. Pero ¿qué es eso de sacarme al sol después de años y años en la oscuridad? Ahora todo me deslumbra, hasta tu bruta presencia me deslumbra, con eso te digo todo

—Machi bruja, no te traje acá para que hagamos cuestiones personales. Te traje para que apoyes mi plan.

—¿Y desde cuándo necesitás mi apoyo?

—Sos vieja y no entendés nada. No preguntés, limitate a contestar cuando te pregunte. Y contestar que sí. Por ahora sólo te está permitido asombrarte y aplaudir. Escuchá bien:

esa mole que allí ves, si es que algo pueden distinguir tus débiles ojos y si algo puede captar tu débil mollera, eso dentro de muy poco tiempo va a ser una fastuosísima pirámide. Y no una pirámide cualquiera, no, va a ser hueca y egipcia por dentro y escalonada y trunca por fuera, una pirámide azteca. Soy el gran sincretizador, ya lo sabés. Soy el Sumo Sacerdote mal que te pese. Y mi pirámide debe ser bautizada en forma porque será mi templo, porque me va a servir para elevarme por encima de todos los mortales en un sentido práctico. Le estaba diciendo al infeliz de mi acólito que nunca entiende nada y a la personita que llevo anexada a mi persona que para la muerte del Gran Mogol veinte mil hombres fueron sacrificados cosa de hacerle compañía, y para la inauguración del templo mayor de Tenochtitlán otros veinte mil pasaron bajo el cuchillo de obsidiana. ¿No te parece una cifra interesante?

—¿Veinte mil hombres? Un poquito mucho, ¿no? Eso significaría, en estas latitudes, casi el uno por mil de la población total del país. Un sitio poco habitado, no te olvides.

—Bueno. Mi idea era tomarla de símbolo. Mi cifra es de mil, en realidad, una cifra altamente significativa para mí. Mil hombres, eso es. Como la pirámide va a ser del color de esta tierra, es decir de un ocre casi dorado, resplandeciente, cuando los hilos de sangre empiecen a bajar por las gradas y se entrecrucen y se junten, se formará una enorme, bellísima, gigantísima, voluminosa flor Milhombres y será como una flor carnívora. Mi emblema.

—Precioso. Y todo se transformará en un repugnante pringue con un olor que bueno bueno. Y se llenará de moscas. Moscas verdes eso sí, para matizar un poco. E imagínate no más a los últimos 200 hombres, digamos, tratando de subir por las escalinatas donde corre la sangre, resbalándose, cayéndose de culo, dando un espectáculo para nada edificante ni grandioso, un verdadero bochorno. Mira, con esto de los sacrificios humanos creo que ya has cumplido ampliamente tu cuota. Mejor cíñete ahora a algo alegórico ¿no? Un sólo animal que lo resuma todo.

—O una animala. Quizá con la Machi me baste. Dejame pensarlo

—¿Qué sangre va a fluir de mí que soy el puro hongo?

—Siempre puedo hacerte acompañar por unas guainitas frescas, lindas muchachas con sangre bien caliente. Pero lo principal va a ser desprenderme de vos, me estás contradiciendo demasiado.

—No, sólo insisto en que te conviene algo más pequeño. Una torcaza, digamos, para que queden bien claros tus malos instintos. Es poquita sangre pero muy bonita. Al fin y al cabo estás edificando una pirámide, no una morcilla.

Esta última frase selló el destino de la Machi. ¿Burlarse de mí? Fue la primera vez que alguien lo intentó, y fue también la última. La hice poner en el cepo y que le llenaran la boca de trapos. Después de madura reflexión le hice quitar la mordaza para que la embucharan con carnes bien rojas. nada de mero jugo de hongos a la hora del gran sacrificio. Había hecho bien en alertarme.

La construcción de la pirámide avanza a grandes pasos y eso que uso poco mi teyú-rhiguay el látigo cola de lagartija. Se me cansan los brazos últimamente, voy a tener que prepararme alguna pócima que me restituya los bríos. Pero ando sin tiempo para enredarme en alambiques. Esta construcción requiere todo mi esfuerzo mental, principalmente en lo que se refiere a la cámara interior. Un recinto sagrado.

En realidad estoy abocado a un proyecto mucho más ambicioso y me he hecho traer polvo de cuerno de rinoceronte, gran afrodisíaco. Es lo más caro que se puede comprar hoy día y justamente por eso se me hace imprescindible. La pirámide interna será mi cámara de amor, en este recinto se consumarán mis bodas con Estrella una vez que hayamos vencido al enemigo. Para consumar esta unión tan diferente necesito de todos los aliados, cuerno de rinoceronte, cantárides, belladona, flores de beleño, elementos de estímulo. Valdrá la pena, sí que valdrá la pena porque lograremos engendrar un hijo de dios que sea dios, puro y radiante. Pero antes tengo que ir limpiando el terreno —es decir el país— de malas vibraciones, y no nos detendremos ante nada. Quienes se opongan a nuestro designio serán aplastados sin misericordia. Un hijo de Estrella y mío, un hijo de mi persona, no puede nacer allí donde existen disidencias. Nuestro hijo, mi hijo, requerirá total aquiescencia y por eso mismo, ahora mismo, ordenaré el sacrificio de la Machi, esa lengualarga. Será el punto culminante de las ceremonias de venganza.

Capital. Día.

—No nos vamos a sentar en el banquillo de los acusados de nadie, y debemos actuar inmediatamente para evitar hacerle el juego a esa acción psicológica que la subversión busca. Nuevamente la prensa extranjera está publicando infundios sobre nuestro amado país. Mire usted estos recortes, observe, no más. Dicen que en las últimas semanas hemos hecho desaparecer a más de 200 personas, que torturamos a bebés delante de sus padres para que los padres confiesen, que golpeamos a las embarazadas hasta hacerlas abortar. La rutina de siempre, qué noticia. Por fortuna hemos impartido órdenes para que estos diarios vendidos a la sinarquía internacional no entren al país. Cuanto menos material impreso circule por acá, mejor. Pero igual nos están creando una mala imagen en el extranjero. Y eso es intolerable. Nuestra imagen debe ser limpiada a toda costa.

—¿Qué sugiere, mi general, que aflojemos la mano?

—¡En absoluto! ¿Qué dislates está usted diciendo? Voy a cambiar de Jefe de Prensa si éstas son las brillantes ideas que propone. No señor. Debemos organizar una contraofensiva. Vamos a defender nuestro modelo a cualquier precio. Ya elaboraremos el comunicado, ahora debemos estar dispuestos a aplastar sin miramientos a todo aquel que se interponga en nuestro camino. El Proceso de Reconstrucción Nacional así lo requiere, y no vamos a permitir que anden tildándonos de despiadados, de fascistas. Nada de permitir que se nos trate de enfrentar con los pretendidos derechos humanos, esa entelequia. Nuestra imagen debe permanecer tan prístina como nuestras intenciones, y usted se encargará de lograrlo.

—Sí señor Presidente —se cuadró el Jefe de Prensa golpeando los talones.

Como si no tuviera nada que hacer, como si uno estuviera todo el día acá rascándose las pelotas (perdoname, Estrellita), ayer vino a visitarme nada menos que el Jefe de Prensa e Información de la Nación. Tuve que concederle como cinco de mis invalorables horas porque hay que admitir que el asunto es peliagudo. Hablamos de los trascendidos y le expliqué cómo digitar la información para que nuestros compatriotas —aun ignorando lo que se dice— se convenzan de que lo que se dice en la prensa extranjera carece de fundamento y es el reflejo de una vulgar campaña de desprestigio. No hay como azuzar el amor propio para que el público reaccione debidamente. Cuando se critica al gobierno ellos tienen que saber que se está criticando al país, ni más ni menos; y cuando se critica al país los verdaderos criticados son sus habitantes.

Además, redactamos el siguiente

COMUNICADO DE PRENSA

Para cumplir con el Proceso de Reconstrucción Nacional debemos sostener un gobierno fuerte y no meramente recitado, un gobierno sólido y no inerme y deficiente. Debe ser fuerte porque no sabemos cuándo esta agresión va a terminar. Para ello hace falta una acción integral en la familia, la escuela, las universidades, dando pautas de conducta que moldeen a los jóvenes. No hay responsabilidad parcial, la responsabilidad es de todos, hasta de los niños. Y sobre todo alcanza a los medios de comunicación, porque la lucha ideológica va dirigida a las mentes de los hombres, y no vamos a coartarles la libertad a los medios de comunicación porque estaríamos así luchando como el enemigo pretende. Lo que sí exigimos es la responsabilidad en dichos medios y en quienes los dirigen para evitar hacerle el juego a esa acción psicológica que precisamente busca la subversión.

El periodismo local entenderá muy bien que esto significa cerrar el pico y no hacerse eco de infundios. Pero qué aburrimiento ¡per Bacco! tener que aclararle todo esto al Jefe de Prensa. Cada día los hacen más obtusos, perdiendo el tiempo en nimiedades en lugar de concentrarse en lo que de verdad importa: encontrar a mi enemigo y destruirlo. ¡Lo antes posible, carajo! Falta menos de una semana para la luna llena y estoy seguro que van a volver a agredirme si no me los detienen a tiempo. El pueblo sí parece haber comenzado la lucha, pero me informan que antes que nada irán al santuario de la Muerta a expresar su devoción. Meando fuera del tarro, como siempre; no se puede contar con gente tan corta de vista, tan atada a las convenciones. ¡Que salten la tapia y se larguen al ataque sin pedirle permiso a nadie! el permiso lo doy yo y soy el único que cuenta. Qué tanto estar pendientes de un cadáver. ¡Al ataque, al ataque! les mando a decir en mis mensajes pero ellos pretenden respetar el viejo verticalismo y van a Ella, carajo, como si ella no fuera la más horizontal de todos. Muerta como está, paralela a la tierra.

A pocas noches de la luna llena, con la pirámide que no se acaba nunca y este jefe de prensa imbécil preguntándome sobre el abecé de sus responsabilidades, haciéndome perder el tiempo.

Decidí matar dos pájaros de un tiro. Voy a aleccionar al imbécil y atender mis propios intereses de un solo plumazo. Sólo lamento que ahora estemos jugando con las cartas sobre la mesa y no pueda permitirme ciertas travesuras, como en época cuando se suponía que yo ignoraba la oficialidad del emisario. Igual me doy mis gustitos, estos energúmenos vienen de la Capital llenos de ínfulas. Y le digo

—Mi estimado señor. Le he brindado a pedido de usted y del general Durañona, mi inapreciable y distinguido colega, toda la información requerida para manejar el delicado caso. Pero como bien comprenderá usted las medidas de precaución nunca son suficientes cuando debemos hacer frente a un enemigo multifacético y sibilino. La opinión pública internacional tiene mil rostros, adopta todo tipo de investiduras. Por eso en nuestro Comunicado no sólo hemos hecho mención a un *enemigo potente* sino también a la *acción psicológica* a la que nos vemos expuestos. Fuimos atacados por todos los flancos, y por todos los flancos debemos defendernos. El enemigo que digita la opinión internacional es ubicuo, está en todas partes, también en nuestras altas casas de estudios y sobre todo bajo nuestro propio piso, en nuestros sótanos. Es un enemigo fecundo, oscuro, de sinuosos recovecos ocultos contra los que sólo yo sé lidiar. Por eso le sugiero que se retire a descansar un rato mientras organizamos —con mi acólito— los pormenores de una ceremonia que lo preparará a usted, señor jefe de prensa, para enfrentar las contingencias que se le presentarán en su muy noble y muy compleja campaña anti-campaña-de-desprestigio.

Más tarde le sugerí:

una ceremonia de máscaras me parece lo más apropiado, todas máscaras sagradas, preparadas, que serán como la piel de usted para que pueda así asumir infinidad de rostros y formas. Los va a necesitar, si quiere consagrarse a manipular la información.

Qué trabajo, qué Aburrimiento. La indecible monotonía de tener que asesorar a quienes del todo carecen de imaginación. Otro gallo muy otro habría cantado en vida del Generalisísimo. El sabía digitar a la perfección estas estrategias menores sin necesidad de obligarme a malgastar mi invalorable tiempo en nimiedades. En casos como éste yo sólo estaba allí para darles el toque final, la pincelada maestra, mi aporte para el boato, para todo lo que requería esplendor. Porque hay que reconocer que el Generalís, en los casos menores, encontraba siempre la palabra exacta sin esperar que yo se la dictara.

Y yo me pregunto, ahora, ¿qué cuernos nos importa lo que digan los diarios en el extranjero? Sólo debería interesarnos la opinión nacional, y ésta no puede decirse que no esté digitada. Sólo se filtran las noticias que permitimos se filtren. Y a cuentagotas. Lo que pueda decirse de nosotros en el extranjero me tiene sin cuidado. No me hace mella, más bien engrandece mi ya oscura figura.

Y pensar que ahora tengo que prepararle la ceremonia al mentecato. A pocas noches de la luna llena, como si pudiera permitirme distracciones.

Divertido sería hacerlo asistir al sacrificio de la Machi, estoy seguro de que esa bruja loca va a largar un haz de luz verde cuando le abra la panza. Podría darle un buen susto a nuestro jefe de prensa y obligarlo a creer en mis poderes. Pero no, a la Machi me la reservo para alguna ocasión más suculenta. Podríamos ahora divertirnos un poco con las guainas. Hace tiempo que las estoy dejando holgazanear por Palacio, es contraproducente, cría sebo, y por el momento no tengo la intención de fabricar velas para la ceremonia del antiplenilunio. Mi pirámide debe ser mucho más radiante que la luna llena. Si logro opacar la luna todos los maleficios que pretenden imponerme los brujos blancos de la Capital se revertirán sobre ellos y podré aniquilarlos, reventarlos como a inmundos sapos viejos y eso es lo que son. Sapos viejos, inútiles.

Al vencer a mi oculto enemigo daré un paso gigante en defensa del plan de paternomaternidad al que estoy abocado. Entonces el país será del todo mío, el mundo será mío y ya nadie podrá detenerme.

Me estoy afilando las uñas mientras tanto, practico como quien hace ejercicios de digitación, escalas. Poco a poco voy sentando las bases de mi Reino de la Laguna Negra y ya he mandado a acuñar moneda con mi esfigie. A los constructores de la pirámide les pago ahora con estas monedas, más un óbolo que un salario real, y ellos sólo pueden gastarlas en el almacén de ramos generales de mi propiedad. Así, siempre me vuelven, las monedas, y no tengo que acuñar grandes cantidades. La mercadería que les vendo me cuesta muy poca plata, o nada, para ser sinceros, porque la canjeo por unos pocos gramos del producto de mis plantas. Mis plantas de procesamiento, claro está, no piensen que me he vuelto agricultor o alguna similar infamia.

Aunque a veces caigo en ciertas cultivatricias tentaciones. Con los hongos alucinógenos por ejemplo, o con esa otra plantación más secreta de hongos venenosos que aprecio por su admirable colorido y sus formas sorprendentes. Sin mencionar mi jardín favorito, al que suelo brindar mi ofrenda de mariposas: el jardín de plantas carnívoras donde me inspiro.

El Santuario

—Por fin nos ha llegado la orden de dirigirnos al Santuario Secreto. Hay certeza, ahora, de que los mensajes que hemos estado recibiendo estas últimas semanas, los que nos llegaban oblicuamente interceptando los programas de radio, provienen de Ella. Lo corroboran los mensajes escritos que no pueden ser cuestionados; las huellas dactilares han sido meticulosamente comparadas y no hay duda, le pertenecen. Es nuestra Muerta quien nos llama, ha vuelto del reino de la luz eterna para brindarnos este deslumbrante destello. Un verdadero milagro. Estamos viviendo épocas de suma gloria y debemos elevarnos a la altura de esta gracia. Ella, la Santa, ha venido a salvarnos. Vayamos pues con toda nobleza a restituir el brillo del Santuario. Somos los elegidos. Pongamos en juego toda la unción, toda la devoción que Le debemos.

Ella es nuestra santa madrecita, la única que se acuerda de nosotros. Elevaremos muy alto el estandarte de nuestro amor por Ella y no permitiremos que se lo ate al carro de vencedor alguno. Seremos los dignos representantes del pueblo, todos los nuestros llegarán hasta Ella a través de nosotros cuando nos apersonemos para demostrarle toda la reverencia, todo el fervor que nos mueve y enaltece.

Marcharemos hasta Ella con la frente en alto para encarar al enemigo donde quiera que se agazape y pretenda detenernos. Sortearemos el río de sangre del que habla la antigua profecía, esperaremos junto a Ella la paz que merecemos. Iremos con la frente en alto, sí, pero interiormente seremos muy humildes, llevaremos la vista baja porque Ella nos tendrá encandilados con su radiante inmanencia.

Nosotros conocemos muy bien esa inmanencia de Ella, todo su fulgor divino, y no permitiremos que ningún representante de este gobierno que no es gobierno del pueblo nos impida cumplir con nuestro cometido.

Superstición, herejía, exclamaron algunos cuando acababan de ascender al poder y con esas palabras, esos insultos, nos prohibieron venerarla. Tuvimos que pasar a la clandestinidad con santuario y todo, y poco a poco nos fueron apartando del culto hasta que hubimos de clausurar su camarín y ocultar las reliquias y las donaciones. Pero ahora, después de tantos años, correligionarios, hermanos, ahora por fin derribaremos la tapia. Sacaremos sus reliquias a la luz y de esas reliquias extraeremos las fuerzas para combatir al enemigo, como Ella nos lo ha pedido. Y ella volverá a reinar entre nosotros.

Debemos llegar antes de la luna llena. Antes de que sea demasiado tarde habremos de liquidar al enemigo de Ella de la mejor manera. Si podemos.

Por fin he logrado poner en marcha al pueblo. Ahora puedo distraerme con mis nuevas prioridades:

Vademécum

1) De mi nuevo Reino de la Laguna Negra hablaré más adelante. Hace tiempo que estoy trabajando en la idea y ya he echado a andar la primera parte del proyecto, pero prefiero no mencionarlo demasiado por ahora para que no me roben la idea. Estos tipos del

gobierno se amamantan de mí, me quieren sorber el seso para poder ocupar mi sitial privilegiado. ¿Creen acaso que no me he dado cuenta? Seguro estoy de que me vigilan, que estudian cada uno de mis pasos y hasta mis más ínfimos suspiros (mi emanación vital, mi prana). Por eso mismo a veces monto ciertos espectáculos en su honor —me lo monto a mi Edecán, sin ir más lejos, para que entiendan bien por dónde me los paso— pero por otro lado suelo tomar mis precauciones y este vademécum, por ejemplo, lo estoy escribiendo con tinta invisible para que ningún espía pueda microfotografiarlo. Palabras mías que se borran a mi antojo y que sólo yo podré hacer revivir cuando las necesite.

2) Comprarle un regalito a Estrella para irla conquistando. Entusiasmando.

3) Adiestrar a los francotiradores y apostarlos en los confines de mis dominios. Que nadie entre sin el salvoconducto pero sobre todo que nadie salga. Que nadie se largue por el mundo a esparcir la buena nueva antes de tiempo. El Reino ya está en marcha pero el Salvador aún no ha sido gestado (mi hijo será ése, yo no sueño con salvar a nadie. Estoy como siempre por encima).

4) Conseguir varias gruesas de velas.

5) Ultimar preparativos para el Gran Baile de la Luna Llena.

6) Cursar las invitaciones urgentísimas.
¿Convendrá un charter desde la Capital?

Esta ha sido mi genial idea de los últimos diez minutos y no veo por qué no voy a desplegar todo mi esfuerzo para ponerla en práctica. Una ceremonia de máscaras para el jefe de prensa, sí, pero multitudinaria y yo seré el gran hierofante. Invitaré a los altos funcionarios, a los principales periodistas, a toda la gente de nota del país y ofreceremos un esplendoroso baile para la luna llena.

Eso sí que va a desconcertar a mi oculto enemigo y va a desconcertar a la luna llena. Mi enemigo espera que yo reaccione en serio haciendo alguna contramagia a la que sabrán responder enseguida y yo como de costumbre me saldré por la tangente. Voy a dar una fiesta. Cuando crean atacarme y doblarme de dolor yo voy a estar bailando al son de mis tambores. Pero nada de atabaques sagrados o de toques de santo. Nada. Tambores para el merecumbé, el samba. Voy a enloquecer a todos con el baile y la risa. Correrá un *río* de sangre, sí, pero esta vez será del verbo reír. Un galope de rojas carcajadas. A ver si el enemigo me reconoce en mi nueva disposición de ánimo.

D*OS

Yo, Luisa Valenzuela, juro por la presente intentar hacer algo, meterme en lo posible, entrar de cabeza, consciente de lo poco que se puede hacer en todo esto pero con ganas de manejar al menos un hilito y asumir la responsabilidad de la historia. No la historia de la humanidad sino esta mínima historia del brujo que se me está yendo de las manos, acaparada por él que fue gurí de la Laguna Trim, un lugar tan preciso, cartografiado, convertido ahora en el difuso e inhallable Reino de la Laguna Negra, con él, el brujo, de Señor y Amo. Ya va extendiendo sus límites y espera invadirnos a todos después de haberme invadido a mí en *mi* reino, el imaginario. Porque ahora sé que él también está escribiendo una novela que se superpone a ésta y es capaz de anularla.

Un psicópata, un loco mesiánico que nos tiene en vilo. Y un descarado de marca mayor, acabo de recibir una invitación a su baile de máscaras de la Luna Llena (vengan como están, les proveeremos el disfraz al pie de la Pirámide). Mascarada para inaugurar la tal pirámide, qué idea. No tiene inventiva, repite los clichés, y para colmo es lo más destructivo que se ha visto.

Hasta el punto de ocupar todo mi pensamiento. Ni hacer mi obra puedo, ahora, ni escribirla tampoco, ni mantener mis contactos con cierto embajador para lograr por fin el asilo de algunos. Tendría que ocuparme sólo de eso, un trabajo más a mi medida sin pretensiones de salvar el país sino simple y más realistamente a unos pocos de los muchos que corren peligro de muerte. Si hasta estaba planeando a mi vez una fiesta en la embajada para que muchos pudieran entrar sin problemas, y ahora me llega esta invitación y me desubica. Aunque un baile de máscaras... no es mala idea.

Reconozco que hay mínimos elementos que nos ¿acercan? Hay una afinidad de voz cuando lo narro, a veces podrían confundirse nuestras páginas. Yo trato de verlo como él se ve pero no tanto, trato de captarle el tono pero a veces él me lo trastorna, lo exaspera y lo hace sonar a invento. ¿Cómo voy a poder inventar a alguien tan despiadado? Simplemente lo narro para que no se ignore su existencia. País de avestruces, éste, política que solemos imitar metiendo la cabeza en la arena, negando los peligros.

Y ahora me cae la invitación como piedra del cielo; sobrepasa los límites, rompe todas las barreras. Voy a tener que buscarlo a Navoni para mostrársela, a ver qué opina. Hay que hacer algo.

Llamé a su despacho donde él no va casi nunca, claro, y le dejé el mensaje: díganle al doctor Estévez (cualquier doctor que se mencione allí se sabe que es Navoni) que lo espero en el café de la Flor a las siete y media de la tarde. El entenderá. Por eso estoy ahora en el café La Opera, son las cinco y cuarenta y cinco, Navoni tendría que haber llegado hace quince minutos y la invitación me quema la cartera. Si hay un procedimiento policial, ahí me encuentran un documento comprometedor y no cuento más el cuento. ¿Qué le digo a la cana, que estoy escribiendo la biografía del brujo y que por eso él pretende congraciarse conmigo y me invita a su fiesta? No sabemos en qué posición está o simula estar la cana respecto del brujo. Además si van a allanar mi casa y encuentran el manuscrito estoy lista, no creo que lo aprueben para nada.

Miro el reloj y sé que sólo puedo esperar cinco minutos más. Es la regla y la cumplimos al pie de la letra en gran parte por prudencia —el citado puede haber caído en una emboscada y confesar dónde y con quién estaba de verdad citado— y en buena parte por sentirnos protagonistas.

No yo. Yo he hecho hace tiempo un serio descubrimiento al cual me atengo: si no se puede ser protagonista de la historia, vale entonces la pena ser autor/a de la historia. Sólo que ahora estoy viendo tambalear esta firme separación, mezclada como me encuentro con la historia que estoy elaborando.

Ahí viene Navoni, por suerte. Es un alivio verlos llegar en estos tiempos, confirmar que todavía están vivos. También es un alivio, desgraciado pero alivio, saberlos muertos. Lo intolerable es lo otro.

Sé que debo llamarlo Alberto aunque se llame Alfredo y esas cosas a veces me hacen gracia y no las tomo tan en serio como debiera. Hay que aflojar las tensiones, me digo, conservar el humor bajo las circunstancias más aterradoras. Alberto, Alberto, le grito entonces alborozada y a él eso no le gusta. No llamar la atención es la consigna, y yo como de costumbre fuera de foco.

Un hola seco y habla de cualquier otra cosa y sé que es para ganar tiempo y hacer que la gente se olvide de nosotros, dejándonos la máxima libertad de comunicarnos por elevación. Alberto/Alfredo enciende un cigarrillo, pide un café que es lo menos conspicuo que puede pedirse en estos lares, me mira.

Me gusta cómo mira. Es una mirada inteligente, alerta. Le tengo confianza porque esta alertez o como se diga nos mantiene vivos en más de un sentido: la inminencia del peligro que recuerda nos obliga a no bajar la guardia ni un segundo. No podemos distraernos.

Por fin, cuando siente que todo ha vuelto a la aparente calma de los bares céntricos donde mejor funciona el aquí-no-ha-pasado-nada, Navoni levanta las cejas como para interrogarme. Le tiendo un ejemplar del conocidísimo semanario *Dios, Patria y Hogar*, casi la única publicación que podemos leer sin miedo, y él lo toma con curiosidad. Sabe que éste es uno de mis inofensivos golpecitos de humor, sabe que la información vendrá en la revista, contaminándola.

Navoni hojea *Dios, Patria y Hogar* con aparente interés, da con la gran tarjeta enviada por el brujo, se detiene apenas unos segundos, prosigue con su interés por tan esclarecedores artículos, pliega la revista, se la mete como si nada en el bolsillo del saco, sigue charlando

—Se te ve muy bien ahora, ¿pensás viajar en estos días? Sé que andabas con luna, pero no creo que un viaje de este tipo te haga bien; no, decididamente no, todo lo contrario.

—Por supuesto que ni sueño con ir, sólo quería informarte. Es muy raro. No sé por qué me invita; ni tendría que estar enterado de mi existencia. Eso me preocupa

—Quizá lo que de verdad busque es que vos te enteres bien de la suya. Existencia, me refiero. Es lo único que le interesa. Un megalómano del tipo No importa qué dicen de mí, lo importante es que hablen. Es ese tipo de persona, suponiendo que se le pueda llamar persona.

—Pero ahora tengo miedo. ¿Qué hago? ¿Abandono la biografía? Vos sabés que tengo cosas más importantes que hacer, de todos modos

—Ni se te ocurra. Si vamos a permitir que nos castren hasta el punto de no poder escribir —no digo ya publicar— más vale suicidarse. No. Vos seguí con lo tuyo. Con *todo* lo tuyo. Te voy a devolver tu propio consejo. Cierta vez nos mandaste a tratar con cierto personaje, por eso de la medicina homeopática, dijiste: Similia similibus curantur, los semejantes se curan con los semejantes, dijiste, y ahora te diré que empiezo a creer en esas cosas. O no, mejor dicho, empiezo a creer que para quienes creen estas fórmulas dan resultado. No podemos desdeñarlas, no podemos desdeñar posibilidad alguna. Vení a verlo vos también. Falta poco para la gran noche. No sé si permitirán tu presencia, pero te lo haré saber. Chau, preciosa. Escribí mucho.

Escribí mucho, sí señor, buen consejo me dio ese muchacho, como si una pudiera meterse así no más en otros pellejos cuando el propio se ha vuelto tan incierto. Una se queda como desnuda, sin nada que decir, de golpe, boqueando por un poco de aire. Debí de haber ido al baile de máscaras, hay que acatar las invitaciones que llueven de arriba y no quedarse como yo a la expectativa, esperando el ucase para asistir a la contrafiesta.

Un novelista no está en el mundo para hacer el bien sino para intentar saber y transmitir lo sabido ¿o para inventar y transmitir lo intuido? Total que no voy a ir y quizá la fiesta de máscaras que yo narre sea más exacta que la real o quizás el brujo decida escribir su propia historia de la fiesta o quizá de alguna fuente insospechada sepamos lo que realmente sucederá y quizás eso resulte lo menos informativo de todo.

A cada invitado, a medida que llega, se le irá entregando una máscara de terracota con rostro de animal, algo a mitad de camino entre la repulsión y la belleza. Un desfile satánico. Y después, mucho después, vendrá la verdadera orgía. Entonces se repartirán garrotes entre los invitados y al ritmo de los timbales empezará la danza. No un baile cualquiera, no: un baile con finalidades destructivas. Cada invitado con su garrote deberá romper al menos una máscara de barro como si fuera una tinaja, y como la máscara va colocada sobre el rostro del otro quién sabe quién le rompe la máscara a quién y con suerte la cara y ahí no más empiezan las represalias.

Faltan varias noches para la aparición de la redonda luna, y yo ya imagino esta danza de las furias mientras se está con la máscara puesta. Después de rota no sólo queda el gran desenmascaramiento; queda también, agazapado, el anhelo de venganza.

Me distraigo en imaginaciones maléficas, insufladas seguro por el que ya sabemos, mientras espero la otra invitación para la danza más sincera, la contradanza de mis gentes de Umbanda.

Una decepción más no mata a los Pueblistas, a veces los robustece. Fue quizá lo que ocurrió en este caso, cuando después de la ardua labor de retirar piedra por piedra con la sana intención de volverlo todo a su lugar y no dejar rastros (como si alguien pudiera descubrir rastros allí, en ese senderito de montaña tan alejado de la carretera principal) develaron por fin el santuario de la Muerta que era en realidad una gruta. Una gruta casi pelada, según descubrieron para horror de los más viejos, los que sabían de los tesoros otrora allí acumulados. Durante su largo período de clandestinidad el santuario había perdido todos sus oropeles. Las muletas seguían todas allí, seguro, apiladas en los rincones. También estaban los yesos de aquellos a quienes la Muerta les había curado milagrosamente una fractura, y estaban los exvotos de latón, y algunos ramos de novia casi convertidos en polvo. Pero, ¿y los trajes? ¿Los bellísimos trajes de novia recamados en perlas, las togas, los mantos, las tiaras, las diademas? ¿Los candelabros más finos, las lámparas votivas? Todo desaparecido, todo aquello que le daba brillo a la gruta, todo lo que la volvía fastuosa y sagrada.

Hubo un largo conciliábulo. Los más jóvenes propusieron alertar al pueblo entero sobre el robo y levantarse en armas. El concejo de ancianos que se constituyó para encarar la emergencia logró apaciguar los ánimos

—No podemos defender estas cosas del espíritu exigiendo el derramamiento de sangre de los nuestros. Debemos encontrar otras soluciones. El enemigo es multifacético y mucho más sutil de lo que jamás podremos suponer. No siempre forma parte del gobierno. A veces ataca por su cuenta y también es feroz. De ahora en adelante se impone un reflotamiento del Santuario. Nada de seguir manteniéndolo en lo oscuro, devolvámoslo a la luz que le corresponde de suyo. Llevaremos las pocas reliquias a una iglesia, a la Basílica cercana a la Capital si es posible, para devolverle al mundo el culto de nuestra Muerta. El gobierno va a pensar que así nos tiene contentos y tranquilos, no se va a oponer a nuestro proyecto.

Y con la Iglesia también podremos llegar a un acuerdo, como siempre. Le donaremos simbólicamente las reliquias a la Virgen y diremos que vamos a adorar a la Virgen. Ellos hacen cosas parecidas, las llaman sincretismo.

—Aprobado por unanimidad. Después de todo, Ella siempre fue nuestra verdadera Virgen

—Y esta maniobra desconcertará al enemigo y podremos tomarlo de sorpresa

—Sólo que Ella nos ha encomendado acción inmediata.

—Ya hay grupos de activistas que buscan a la secta secreta de la destrucción mágica. Que esa parte de la misión quede en manos de ellos. Nosotros nos abocaremos a la otra, menos perecedera.

—Bien dicho. Propongo que hagamos una procesión con las reliquias que quedan. Las llevaremos bajo palio hasta la Basílica. Iremos juntando gente por el camino, será una peregrinación gloriosa. Decretemos este día como el día de la Santa. Hoy ha vuelto a ver la luz, ya no está viva tan sólo en el alma de su pueblo. Volverá a estar viva en la memoria del mundo.

—Vamos, entonces, a la Basílica. A brindarle toda nuestra inalterada devoción.

Días esperando pero por fin la verdadera invitación me llega. Navoni me hace saber que puedo ir, no más, que nos encontraremos en tal esquina a las diez de la noche. Me llevarán sin darme demasiadas explicaciones, como de costumbre, y eso que fui yo quien los conectó con el babalao. El Caboclo de Mar, el padre de santo que aceptó contraatacarlo al brujo, interceptarle la magia, ponerlo en cortocircuito, como quien dice. Yo les pasé la idea pero ahora ellos se han apropiado de mi idea y la conducen científicamente y yo me tendré que conformar con las migajas. Y lo digo con conocimiento de causa porque años atrás estuve enamorada de Navoni y sé qué puedo esperar de él y hasta donde admirarlo.

En esta noche con una luna que está a punto de aparecer —llena creo, o espero— camino por las calles con los sentidos bien alertas y al mismo tiempo me voy cargando de recuerdos de Navoni. El otro, el menos duro, el que todavía conservaba algo de humor ante el peligro y el peligro, al menos para él, le devolvía la fina atención dispensada y no lo rondaba hasta el punto que ahora lo ronda, crispándolo muchas veces, volviéndolo inaccesible. Al menos para mí. Sólo que a mí también, ahora, me ronda algún peligro y yo también —ahora— tendría que aprender a volverme inaccesible al menos para los parapoliciales que quizá, quién sabe, me estén siguiendo para pescarlo a Navoni. ¿Una ratonera? ¿El queso yo, como señuelo? Voy derechito adonde me ha citado la mayor de las presas posibles y por eso me cuido. Me cuido por él también, sobre todo por él, y eso de ir derechito es apenas una forma de decir porque, lo que es yo, me dirijo, a pie, no es cuestión de dejar testigos, me dirijo a patita limpia hacia el lugar del encuentro haciendo todo tipo de gambetas, metiéndome por calles laterales, abandonando con premeditación la dirita via, buscando las calles de una sola mano para caminarlas en contra, de cara a los vehículos, sabiendo así que por lo menos en coche no me siguen. A pie si me siguen eso lo sabré en alguna inesperada vuelta, en una esquina que no tengo prevista. Y uso la oscuridad maldita de estas calles en beneficio propio y pienso en el Navoni de los buenos tiempos cuando paseábamos por calles así, bajo los árboles, de la mano. ¿Dónde habrán ido esas manos, dónde las calles que ya no son las mismas? Las calles tienen ahora otra densidad de sombras y las manos tan sólo sirven para taparse la cara y tratar de atajar un golpe, como si fuera posible aislarse de los golpes, en tiempos como estos. Diez menos cinco, no luna aún, una vuelta más, creo que nadie me sigue, nadie se ha fijado para nada en mí y sin embargo prefiero no pararme en la esquina señalada, no recostarme contra el buzón y sentirme parte de la esquina. Una vuelta más de manzana, muchas veces las dábamos con Navoni cuando nos costaba tanto separarnos. Ahora casi sin despedirnos, nos separamos, media vuelta y si te he visto no me acuerdo porque si me acordara podría ser letal para el otro. Reaparece el buzón al fondo de la cuadra, debe de estar por salir la luna en alguna parte de este taponado horizonte urbano y el coche se acerca hacia mí muy despacito y yo lo reconozco y subo con aire distraído, maldiciendo entre dientes: bueno hubiera sido otro encuentro con Navoni y no éste; algo más ¿cómo se dice? tierno.

Se están preparando para empezar la ceremonia de Umbanda, todos vestidos de blanco, descalzos. Con cierta devoción me quedo en el fondo de la estancia, tratando de retener lo que voy viendo, de incorporármelo. Rezan ante el altar de San Jorge, cantan San

Antonio que es de oro fino, ábrenos las puertas que vamos a empezar. Entonces uno de ellos pega un brinco hacia atrás y es como si cayera... Otros y otras lo siguen, hasta que todos están en trance y entonces La línea del Viejo Negro nadie puede atravesar.

Sabemos que la lucha va a ser ardua y nadie se mueve en nuestro rincón, nadie ni siquiera suspira. Quién te ha visto y quién te ve, Navoni, hace tiempo burlándote de mí por esto de las magias, decías, como cuando te metí la ceniza en el bolsillo para protegerte, y vos, claro, haciéndote el piola, diciendo sí, cómo no, la ceniza me hace invisible, imaginate no más, ahí me ves metiéndome en el cuartel de policía como si tal cosa, total tengo la ceniza en el bolsillo y soy invisible. Hay que ver si la cana cree en esas cosas, mirá que mala pata si me topo con un descreído ateo de la magia, un puro como ese chico que ve al rey desnudo, y ¡zas! no te cuento el cuento.

El ateo de la magia sos vos, le dije en ese entonces y ahora no sé si repetírselo, el descreído sos vos que no entendés de sutilezas, que tenés que tomártelo todo al pie de la letra. Ser invisible significa también ser inconspicuo, y eso sólo se logra con mucha seguridad en sí mismo, y si vos creyeras en la ceniza la ceniza te daría la seguridad que te hace falta ¿no?

Las sutiles hebras de la trampa inconsciente. Que yo creo saber hilar y que hilo tan poco o nada, casi nada. La puntita apenas. Me lo señala una guía muy dulce, una muchacha de blanco que se me acerca con paso achacoso y me pone la mano sobre la cabeza. Jo, jo se ríe, yo también tenía el pelo negro y de rulitos cuando era jovencito. Tenía rulitos iguales a los tuyos. Ahora soy un viejo pelado, pero ahora sé. Y la voz le sale aguardentosa y cascada y yo no discuto estos travestismos del espíritu y la sigo por el corredor y escaleras abajo hasta la zona llamada La Esfera, un sótano polvoriento de piso de ladrillos y atmósfera densa.

—Te veo muy apagada hija mía, se te ha oscurecido el aura. Muy, muy oscura te veo, por dentro, ¿por qué? ¿Te has estado metiendo donde no te corresponde? ¿Has estado hurgando en el misterio? Tan oscura te veo

Y claro, en medio de esas tinieblas, entre sombras gigantes ¿Oscura, yo? ¿de qué otra manera? Estoy acuclillada a los pies de mi guía que se ha sentado sobre un cajón de frutas y me hago un ovillo de mí misma, me encojo y niego ¿oscurecida mi aura, a quién puede ocurrírsele semejante desatino? y mi guía ríe con su cascadísima voz de negro viejo tan fuera de lugar saliendo de esa boca suave, e insiste: oscurísima.

De reojo, como en sueños, veo a los otros bajar por las destartaladas escaleras que conducen a La Esfera y dirigirse más allá de los barrotes de madera. Empieza para ellos el ritual de la pólvora, dentro de círculos de fuego, entre llamaradas, para limpiarse de todo el mal que han absorbido arriba en su desprotegido campo de batalla.

Aun separada de ellos por las rejas de madera, me retuerzo con ellos y siento en mi pelo y en mi piel el crepitar de las llamas. El fuego que los purifica parece que no me alcanza, sin embargo, sólo ese irritante olor a pólvora quemada y el humo azul que nos ahoga a todos por igual

—Es mucha la densidad del mal, hija mía. Hay que combatirlo por todos los flancos posibles. Cosas muy tremendas están pasando ahora, y tú no debes ni acercarte a la causa del mal, no debes contaminarte. Hay diablos

—Diablos hay, pero son unos diablitos inofensivos, simpaticones. Uno sobre todo que viene de Agua do Meninos, el mercado de Bahía, es de hierro con su tridente y su lanza en la mano, patitas largas, y una sonrisa espléndida en su boca de hierro

—¡Eshú!

—Sí, el mensajero de los santos.

—No, el diablo. Según como se lo mire. Uno nunca debe entrar en posesión de estos elementos, vienen siempre cargados. Nunca tocar los objetos del mal. No acercarse a ellos. Debes desprenderte, hija mía, de todo lo que signifique brujerías y mira que tienes muchos cachivaches. Desprenderte de todos, ya te diré como.

Y yo escucho, y el humo de pólvora me envuelve y quizá protege. Me limpia. Similia similibus curantur.

Ya se han ido los invitados, a cuál más apurado, algunos hasta con sentimientos de culpa ¿dónde se ha visto? Aunque faltaron bastantes y no tantas avionetas como se esperaba aterrizaron en la ex pista clandestina, ahora privada. Los representantes del Gobierno no fueron demasiado numerosos pero al anfitrión eso no pareció importarle. Una vez comenzada la fiesta, de todos modos, cada cual con su máscara y su dominó puesto, cualquiera podía pensar que el que tenía frente a sí era el General Presidente en persona, sin sospechar que en realidad se trataba de una manifestación más del Señor de Esos Parajes, Amo de la Laguna Negra y muy pronto del Mundo. Bajo otra encarnadura que podía ser la de cualquiera de sus invitados.

Había hecho bien las cosas, el Brujo; no había dejado escapar detalle. La pirámide había sido completada por fuera, y si bien por dentro faltaban los toques finales eso carecía de importancia. La pirámide trunca aparecía perfecta a simple vista, con lámparas de aceite iluminando todo su escalonado contorno, la Machi ya sacrificada bullendo con verduras en el gran caldero sacro, y el toque de genio: máscaras de terracota con la efigie del Amo para todos los invitados. Hombres y mujeres por igual, y una capa negra idéntica para todos en un loco desdoblamiento de Señores del Tacurú mientras él, el Unico y Verdadero, pontificaba desde lo alto de su pirámide trajeado con una túnica roja, tornasolada, y máscara de hormiga.

Lo había pensado bien. Una máscara de plumas y un atuendo de águila habría halagado más su vanidad y habría estado más acorde con su espíritu. Pero las hormigas se merecían un tardío homenaje y él sabría asumir con grandeza este nuevo aspecto de su personalidad tan rica. Total, él ya no estaría más en cuerpo propio. Estaría en cada uno y en todos sus invitados que llevaban puesta su máscara. Su rostro, con los ojos del tono exacto de gris de sus propios ojos y diminutos agujeros en las pupilas para que los invitados miraran a través de sus ojos. Los ojos de él. Entonces nada de lo que habrían de ver o de lo que verían les resultaría ofensivo.

Iban subiendo los invitados por empinadísimos escalones de la pirámide hasta llegar a él en su radiante sitial de cumbres. Al lado del Señor bullía un caldero del que se desprendía un aroma de humedad y de hierbas. Las guainas servían los alcoholes más feroces y el Señor entregaba a cada invitado una humeante escudilla con caldo del caldero.

La servía solemnemente con un gran cucharón de plata y mientras saludaba a cada invitado le extendía la escudilla como quien imparte la comunión.

—Consomé de Machi —les decía a guisa de saludo, y todos lo tomaban reverentes sin comprender la profundidad del homenaje.

¡Tan bien pensados los detalles! A cada uno le habían colgado del cuello, con una cadenita, un tubo fino de metal blanco por el que podría sorber los alcoholes y el caldo sin quitarse la máscara. Una como bombilla, algo muy del lugar.

—No voy a permitir que te mastiquen, le había prometido a la Machi antes de ultimarla.

Y ella le había contestado

—Aunque lo permitas, aunque quieras, no me vas a convertir en mierda. Yo voy a estar donde no estoy y también en otras partes: te vas a acordar de mí.

Por eso mientras él les tendía la escudilla a sus invitados, agregaba

—Es plato único pero qué plato único. La pura sabiduría, se acordarán de mí en todas partes. Los va a nutrir para siempre. Les hará un bien infinito.

Bien, lo que se dice bien, les habrá hecho a los invitados, porque lo que es a él el dichoso consomé de Machi le cayó de la patada. Y en lo mejor de la fiesta, cuando todos estaban borrachos y felices y la pirámide brillaba en todo su esplendor y los tamboreros tamboreaban como locos tapando la música de los acordeones porque para eso habían sido contratados, traídos de la otra banda del río, del otro lado de la frontera nada más que para tapar a los acordeones y condenarlos a un sonido inaudible. Cuando el avión fumigador ya había dado cinco vueltas a la pirámide e inmediaciones, fumigando el blanco polvo obtenido en las plantas de procesamiento local mientras el Brujo gritaba desde lo alto con megáfono Es pura, Es lo más natural que hay, Respiren a fondo. Cuando la fiesta estaba en su apogeo, la gente bailando aullando fornicando y persiguiéndose a la luz de una enorme luna llena que colgaba sobre sus cabezas, cuando el jolgorio había alcanzado su punto culminante, a él le dio el extrañísimo soponcio que aún hoy le dura.

Quedó rígido en su trono sin poder emitir otra palabra y la máscara de hormiga se le deslizó de la cara yendo a parar diez metros más abajo a los pies de las bacantes. Muchos entonces levantaron la vista y vieron su rostro lívido, iluminado por esa luna inmensa, una cara color arcilla que era el reflejo de todas las caras circundantes. Eso les despertó la furia. Nunca se supo quién fue el primero en tomar un garrote y romperle la máscara al de al lado, pero resultó un gesto contagioso y al rato todos blandían palos y se daban de garrotazos tratando de romper máscaras a diestra y siniestra, defendiendo la propia. Quizá porque todos querían ser el único, el Brujo, sin saber que el verdadero Brujo había caído en éxtasis místico tan pero tan parecido al estupor catatónico.

Al amanecer no quedaba ya ningún enmascarado y sí muchas máscaras de sangre, caras de coágulos y verdes moretones y ojos en compota y desfiguramientos varios. Y él, allá arriba, como si tal cosa, sin siquiera gozar del espectáculo.

Ya lo dije, ya lo dije, sollozó el Garza cuando la luz del día permitió el despegue de las avionetas y quedaron por fin solos. Ya lo dije, le cayó mal la sopa de Machi. La Machi se vengó. Volvé, Maestro, volvé, no dejes que la bruja te trague de adentro para afuera.

Volvé, volvé, soy tu Garza, tu perro. Soy tu edecán, si querés soy tu lobo, volvé. Y lo sacudió con fuerza intentando revivirlo.

—No hay caso. Sólo él tiene el poder de resucitar a otros, y él está ahora fuera de combate.

—Callate, guaina, bruja. El nunca está fuera de combate. Debe de estar sumido en la meditación

—Voy a llamar al médico

—Ni se te ocurra, bruja. Vas a llamar, sí, a las demás guainas, esa manga de vagas y de inútiles, para que vengan a ayudarme a bajarlo de acá. Lo vamos a meter en el interior de la pirámide aunque no esté terminado. Ahí va a estar fresquito, así no se nos insola, no se nos deshidrata. Además él dice que dentro de la pirámide no le llegan las malas vibraciones. La perfecta forma piramidal lo protege. Espero que tenga razón cuando está dentro, porque lo que es estando arriba

Lo quisieron mover y él estaba rígido en posición sentada. Estatuario. Una de las guainas tuvo la idea de pasar un par de varas por entre las patas del trono y cargarlo así sobre los hombros. Fue su primera silla gestatoria. Por suerte ninguno de los allí presentes conocía la tradición y a nadie se le ocurrió palparle los testículos. Valiente chasco se hubieran llevado las guainas. Tres pelotas. Una trinidad en la entrepierna.

Dos noches con sus días duró el soponcio del Señor, pero los días no cuentan en un caso semejante. Cuando es noche para él es noche para todos y las guainas se turnaban acostándose a su lado para darle calor e impedir que ese cuerpo oh tan venerado se resfríe. El Garza no podía estarse al lado del Maestro porque al instante no más sobrevenía el llanto y el Maestro no sólo se volvía a enfriar sino que además quedaba todo mojado. El Garza entonces caminaba y caminaba sobre sus largas piernas de garza, tratando de pensar, tratando de encontrar una solución o un antídoto.

Pensó en los hongos pero no se animó a volver al

Tacurú y menos aún a adentrarse por los largos corredores hasta la caverna de sal gema donde seguramente lo estaría esperando el fantasma de la Machi. Pensó y pensó, sin ningún resultado como de costumbre, y por fin decidió ponerse una de las pocas máscaras de Señor que habían quedado intactas, a ver si se inspiraba.

Con la máscara puesta se miró al espejo y por fin encontró un reflejo inteligente. Se sentó entonces en el trono del Señor que había quedado desierto. Se acomodó el manto de terciopelo rojo del Señor, luego se puso las calzas tornasoladas del Señor y ya estaba completo. No con atuendo de Hormiga sino con atuendo de Señor. Con cara de Señor intentando una voz más ronca, desconocida, que sería voz de Señor

—Guainas, guainas, vengan inmediatamente que necesito azotarlas un ratito.

Y las guainas acudieron veloces porque no tenían otra cosa que hacer y porque ya andaban con ganas de divertirse un poco.

El Garza en sus galas rojas empezó a desvestirlas con el látigo, tratando de atrapar una túnica tipoi con la larguísima cola de lagartija del látigo, tratando de envolver una enagua y desprenderla.

Las guainas reían y un poco ayudaban para darle el gusto. Tiene cara de Señor y no es el Señor, le cantaban, provocándolo, encantadas de que no fuera el Señor, de que fuera mucho más joven y mucho menos cruel.

Y se iban desnudando y abriéndose de piernas y tentándolo, hasta el punto que él se había quitado las calzas y los calzones y sólo investido del manto y la máscara del Señor quizás estaba a punto de lograr lo que nunca había logrado antes.

Eso pudo más que todos los soponcios juntos. El verdadero Señor despertó de un salto y lo recriminó

—Qué hacés, infeliz. Creés que así vas a ocupar mi lugar. Muerte al traidor, muerte al perro.

—Amo ¡te devolví a la vida!

—Me devolviste a un carajo. Ahora sacate la careta y vení para acá, que tenemos que hacer.

De haber crepado el brujo me quedaba sin novela. Pero qué alivio hubiera sido, qué alivio.

Ahora puedo seguir escribiendo es decir puedo seguir desatendiendo sin demasiada culpa mis otros compromisos, atendiendo tan sólo —a como dé lugar— las prioridades más perentorias. Aunque no quisiera jugarla de pato y meterme en el agua sin mojarme. Una vez en el baile bailaré, si puedo, hasta donde me dé el cuero.

Ayer fui a verlo al embajador. Parece que por fin podrá brindarle asilo a la pareja de abogados que le recomendé. Menos mal, los pobres ya estaban a punto de caer en las garras de la cana. Y este embajador, qué tipo interesante. Otra historia que debería estar escribiendo, yo. Me pregunto por qué se me enredan tanto la realidad y la ficción, o al menos la escritura, por qué no puedo mantenerlas separadas. Todo se me mezcla, se me mezclan los hilos, se me envuelven alrededor de las patas y me traban. Me gusta el embajador y también eso se me mezcla, para qué meter asuntos más o menos sentimentales en situaciones que son de vida o muerte. Como si lo sentimental no fuera también de vida o muerte, o mejor dicho un optar por la vida cuando todo está tan al borde de lo otro.

Volviendo a nuestro brujo debo decir que ha recuperado la consciencia —o como se llame en semejante caso— y con ella todo su poder de destrucción y por lo tanto ha vuelto a las andadas. Y yo tengo que seguir narrando lo que sé o lo que creo saber al respecto a pesar de que él siempre me llevará ventaja porque no sólo sabe más sino que inventa mejor. El muy maldito.

Por eso mismo he decidido sin más vacilaciones deshacerme del diablito de hierro y demás parafernalia mágica, siguiendo los sanos consejos de mi guía. El diablito con su tridente y su lanza, Eshú y sus ferramentos, tan de sonrisa encantadora, tan seductor con sus cuernos metálicos en punta y su pito casi horizontal. ¿Casi horizontal, el pito de Eshú? Sí, señora. El caballero que tuvo a bien obsequiármelo consideró que no era homenaje para una dama, no, eso de traerle especialmente de San Salvador de Bahía un Eshú de pito caído, en ángulo recto mejor dicho, pito apuntando el suelo. Así son todas las representaciones metálicas de Eshú, hay que reconocerlo, pero el mío no porque mi caballero andante intentó modificarlo, enderezarle el sexo, ponerlo en erección, como quien dice. Pero esa es otra historia.

La historia de ahora puede ser encerrada en una bolsa de papel. Ahí voy metiendo por lo tanto al Eshú (chau, cariño), los collares de peyote del mercado de Sonora, unos milagritos del mercado de brujas de La Paz en la calle Linares, los amuletos para el amor (por la suerte que me trajeron) y para el dinero (lo mismo digo) y un par de figas, un ajo macho con cintas roja, unos ojos de venado (semillas). Estas otras semillas que me regaló el embajador no van incluídas. Son los tomates de mar, una es hembra y la otra es macho y puestas en un vaso de agua la hembra flota y el macho se hunde, cosa que suele sucederle a los machos en un vaso de agua.

Talismanes amuletos maleficios milagritos diablo y sus armamentos collares de dudosa procedencia calaveritas de azúcar, todo en una bolsa de papel y en otra la botella de aguardiente seco que hube de comprar para esta solemne ocasión.

Mi amiga Julia tan perfecta y puntual vendrá a buscarme a las seis menos cuarto de la tarde para llevarme a cumplir mi cometido. —El viernes antes de la puesta del sol ¿me entiendes bien hija mía? antes de la caída de la noche, durante el crepúsculo. Llevas tu diablito y demás elementos de magia a un bosque y los ocultas entre los matorrales. Después tomas una botella de aguardiente y vuelcas la mitad haciendo un círculo alrededor de la ofrenda. Y dejas la botella abierta allí mismo, diciendo todo el tiempo que esto lo haces para pagar por la imprudencia de haber albergado elementos maléficos en tu casa. ¿Me entiendes?

Fueron esas las directivas y tan bien las entendí que ya llega Julia y nos embarcamos en su coche camino a los bosques del aeropuerto, los únicos que hay por las inmediaciones.

Después de media hora de viaje, cuando la carretera está a punto de ingresar en los peligrosos terrenos custodiados del aeropuerto internacional, tomamos una simpática curva a la derecha y enfilamos por una ruta que seguro se internará en el bosque. El sol ya está bien bajo y unos tímidos tonitos sonrosados empiezan a invadir el cielo cuando de golpe el coche pega un cimbronazo. Una luz roja se enciende en el tablero

—No puede ser —dice Julia,— parece que se rompió la correa del ventilador. Pero si estaba recién cambiada

Y yo suspiro y me acuerdo de la segunda parte de la historia del Eshú, las palabras de Christian, mi caballero andante, capitán de ultramar, cuando me lo dio: a una bella mujer no se le puede traer de regalo un diablito falicaído, por eso le pedí al jefe de máquinas del barco que se lo enderezara a éste, que le orientara el falo como correspone. Al jefe le encantó la idea y se fue muerto de risa a la fragua para darle martillazos al pito y ponerlo en su lugar. Yo me volví al puente y ahí estaba cuando de golpe el barco corcoveó como si hubiéramos encallado y el jefe de máquinas apareció hecho una furia: Tomá, me gritó, llevate tu diablo de mierda, me hizo explotar la caldera auxiliar que funcionaba a la perfección, yo mismo acababa de controlar los manómetros. Y me devolvió el Eshú y no quiso saber nada, así que acá lo tenés, a media asta como quien dice pero la intención es lo que vale ¿no?

No me decido a contarle esta parte de la historia a Julia para no desanimarla del todo. Abro en cambio la puerta del coche resuelta a Deshacerme lo antes posible de esa malhadada carga. Pongo un pie en tierra y me detengo en seco. Justo allí, sobre mi cabeza, amenazante como estas advertencias pueden serlo bajo estas circunstancias, un enormísimo cartel con la oscura silueta de un soldado que me apunta con su rifle. Y el aviso debajo

ZONA MILITAR NO ESTACIONAR NI DETENERSE

Y el sol, atento a la consigna, no se estaciona ni detiene. Sigue implacable su camino horizonte abajo, pronto va a desaparecer y ya va a ser demasiado tarde para nosotras.

—Señor Presidente, mi General, disculpe que le traiga a colación estos problemas pero creo que chocan con nuestro Proceso de Reconstrucción Nacional. No es así como se sirve a nuestros altos y nobles intereses, ni se preserva así nuestra soberanía o se asegura su continuidad histórica. Ese hombre se ha burlado de nosotros nuevamente. Nuestros representantes y enviados especiales al llamado festival de la pirámide, así como sus señoras esposas, volvieron del noreste en un estado lamentable, algunos con el rostro seriamente golpeado, con hematomas y tajos.

—Que me pasen el informe por escrito. ¿Cómo ocurrió el hecho de sangre?

—Bueno, en realidad parece que se golpearon entre ellos sin que nadie los instigue. Pero puedo asegurarle, señor Presidente, que todo es culpa de ese maléfico personaje. Debe de haberles adicionado algo al piscolabis, que fue de lo más frugal según me han informado. Pero parece que ofreció una pócima que despertó la violencia en lugar de mantener y acrecentar —si cabe— la unidad de propósitos y los lazos de una sana y cordial camaradería.

—Cierto, cierto. Lamento que no se haya permitido la presencia de nuestros camarógrafos en la fiestita esa. Pero si el teniente López cumplió mis instrucciones, muy pronto tendremos fotografías del lamentable episodio. Me gustará verlas.

—Lo siento mucho, mi General. Pero parece que al teniente López le fue confiscada la máquina fotográfica.

—¡Al cepo con él! No quiero asistentes torpes que no pueden acatar mis deseos. Es decir, mis órdenes.

—Como usted mande, señor Presidente. Y con el hombre del noreste, ¿qué hacemos? La oficialidad está muy descontenta.

—No hacemos nada. ¿Qué pretende usted? Lo dejamos en paz, que organice otra fiesta. Que nos vuelva a invitar. Me gustaría ir en calidad de observador imparcial. Parecen fiestas divertidas.

—Como usted diga, mi General, señor Presidente.

—Puede retirarse, coronel. Pero antes por favor corra las cortinas y encienda la luz. No me gusta esta hora de inciertas claridades. Ya ha durado demasiado. Anúlela.

A ver, muchachos, apretemos un poco el paso. Todos estamos agotados pero miren, ya se pueden distinguir las torres de la Basílica a lo lejos. ¡Arriba, compañeros, compañeras! Tenemos que llegar antes de la puesta del sol, Ella no nos perdonará si llegamos con lo oscuro a inaugurar su nuevo santuario. Y para colmo, en cuanto cae la noche cierran la Basílica.

Qué porquería. Mirá el horizonte, perro. O mejor no, no lo mirés. Esta hora me pone nervioso. Es como si se abriera algo allá en el fondo entre la tierra y el cielo. Los rosados cada vez más intensos no me molestan, más bien me gustan, me gusta cuando el disco del sol se pone rojo, se achata y pierde su aspecto fanfarrón de as de oros. Pero este momento terrible, mirá, no, no mirés que puede enloquecerte, es como una boca horrible, una abertura de mujer que te quiere tragar, allá en el fondo, con un resplandor verdoso, único; imaginate ese verde entre los celestitos y rosaditos tan suaves, un verde fuera de lugar, amenazador, como la boca de la Machi. Esto me pasa por no haberla conservado en mi estómago, esto me pasa por haberla vomitado con toda fuerza largándosela al cielo. Ahora se me enfrenta con su boca o lo que fuera, gigantísima, verde, y el sol como una lengua que se va relamiendo.

No me animé a bajar frente a tamaño cartel de advertencia, y a paso de tortuga avanzamos en pos de un teléfono antes de que el auto se nos siga desarmando sin preaviso. Hay que pedir socorro al Automóvil Club, actuar rápido, si no el Eshú va a seguir haciendo de las suyas. Llegamos a la puerta del cuartel y Julia se apea del coche con bastante imprudencia. Oigo el clac de los seguros de las metralletas al ser destrabados, veo que los cinco guardias se despliegan en posición de combate. ¡La pucha! nuestras fuerzas vivas en acción. Abro mi portezuela y también bajo, con las manos conspicuamente separadas del cuerpo pero con la dignidad intacta, sonrío como puedo, grito teléfono, buscamos un teléfono para pedir auxilio mecánico (no una bala en la panza). Se nos descompuso el coche, correa del ventilador, creemos.

—Acá no hay teléfono. Vayan despacito hasta el puesto de gendarmería sin hacer maniobras sospechosas.

—¿Podemos pegar media vuelta acá?

—Afirmativo —contestan ya más aflojados pero igual nos siguen con la vista y quizá con la mirada desde las torretas y la loca de Julia que me propone bajarme a pocos metros de allí.

—Andá corriendo y largá el diablito antes de que sea demasiado tarde. Es su culpa. No quiere que nos desprendamos de él, y el sol ya se está poniendo. Dentro de quince minutos va a ser demasiado tarde. Y después quién sabe si nos salvamos en otro encontronazo como éste.

—¿Y a mí quien me salva ahora? Me bajo frente al cuartel con esta bolsa tan conspicua y con una botella que bien podría ser una bomba molotov, organizo todo en el descampadito de ahí enfrente y alguno de los guardias de las torretas me baja de un tiro. Si tengo suerte, si no me llevan para interrogarme, como lo llaman.

Por fin llegamos hasta el puesto de gendarmería, explicamos el dramático desperfecto, nos permiten llamar al Automovil Club, nos dan charla, el AC no llega y el sol baja, baja, va quedando poca luz, de verdad el crepúsculo, y yo decido jugarme el todo por el todo porque ando medio mal de la cabeza, porque una dice que no cree y después mirá vos, por esas cosas del puro raciocinio.

Vuelvo al coche con una excusa cualquiera. Julia que captó el mensaje se queda en la caseta para distraer a los dos gendarmes: que quisiera volver a llamar, que dónde metí el carnet, que qué contratiempo y no se me arruinará el auto para siempre y esas cosas. Mujercita desvalida y los gendarmes la atienden. Mientras tanto, dentro del coche, yo vacío mi cartera con todo disimulo y meto dentro el diablo y demás enseres, bajo del coche como quien va a hacer pis en esos matorrales ahí no más (como si pudiera funcionarme la vejiga), largo la cartera, vuelvo al coche, me agarra la paranoia, voy de vuelta a los matorrales a volcar el contenido de la cartera y recuperarla por si quedó algún indicio, busco la botella, a cada instante espero el golpe de un balazo en la espalda, espero la bocanada de sangre, esas sensaciones a las que ya nos tienen medio preparados. Pero no, esta vez no. Vuelco el aguardiente a mil por hora y me reintegro al coche cuando el hermano sol acaba su trayecto visible. A lo lejos se acerca el auxilio mecánico, Julia retorna con forzada sonrisa, los gendarmes piensan qué amable señora, mi corazón se pone nuevamente en marcha, de nuevo en marcha mi diafragma y puedo respirar una vez más porque ya me deshice del Eshú.

La iluminación

A las ocho de la noche las máquinas se destrabaron solas y por fin pudieron seguir imprimiendo. Un desperfecto inexplicable que ni el propio Funes había logrado ubicar y menos remediar. Y si el viejo Funes no podía, nadie más en *La Voz del Pueblo de Capivarí* podría. El viejo había visto nacer las máquinas de ese periódico, las había criado y casi se podría decir nutrido con sus propias secreciones. Mucho sudor, al menos. Y ahora, por esas cosas de la identificación, el viejo ya tenía color de linotipia y tos de rotativa. Flaquito, eso sí, solía pasar inadvertido, moviéndose con el mismo movimiento un poco estertóreo de las máquinas. Días enteros transcurrían sin que nadie notara su presencia, pero en el momento sublime de algún desperfecto él era insustituible. Era, fue ¿será?, porque lo que es en el presente de ese viernes, nada de nada. Toda su ciencia había resultado inútil frente a la muerte generalizada de las máquinas de las que no logró suscitar respuesta alguna.

Si hasta don Justino Alchurrón, dueño del periódico, había ido a alentarlo. Cosa que confirió una dimensión aún mayor a su fracaso.

Al cabo de mucho esfuerzo y de muchos intentos, el viejo Funes —aterrado por ese mundo de máquinas paralizadas que no era para nada su mundo— se retiró al rincón más oscuro del taller resuelto a confundirse para siempre con la estopa y los trapos impregnados de grasa y de tinta de imprenta. Todos se olvidaron de él, consternados como estaban, y a nadie se le ocurrió ir a despertarlo y felicitarlo cuando por fin a las ocho de la noche las máquinas solitas recuperaron vida y todo volvió, aparentemente, a la normalidad.

Durante toda la noche se estuvo imprimiendo *La Voz del Pueblo de Capivarí* y fue el número que más éxito obtuvo entre el paisanaje. El sábado 1º de agosto, cuando todos estaban en el almacén del pueblo de Capivarí cumpliendo con el deber de consumir la ritual caña con ruda que habría de preservarlos de enfermedades por el resto del año.

El periódico les llegó un poco tarde pero con noticias suculentas. Nadie quiso quedarse sin su copia —de recuerdo, dijeron— y por eso cuando los hombres del Brujo llegaron a incautarlo no pudieron apropiarse de ejemplar alguno.

Los capivareños, felices. Algo por fin conmovía el añoso estancamiento del pueblito y por fin los golpes dados en las inmediaciones los recibían otros. ¡Escandalosa Fiesta de Máscaras! ¡Bacanal Histriónica¡ Qué titulares para el humilde periódico que hasta entonces sólo se había ocupado de problemas del agro. Al fin un acontecimiento profundo trastornaba la calma chicha de las siestas, un acontecimiento de oscuras implicanciones pero tan estimulante. Y en el día de la caña con ruda: una copita en ayunas y protegido queda el cristiano. Una copita o digamos dos, o varias, y para el mediodía ya estaban exaltados los ánimos y se planeaban las represalias. La gran imitación. La parodia.

—Somos acaso menos, nosotros, ¿no sabemos dar palos? ¿Acaso no sabemos recibirlos? gritó algún ofuscado borrachito y todos coreaban que no, no eran menos, que sí, palos sabían dar y recibir, recibir más que nada. Y estaban de acuerdo con lo propuesto.

El maestro Cernuda ofreció los bancos de la escuela para ir armando la pirámide que a eso de la tardecita fue completada con cajones de fruta. Por garrotes usarían diarios doblados, los paisanos no eran tan tontos como para estarse lastimando entre ellos, y la algarabía y el entusiasmo llegaron al colmo cuando el dueño del almacén de ramos generales desempolvó tres bolsas de caretas, rezago de pasados carnavales. Gran idea la de las caretas: cualquier cara de monstruo podía ser la vera efigie del brujo y mejor así, menos repetido.

Don Justino Alchurrón, alcalde del pueblo de Capivarí a la vez que dueño del periódico, contemplaba los preparativos enmarcado por la ventana de su residencia frente a la plaza. Se sentía desbordado de orgullo. Esa misteriosa nota de corresponsal anónimo, que le había llegado por mensajero y que él tanto había vacilado en publicar, le abría ahora las puertas de la gloria. Nadie, en todo Capivarí y alrededores, olvidaría esta fiesta que se iba preparando espontáneamente, fruto del fervor popular. Gracias a lo publicado en su periódico a quien nadie, a pesar de sus veinte años de vida consagrados a la comunidad, le había prestado demasiada atención hasta entonces. El periódico anunciaba los remates de hacienda, daba consejos para preparar jabón, anunciaba productos para combatir las plagas del tabaco y del maíz, hacía pronósticos meteorológicos, se ocupaba de asuntos de poco asombro. Pero en esta memorable fecha el periódico había desencadenado una fiesta popular que quizá se haría costumbre, quizá con el correr de los años se convertiría en fiesta tradicional, el Gran Festival Folklórico de Capivarí que atraería a miles de turistas de los cuatro rincones del país y quizás hasta de los países hermanos. Y todos se llevarían recuerdos: lazos trenzados, guascas, cuentaganados en trenzas de cuatro con virolas de plata, elementos de la artesanía local envueltos en hojas del periódico que para ese entonces sería diario de verdad, un matutino digno y leído por todos. Festival Anual de Capivarí con concursos de polca y de chamamé. Se invitaría a los grandes musicantes, llegarían acordeonistas y artistas de localidades más prósperas, se instalaría una envasadora de refrescos. Capivarí conocería el esplendor. Y él, don Justino Alchurrón, luciría por fin una banda de alcalde y el diario tendría un edificio propio, basta ya de ese oscuro galpón. Habría juegos pirotécnicos.

Los capivareños, menos ambiciosos, estaban dispuestos a divertirse esa noche y pare de contar. O mejor dicho, de contar, no. Contarían y cantarían a sus hijos y a los hijos de sus hijos y a cualquiera que se les pusiese a tiro a lo largo de sus vidas.

Todos tan ocupadísimos: los hombres armando la pirámide, yendo casa por casa y rancho por rancho a juntar velas y toda la bebida obtenible, las mujeres desarmando bolsas y cosiendo mantos de arpillera para todos. Los niños trataban de fabricar más máscaras por si las caretas no alcanzaban y los tres opas locales mascaban y mascaban las duras vainas de algarroba, escupiéndolas después en las tinajas, con mucha baba para acelerar la fermentación de la aloja.

El maestro Cernuda fue quien decidió que la fiesta debía realizarse en honor de alguien. No de ningún santo patrono sino del muy noble y abnegado reportero que había arriesgado vida y reputación asistiendo a tan perniciosa fiesta para luego escribir la esclarecedora crónica.

Una reducida comitiva se encaminó por lo tanto a la casa de don Justino Alchurrón y golpeó la puerta de calle con toda la solemnidad que las circunstancias requerían.

—Necesitamos conocer al héroe de la jornada para tributarle los honores del caso. Exigimos que nos diga quién fue el cronista de tan provocador acontecimiento.

Y don Alchurrón, arrancado de golpe de sus ensoñaciones, ni tiempo tuvo para elaborar una historia mas sentadora y largó la verdad que de todos modos sonaba a fantástica.

—Ojalá supiera quién fue, ojalá supiera. Lo ascendería inmediatamente a redactor estrella, lo nombraría doctor honoris causa, ciudadano dilecto de Capivarí, cualquier cosa. Pero me es imposible. El artículo me llegó en sobre cerrado, entregado en propia mano por un caballero de negro montado en un oscuro. No parecía gaucho a pesar de su sombrero aludo, más parecía un mosquetero. No sé. Preguntó por mí y personalmente me entregó el sobre, sin desmontar, casi sin decir palabra.

—Y usted no le preguntó siquiera cómo se llamaba

—Claro que le pregunté. Dijo llamarse Mascaró. Pero después de leer el contenido del sobre creo que me macaneó con el nombre.

El maestro Cernuda decidió que no, que Mascaró era el nombre apropiado, y propuso dedicarle la fiesta in absentia.

Al atardecer ya estaba casi todo listo. Faltaba sólo la representación del Brujo, ahora denominado Hormiga Roja. Nadie quiso asumir tamaña irreverencia por lo que el maestro Cernuda echó mano a las crónicas de Indias y dirigió la confección de la figura haciendo una que otra adaptación para el gusto y las posibilidades locales.

Y al comenzar la fiesta, a la caída de la tarde, se dieron a fabricar con forma humana la figura del Idolo, con un semblante humano, con toda la apariencia de hombre.

Y esto lo hacían en forma de cuerpo humano solamente con semillas de... (bueno, tampoco hay que seguirlo todo tan al pie de la letra. Métanle semillas de girasol). Lo ponían sobre un armazón de varas y lo fijaban con espinas, le daban unas puntas (¿qué será eso?) para afirmarlo.

Cuando ya estaba formado en esta figura, luego lo emplumaban y le hacían en la cara sus propias facciones. Le ponían sus orejas de mosaico (bueno, las turquesas las salteamos), en figuras de serpientes, y de sus orejas de turquesas está pendiente el anillo de espinas (se hace lo que se puede). Es de oro (¡ejem!) tiene formas de dedos del pie, está elaborado como dedos del pie (con las patas).

La insignia de la nariz hecha de oro (bueno, a ver esa imaginación. Niños, traigan el papel que envuelve los chocolatines) con piedras engastadas. También de esta nariguera colgaba un anillo de espinas, de rayas transversales al rostro. Este aderezo facial de rayas transversales era de color azul (lo haremos carmesí) y de color amarillo. Sobre la cabeza le ponían el tocado mágico de plumas de colibrí (o de gallina). Luego le ponían al cuello un aderezo de plumas de papagayo amarillo (¡los hay que tenían recursos ornitológicos!), del cual está pendiente un fleco escalonado a semejanza de los mechones de cabello que traen los muchachos. También su manto con forma de hojas de ortiga, con tintura negra (esto es fácil), tiene en cinco lugares mechones de plumas finas de águila (y bué).

Lo envuelve todo él también su manto de abajo, que tiene pintadas calaveras y huesos. Y arriba le visten su chalequito, y éste está pintado con miembros humanos despedazados: todo él está pintado de cráneos, orejas, corazones, intestinos, tóraces, tetas, manos, pies.

A la espalda lleva colocada como una carga su bandera color de sangre. Esta bandera color sangre es de puro papel (¡menos mal!). Está teñida de rojo, como teñida de sangre. Tiene un pedernal de sacrificio como coronamiento y éste es solamente de hechura de papel. Igualmente está rayado de rojo color sangre.

—Y ahora no me digan que no queda precioso. Igualito al otro.

Al completar la imagen entre aterradora y ridícula los capivareños, con el maestro a la cabeza, decidieron que esa no sería una fiesta para nada sagrada. Esa fiesta que había comenzado horas antes, quizá con la aparición de *La Voz del Pueblo de Capivarí*, era fiesta de autoafirmación y por lo tanto profundamente libre.

Entre varios llevaron al muñeco en andas y con precauciones extremas empezaron a escalar la pirámide hecha de bancos, tablas, cajones, ramitas. Algunos se desmoronaron, la pirámide medio se desbarató por un costado pero la figura llegó sana y salva a la cumbre y allí fue depositada, rodeada de velas para que todos la vieran.

—¿Usted cree que me están venerando? preguntó el Brujo, ya instalado en su cuartel general del Tacurú.

Y el espía que había corrido a narrarle los últimos acontecimientos en la cercana Capivarí le contestó sin vacilar

—No lo dudo, Señor. ¿Qué otra cosa podrían estar haciendo?

Los capivareños, para nada en esa tesitura. Con la imagen en lo alto de la pseudopirámide trunca dieron comienzo al baile y siguieron con la borrachera. Don Justino Alchurrón no se animó a integrarse a la fiesta pero les dio permiso a su señora, a sus tres hijas y a la criada para instalarse en las ventanas de la casa luciendo antifaces de colores. Era una forma de demostrar su solidaridad sin comprometerse del todo, la perfecta manera de asumir su doble función de alcalde y de periodista: al frente, donde ocurre la noticia, y al mismo tiempo en la retaguardia para proteger a su pueblo.

El mismo se aventuró en dos oportunidades por entre los bailarines de la plaza y pudo admirar de cerca la magnificencia de la pirámide con su coloreadísima figura en lo alto. Pero en ambas oportunidades tuvo que volverse a la casa rápidamente porque todos insistían en hacerle beber esa repugnante aloja a medio fermentar, y él no era quién para desairar a su gente.

Algo curadito, don Justino Alchurrón, ya en su casa, retomaba alegremente sus ensoñaciones mientras las paredes se le iban iluminando con las cañitas voladoras y las bengalas que estallaban de a ratos. La fiesta seguiría todo el domingo, seguramente, y empezaba a preguntarse en qué estado irían a trabajar los capivareños ese siguiente lunes ya relleno de memorias. Una preocupación menor, a no dudarlo. Tantas cosas lindas vendrían después a raíz de la fiesta, tantas actas de nacimientos porque era notorio que los capivareños se estaban divirtiendo a más y mejor, tantos casamientos, quizá; la alcaldía adquiriría un brillo inusitado y él podría dedicarse a su actividad favorita: registrar, anotar, escribir, clasificar, archivar. El comisario también podría cumplir con lo suyo, al pueblo de Capivarí le volvería a circular la vida.

Un resplandor intensísimo arrancó a don Justino Alchurrón de sus ensueños que poco a poco se le había ido transformando en sueño. También lo despertaron las voces de sus hijas, algo contradictorias, ellas.

—Papá vení a ver. Papá hacé algo. Socorro, papá, mirá qué divino. Papá, es una maravilla, se volvieron locos. Qué miedo, qué fantástico.

Don Justino Alchurrón corrió a la ventana y avisoró la hoguera en su momento de máximo esplendor. No se sabe si con ánimo purificatorio o bromista alguien había puesto fuego a las maderas y ahora todo ardía en chisporroteo festivo. Con llamas que alcanzaban al cielo, el mismo hacia el cual don Justino Alchurrón levantó los brazos sin que nadie le prestara la menor atención. Todos estaban embelesados con las llamas, salvo el maestro Cernuda que lamentaba la pérdida de los bancos de su escuela aunque admiraba la tea gigantesca que estaba consumiendo la imagen del Brujo.

—Qué mundo éste, sentenció. Cuánta cosa buena hay que sacrificar para consumir el mal. Y cuánta belleza se desprende del sacrificio. Cuánta iluminación.

Tengo entendido que las iras del Señor de la Laguna Negra se hicieron sentir casi enseguida. ¿Resplandores que excedían a los suyos? ¿dónde se había visto tamaño desacato?

Pero yo ando demasiado ocupada con otras vicisitudes como para estar inquietándome por la suerte de los capivareños. Gente aguerrida, capaz de defenderse sola, protegida desde su más tierna infancia con aceite de carpincho ideal para curar la tos y para alejar el mal de ojo. Los iconoclastas siempre lograrán salvarse, por eso los que me preocupan ahora son los otros, los adoradores, los enceguecidos, que ya suman cientos de miles. No sólo a mí me preocupan; también lo preocupan según parece al brujo y eso es bueno: se le han escapado de las manos. Se han consagrado al culto de la Muerta, de mucho más vastas proporciones. Y por eso el brujo ha tendido sus redes y su influencia se hace sentir ya en la Capital.

Hace apenas unos meses que empecé mi biografía y cómo se ha agrandado el hombre, ha salido de su retiro en el falso hormiguero y con toda premura ha puesto en marcha una confabulación que abarca todos los sectores. Yo hice lo que pude, largué el lastre de mi pobre diablito y accesorios y ahora sólo estoy a la espera del momento.

Con Navoni reanudamos el romance. Estas cosas acercan a la gente: cuando el barco naufraga todos nos abrazamos. Buen abrazo, el de Navoni, lo quiero y quiero a los de Capivarí porque no transan. Son ellos los puros, cada cual en su extremo. Los que saben sin querer y el que quisiera saber a toda costa. Y por suerte ni los unos ni el otro se creen sublimes propietarios de la razón. Tan sólo hacen intentos.

Ahora van a echarnos la culpa, a Navoni y a mí, de las furias que se han desencadenado con nuestras conspiraciones. Sobre todo a mí que lo introduje al Caboclo de Mar en la contienda. Es fácil decirlo: no hay que despertar al perro que duerme, esas cosas, las leyes de causa y efecto, ésas. Fácil decirlas. Pero a mí no me agarran con lo de la culpa. Dicen que el brujo retomó sus andanzas porque yo empecé a escribir su biografía, desperté al perro, revolví las quietísimas transparentes aguas de las lagunas negras y del fondo emergió la podredumbre... Como si la podredumbre no hubiera estado allí desde el principio, como si el perro ese y su subperro no hubieran estado removiéndose en sueños todo el tiempo, desencadenando pesadillas.

Cierto es que el brujo ha crecido, se ha agrandado en estos meses que llevo de escritura. Ha tejido su vastísima red y ahora está en todas partes pero no es obra mía, más bien este despliegue de fuerzas me complica tremendamente la biografía. El está ahora en todas partes y tengo que seguirlo por los más tenebrosos vericuetos. Ha extendido sus dominios, es amo absoluto del Reino de la Laguna Negra, cartografiado por él y por él constantemente ampliado. Un expansionista como hay pocos y no me deja tiempo para ocuparme del embajador ni de mis amigos asilados —ya suman 11—. La guardia frente a la embajada ha sido triplicada y ahora se permite todo tipo de desmanes: convierte los nuevos colchones, que llegan para los nuevos huéspedes, en horrendos coladores por obra y gracia de las bayonetas caladas. En busca de armas, dicen, de drogas, de documentos secretos o de lo que fuera, total que lo destrozan todo, revisan hasta tal punto las compras del mercado que ya ningún mandadero quiere llevarlas para no perder el día en la requisa. Buen tema para una novela. Pero Hormiga Roja no me deja, no, insiste en que se centre en él mi foco de atención y por eso mismo no se preocupa demasiado por los adoradores de la Muerta que ya no lo atienden para nada. ¿Lo habrán atendido alguna vez, habrán sabido de él?

En la noche de nuestros desvelos los adoradores llegaron a la Basílica y la coparon. Quién hubiera dicho: con las pocas reliquias de la Occisa que quedaban llegaron de rodillas, arrastrándose. Ahora tiene la Occisa un santuario visible en la Basílica, a la faz de la tierra.

Los domingos afluyen miles y miles de personas. Y miles más que se apersonan a diario, hasta el punto que esa extensión de campo cercana a la capital, a orillas del río, con la Basílica en medio como digna montaña, se ha convertido en una romería. Una corte de los milagros, más bien, con todos los tullidos, baldados, amputados, ciegos y cojos y castrados que abundan en estos tiempos y por estas latitudes.

El prior de la Basílica se mantiene a la sombra y no ha querido dar la cara en ninguna oportunidad, ni siquiera el último domingo por la tarde cuando ya había cundido la voz y se presentaron los cinco canales estatales para la nota gráfica. En vivo y en directo. Les costó trabajo a los equipos móviles abrirse paso por entre la muchedumbre que colmaba la plaza central y las avenidas aledañas. En un ángulo de la plaza un cura blandiendo un hisopo impartía la bendición a los coches que desfilaban a paso de hombre y cobraba los 20.000 pesos de la tarifa fija. La avenida principal estaba tapada por los sin piernas que avanzaban en sus carritos. Los mancos llevaban los cirios en la boca y chorreaban sebo sobre las cabezas de los que lentamente avanzaban delante de ellos, de rodillas.

Todos los vimos en nuestras pantallas chicas y sentimos latir en nuestros corazones el fervor popular, un poco pegajoso, él, peligroso. Fue el sacristán quien dio la cara en reiteradísimas oportunidades, hablando en nombre de los altos dignatarios de la Iglesia.

—No, señora, está prohibido entrar a la Basílica con el cirio encendido. Imagínese cómo quedaría el piso si todos hicieran lo mismo. ¿Usted no es la que tiene que limpiar, no? No, señora. No importa que la Comisión de Damas de la Caridad de la Santa Occisa se ofrezca a hacer el aseo todas las noches. No es eso, sepa comprender. Es por el peligro de incendios. Sí, señora, sí. Puede usted donar un cirio apagado, que para la Occisa lo que importa es el gesto, y mejor si el cirio está virgen. Deposite su cirio en el cajón. No, no es este que es el gran cajón de las ofrendas, en aquel cajón más chico. Nosotros nos encargaremos después de fundir todos los cirios y fabricar con el sebo las veladoras que mañana, tarde y noche estarán encendidas en nombre de todos los feligreses. Claro, señora, muchos cirios sobrarán, sobre todo los más grandes, los más bellos, sí. Hemos pensado en todo, y por eso mismo hemos abierto un puesto de reventa. Con el dinero así obtenido mantendremos en perfecto estado la Basílica, la Casa de la Occisa.

Hubo algunas protestas

—Trajimos muchos ex votos de oro y plata. No los veo por ninguna parte, sólo los de latón.

—Claro, señor. Los valiosos van a la caja fuerte. No queremos que en nuestro sagrado recinto se susciten tentaciones. Además, existe el proyecto de fundir todos los metales preciosos para fabricar una enorme campana de sonido argentino que tañirá como ninguna por la gloria eterna de nuestra Muerta.

El Brujo no se dejó conmover por el improbable tañido argentino de una campana que nunca llegaría a existir. Y desde su reino que parecía tan alejado de las cosas seglares reclamó su diezmo. El había movilizado al pueblo para que retomara el culto y se volcara a la acción y lo defendiera a él, y el pueblo había caído simplemente de rodillas sin acordarse más del enemigo. Y bueno. Si el pueblo no quería moverse, que pagara. El sabría muy bien contra quienes volcar sus iras es decir invertir el dinero. Los habitantes de Capivarí, por ejemplo, que habían hecho lo imposible por merecerlas.

La Voz

La cosa se va aclarando. Me resultaba sumamente incómodo eso de tener enemigo a mi imagen y semejanza, enemigo subterráneo, ubicuo. Ahora tengo al enemigo más al alcance de la mano, bajo la mira como quien dice, a un tiro de ballesta, y puedo desplegar el operativo desde mi piramidal altura y observar los resultados con mis poderosos prismáticos.

¿Quisieron burlarse de mí, imitarme la fiesta? Ya verán quién ríe último.

Como primer paso les incautaré ese periodicucho de pacotilla causante de todas las desgracias. Y les hago un favor: la letra impresa es el peor de los venenos y debe estar en manos responsables. Ahora que por fin he logrado constituir mi ejército paralelo impartiré orden de arresto para el propietario del pasquín

—¿Arresto domiciliario, Señor?

—¿Cómo se le ocurre tamaña insensatez, coronel paralelo? Eso fue para el otro: burdas concesiones que deben hacer aquellos que apenas conocen el poder nominal. Los poderosos, los omnipotentes como yo, no perdonamos. Al directorzuelo ese de Capivarí que lo revienten, que lo hagan papilla. No lo voy a dejar disfrutar de su casa donde me dicen tiene un orquidiario, una gran jaula de tucanes y tres hijas en flor. Usted está loco. Me lo desaparecen y me guardan la casa, las orquídeas, los tucanes y las hijas. Ya sabré qué hacer con todo eso. Y sobre todo me guardan el periódico.

—Señor, disculpe, pero don Justino Alchurrón es hombre muy respetado. Además es el alcalde de Capivarí.

—Tanto mejor. El único respetable acá soy yo. Anexaremos Capivarí al Reino de la Laguna Negra, nos declararemos independientes. Los capivareños no se lo merecen por insurrectos, pero bueno. O quizá sí se lo merecen por tratar de emularme. Han procedido correctamente. No podían tener mejor modelo, aunque fueron algo descuidados en los detalles.

—Disculpe, señor, pero parece que Capivarí no quiere anexarse. Los ánimos están muy soliviantados por la desaparición de su alcalde. Pasamos un parte de suicidio pero nadie lo ha tomado en cuenta. Dicen que fue desaparecido por las fuerzas del mal, imagínese. Es cierto que nuestros hombres estuvieron un poco desprolijos: dejaron olvidada una mano del alcalde en el granero donde se procedió al interrogatorio. No se obtuvo confesión alguna, el interrogado insistió en la versión del caballero de negro que le entregó el artículo. Caballero de negro que según confesión del detenido dijo llamarse Mascaró y que se alejó al galope. No se lo puede hallar, Señor. En cuanto al interrogado, mis muchachos completaron a fondo su trabajo. Pero en Capivarí reina el descontento.

El pueblo de Capivarí no quiere anexarse y a mí qué me importa. Como si la voluntad de los capivareños tuviera injerencia alguna en mis asuntos con ellos. Ha llegado el momento de ampliar mis dominios y la anexión de la zona noreste me parece la más indicada; para mí ya es un hecho consumado, aunque no quisiera proceder en forma demasiado brusca. No enviaré a mis fuerzas armadas para doblegarlos como haría cualquier poderoso sin imaginación. No. Quiero que el pueblo de Capivarí me admire y me venere. Seré implacable y espléndido, los forzaré a entregarse por propia voluntad. Actuaré con método. Con paciencia. Cada cosa en su tiempo y yo en todos los tiempos, señor de eternidades.

Mire, perrito lindo, me voy a ausentar hasta la luna nueva pero no gima, no. Venga acá que le palmeo esa linda cabecita. Así, así. Y ahora, edecán, basta de payasadas. Quiero que me escuchés bien. No creo que en mi ausencia el enemigo interno ataque, no, no es momento propicio. Pero te voy a encomendar dos misiones vitales. La primera será la fabricación de la cuna —sí, una cuna, no interrumpás— la segunda la publicación del primer ejemplar del periódico bajo su nueva estrella —¡esa es la palabra!— Y basta con ese nombre tan largo y poco serio. Ya no se llamará más La Voz del Pueblo de Capivarí sino *La Voz*, así de conciso, radiante. Ya te daré instrucciones precisas para este primer número. Pero antes que nada, una advertencia: vigilá que se termine de decorar el interior de la pirámide, que se respeten exactamente las proporciones y que quede del todo piramidal. Y dormí todas las noches allí. Solito. Ni hombre ni mujer ni perro ni rata ni araña ni murciélago ni hormiga podrán dormir contigo. Te voy a dejar mi sello por estos días y la destrucción que me desean a mí puede caer sobre tu persona si no te protegés debidamente.

Sin su sello y sin preocupaciones el Brujo abordó la avioneta de la droga. Se hizo depositar en la pista secreta cerca del terreiro de Quimbanda, del otro lado del anchuroso río, y enfiló hacia el este como quien va al oficio. Pero en una curva de la picada, justo frente al árbol que tendía sus raíces de estrangulación sobre el árbol hermano, se desvió hacia el norte apartando bejucos y hojas gigantescas. Nada de magias negras esta vez, esta vez necesitaba de algo mucho más contundente e inmediato si lo que buscaba era reducir a un pueblo tan dado a la burla.

Mientras tanto el edecán, bello como era y sintiéndose poderoso con el sello del Señor colgándole sobre el pecho, se entregó en cuerpo y alma a la fabricación de la cuna. Podía tomarse su tiempo, le había dicho el Amo, y a él no le importaba de dónde ni de quién ni cómo ni cuando vendría el recién nacido. Sólo fabricar la mejor de las cunas, una manera de participar del nacimiento al tallar el vientre.

Esa misma madrugada mandó a talar los bosques hasta que los leñadores dieran con un palo de rosa y un incienso

—Somos leñadores de leña, señor. ¿Cómo vamos a reconocer esas maderas finas?

—Por el perfume, infelices. Volteen todos los árboles grandes y cuando del gigante caído emane un aroma insuperable peguen el sapucay que yo desde aquí reconoceré el alarido de alegría. Entonces me traen esos troncos, sólo esos. Pero el aroma tiene que ser envolvente y total, como nada de lo que ustedes pobres palurdos han olido hasta hoy.

Y como antes de ser granadero había sido ebanista en la carpintería de su padre, se puso a dibujar los motivos que tallaría en la cuna. Primero esbozó para la cabecera unos angelotes con guirnaldas de rosas que darían la vuelta y se encontrarían a los pies en gigantesco ramo. Después pensó que eso de los ángeles no era lo más indicado dadas las circunstancias y optó por un complejísimo diseño de animales y plantas, bejucos y enredaderas, un cuerno de la abundancia del que desbordaban frutas para rememorar aquel lejano cajón que alguna vez le mencionara el Amo, y sobre la cabeza del futuro, improbable infante, algo que colgaría de una finísima rama tallada como para sostener los tules mosquiteros y que sería una flor Milhombres, de madera.

Decidió que la cuna merecía todas sus energías e hizo llamar a tres periodistas de la Capital para ocupar los puestos que misteriosamente habían quedado vacantes en La Voz del Pueblo de Capivarí, ahora *La Voz*, refacciones y remodelación por cambio de propietario. El Amo había dejado instrucciones precisas para ese primer número de la nueva era que no se ocuparía más del agro sino de las ciencias ocultas. La Voz pasaría a ser el vocero del amo, su tribuna de doctrinas, y ya había dejado grabado su primer editorial que inexplicablemente iba firmado Hormiga Roja. El Mejor Enemigo es el Enemigo Muerto, era el título de dicho editorial, y Hormiga Roja demostraba conocer el tema a fondo. Después, en la doble central, el cartel: Se busca, vivo o muerto, o más muerto que vivo, Mascaró. Y debajo el identikit del caballero de negro realizado en base a las confesiones de don Justino Alchurrón, Q.E.P.D. IMPORTANTE RECOMPENSA.

Algunas jóvenes casaderas de Capivarí separaron cuidadosamente la página del periódico y la clavaron con chinches frente a sus camas. Para reconocerlo si lo cruzamos camino al mercado, explicaron. Buena falta nos hace la recompensa, agregaron algunas, aunque la aclaración estuviera de más. A San Antonio lo mantuvieron cerca pero escondido, y hay que admitir que el caballero del identikit tenía lo suyo. El artista que lo dibujó le había agregado un toquecito acá y allá, dándole bastante encanto. Fue el último identikit de su vida.

El Brujo, indiferente a estos avatares, había lanzado ya sus señales luminosas y sus hombres de la Zona 3 habían ido a buscarlo en el jeep

—¿El Señor no piensa dirigirse al terreiro en este viaje?

—No. Tengo asuntos más perentorios que atender al norte.

—Disculpe que me permita opinar, pero pienso que dada la vida agitada del Señor, al Señor le haría bien una limpia

—Me la harán ustedes, esta misma noche; mañana seguimos viaje. El avión con su preciosa carga fue hasta la Zona 7 y volverá a buscarme en 36 horas. Debo tener todo listo para entonces. Hay arreglos que debo concertar con los hombres de la represa.

—¿Hasta la represa? Va a tener un viaje largo y agotador, por tierra. Hubiera seguido en la avioneta.

—Usted no tiene por qué sugerirme nada. Sé cuándo trasladarme por aire y cuándo agazaparme entre las matas como el tigre. A ustedes los necesito para el transporte y después se olvidan que me han visto. Les conviene.

La ceremonia de limpia resultó sencillita pero intensa. La 730 Arrugas, que había sido convocada especialmente, supo realizarla con exceso de celo. Le pasó un huevo de gallina negra por todo el cuerpo, cantando ensalmos, pidiendo que el huevo absorbiera todo el mal que ese cuerpo acarreaba y todo el mal que a ese cuerpo le deseaban. Después, con movimientos muy precisos, partió el huevo sobre un vaso de agüita de manantial. Al entrar la yema en contacto con el agua creció un hongo de humo que los envolvió a todos durante unos segundos. Y el líquido del vaso que sostenía la 730 Arrugas empezó a hervir en grandes borbotones, exhalando un pestilente olor a azufre, a mil huevos podridos, y se fue oscureciendo hasta hacerse totalmente negro.

El Brujo se largó a reír a carcajadas, retorciéndose de risa, sacudiéndose y temblando entre lágrimas que le saltaban de los ojos, y era risa incontrolable, desbocada como un dique que se parte, una represa que larga su contención de risa y la risa arrasa con todo lo que encuentra a su paso.

—Mirá vieja bruja mirá lo que hiciste. Qué lío provocaste. Si por vos fuera me habrías sacado todo el mal, me habrías dejado en pelotas. Suerte que al respecto tengo provisión para rato. Suerte que en mí el mal es inagotable y lo que me podés sacar sólo me hace cosquillas. Mirá qué zafarrancho, sos sensacional, vieja, te voy a llevar conmigo para que juntitos demos este espectáculo en casa.

—Disculpe, señor, pero con usté no voy. No cruzo la frontera. Sé como acaban las hechiceras que usté se lleva.

—Con vos va a ser distinto, vieja. Y te puedo llevar aunque no quieras, así que mejor te venís por propia voluntad ¿no?

—No. Poder puede llevarme, pero no le conviene. No le conviene para nada.

—Salí de acá, vieja bruja, cruz diablo. No me amenacés que te hago comer por los perros. Pero salí, salí, tengo cosas mucho más perentorias que hacer

y vamos partiendo ya, en seguida, vamos, muévanse, carajo. Antes del amanecer ya tenemos que estar andando. Viajaremos a marcha forzada todo el día, quiero llegar antes de la caída de la noche.

Pensar que fui yo quien les consiguió los permisos para construir esta presa —gestioné ante los tres países, movilicé mis recursos—, y ahora que necesito de ellos un pequeñísimo favor tengo que montar todo este teatro y tomarme estas molestias. No que a mí me disguste el teatro, todo lo contrario. Pero hay problemas que preferiría poder solucionar con una simple radiollamada. Sin que por eso se enteren los de la Capital, y sin renunciar por eso a mi modus operandi.

Tengo preparada la máscara de ndakó gboyá y la voy acariciando mientras avanzamos por la selva. De nuevo la tierra roja va impregnándonoslo todo, tiñéndolo de sanguínea como a mí me debería de gustar y no me gusta. La máscara eso sí que no me la tiñen: la cuido con todo mi amor y con un gran trozo de plástico. Hele practicado algunas adaptaciones locales, ahora es el ndakó gboyá guazú y no se trata sólo de una larguísima bolsa de género albo de origen africano, ahora luce dos grandes listones color cielo.

Es una máscara y no es una máscara, como todo lo que a mí me pertenece. Consiste en un angosto cilindro de género de tres metros de largo que sostengo sobre mi cabeza con una larga caña y con el cual me invisto. Bailo con el cilindro, lo estiro y pliego a voluntad, *mi* voluntad, para enarbolar así todos los poderes mágicos del ndakó gboyá guazú que son mis poderes.

Nadie puede resistirse a esta aparición y menos podrán resistirse los pobres tipos de la represa. Y si el gboyá falla —nada nunca puede ser considerado infalible— los cuatro hombres que viajan conmigo conocen también de persuasiones y la Parabellum es un argumento irrebatible.

En el camino nos detenemos para echar una meada y me asalta entonces el romanticismo que a veces me asalta y que suele colorear mis hazañas menos pintorescas. Allí al alcance de mi mano está la enredadera de bellas flores carnosas llenas de sugestión. El mburucuyá, la pasionaria con su corona de espinas y los tres clavos de Cristo. Se dice que no hay que cortar la flor del mburucuyá porque una vez más se hará sangrar al salvador. Yo no creo en esas pamplinas, las supersticiones botánicas de los pobres. Acá el único salvador soy yo y corto las dos flores de mburucuyá más abiertas para ponérselas de ojos a mi máscara y corto todas las demás que alcanzo y les meo encima, para que aprendan. Y así seguimos viaje bastante más animados, siempre sin intercambiar palabra.

Llegamos al atardecer. Y bastante los aterré pero no lo suficiente. Ahora son las tres de la mañana y aún no he logrado convencerlos. Estos hombres de la presa son más obcecados de lo que imaginarse puede mente alguna.

¿Así que no quieren cerrar las compuertas? ¿Así que necesitan una orden conjunta de los tres gobiernos? Así que poco les importa el destino sublime de un pueblito, así que no quieren matar de sed a una extensa región, no quieren acabar con los cultivos de toda una provincia, no quieren que muera el ganado y esas cosas. Pobrecitos, qué considerados ¿no? Pero yo no me trasladé hasta acá para dejarme ablandar por compasiones —yo tengo aljibe propio—. Vine a cortarle el suministro de agua a Capivarí y poco me importa si para lograrlo tengo que hacer degollar a unos cuantos ¿eh, gordito? Vos sos el capo acá, gordito ¿qué te parece si jugamos un rato? ¿Que te deje de hinchar, que querés irte a dormir? Pero estás borracho, gordito. Vos cerrá no más las compuertas y entonces podrás dormir todo lo que quieras. Toda tu mona. Pero si no te comprometés a cerrar las compuertas cuando yo te lo indique, me temo que el sueñito que te vas a echar será el sueño de los justos. El eterno. Si entendés lo que te quiero decir.

Los muchachos trajeron los potes de miel, así que desnudate, gordito, que te embadurnamos todo. ¿Para qué? Para que vengan los osos y te laman, vas a ver qué cosquillas te hacen, cómo te vas a reír, ya no vas a tener más esa cara de susto. A los osos les gusta mucho la miel. ¿Me vas a decir que no hay osos por estos pagos? Y bueno. A las hormigas también les gusta la miel y a mí me gustan las hormigas, acostumbro hacerles este regalito. Por aquí andan las termitas, simpáticas muchachas, quisiera quedar particularmente bien con ellas. Gordito a la miel debe de resultarles un manjar insustituible. Se lo voy a servir de desayuno. Muchachitas amigas del orden, las hormigas: se levantan muy temprano y comen y comen y comen hasta dejar los huesitos pelados. Blanquísimos. Aunque de esta manera no aumento el caudal del río de sangre me doy otros gustitos. Ya vas a ver. Claro que ver es una forma de decir, creo que los ojos son el bocado favorito de las hormigas y vos tenés mirada tan dulce, vamos a ahorrarnos como dos cucharaditas de miel. ¡Y no te me hagás encima, querés! Eso a las hormigas no les gusta. A mí tampoco. A ver, chicos, algo más de miel por acá, y no me lo golpeen tanto, la carne se pone dura con los golpes y mis hormiguitas van a protestar.

Hay métodos y métodos. La inteligencia reside en saber emplear el más apropiado para cada caso. Por ejemplo, ahora este ingeniero no se va a olvidar más de mí y puedo estar seguro de que tampoco me va a denunciar aunque poco me importa. Un par de mis hombres de la Zona 3 quedarán en la represa para vigilar al ingeniero y asegurarse de que en el día y hora indicados cumplirá con mis órdenes cerrando las compuertas. Y yo estaré en medio de la plaza de Capivarí —en el punto exacto donde habrá de erigirse mi monumento— y predeciré el desastre. Los tendré cercados por la sed. Si no se entregan rápido, revientan. Puedo anexar el poblado con o sin habitantes, con o sin árboles, animales o pájaros. Los tucanes y las orquídeas que fueron de Justino Alchurrón que revienten. Que revienten sus hijas. Aunque a ésas puedo regarlas con mis aguas personales.

Menos mal que ya está de regreso, señor Amo, adorado. Sus instrucciones fueron atendidas al pie de la letra. Estoy fabricando la cuna que me encomendó pero preferiría no mostrársela todavía. Quiero que sea una sorpresa. Además apareció el primer número de La Voz. Se agotó inmediatamente, fue todo un éxito. Ya han llegado cantidad de avisos, helos aquí debidamente encarpetados:

Prof. ABDALA profundo conocedor de los secretos de ciencias ocultas. Consejero espiritual de fama mundial. Le resuelve problemas amorosos, destruye maleficios, vicios, malas suertes, salaciones. Mande un sobre con estampilla, nombre y dirección para contestarle. Casilla de Correos X202

¡La persona de valer no debe resignarse al fracaso!
¡La misión de su vida es triunfar!
Hago volver al ausente. Doy vuelta la pisada. Doña Elpidia. Apartado Postal 1072. Chihuahua. México.

¿PROBLEMAS EN SU VIDA? ¿MALA SUERTE? ¿DESENGAÑOS?
No se desespere. Nosotros tenemos la solución real y positiva que cambiará PARA SIEMPRE su vida, dándole bienestar material y espiritual (suerte en el amor, la salud, el trabajo y las loterías).

Gracias a nosotros obtendrá PODER REAL para triunfar, vencer y DOMINAR O.R.O. P.O.Box 85040 = Los Angeles, California 90072

HAGA RENACER LA ESPERANZA
Traiga puesta
o
regale
la MAGNACRUZ BIOMAGNETICA
es la joya de la felicidad
AMISTAD - PODER - EXITO

Talismán GRATIS
"El secreto de la Felicidad"
Si es usted persona de buena fe y creyente en los poderes sobrenaturales escríbame y recibirá este talismán con todas las instrucciones para su uso. Se lo envío gratis por misión espiritual que debo cumplir para que usted obtenga buena suerte en todo y progrese en sus negocios y amores
Sr. Herrera. Casilla de Correo 14/166 Capital.

¡¡¡FORMIDABLE!!!
Anuncio especial garantizado totalmente
Hágase invisible con un anillo, sea millonario en un día o gánese al ser amado al decir una oración; con otra usted gana la lotería; salga de la cárcel, cúrese cualquier enfermedad; también aleje al enemigo y obtenga todo lo que desee con nuestras oraciones especiales. Envíe $ 190 y enseguida le haremos llegar todo esto. RECA S.A. Ap. Post. 29. La Ciénaga.

—¡Hechiceros de pacotilla! ¡Magos de feria! ¿Pretenden hacerme sombra? Mándalos a quemar, a la pira con todos estos farsantes. ¡Las Ordalías! Impondremos ordalías para deshacernos de ellos. ¿Algo más?

—Sí, Señor. Hubo una extraña comunicación, Señor. Alguien que dijo llamarse Porcia, o Porquia o Porchia. Un tal Antonio. Insistió que él tiene registrados todos esos nombres: Voz, Voces, La Voz, Vozarrón, que usted no puede usar ninguno de ellos —perdón, Amo, son sus palabras— para su infame pasquín. Que si sigue publicando La Voz le va a costar caro.

—No me hagas reír, encanto. No me hagás reír que ya me reí mucho por allá y ahora tengo ganas de otra cosa.

Me vas a ayudar ¿eh, edecancito? a que yo geste mi hijo con Estrella. Vos hacé la cuna, es un acto de fe, lo único que podés brindar. Yo atenderé los pormenores técnicos. Ya vas a ver, edecancito, lo bien que me va a salir, lo bello que va a ser el niño. Vos serás el padrino.

Y mi Muerta la madrina. Eso a no dudarlo. En vida del Generalís el padrino habría sido él, se lo tenía ganado, pero estos son otros tiempos y un bello edecán es el mejor padrino imaginable. Sobre todo si llega ataviado de negro de pies a cabeza, con un sombrero aludo montando un caballo negro.

¿Qué ideas son éstas? ¡Qué sobresalto! Me asaltan imágenes que no me pertenecen; deber ser el sueño, el cansancio. Seguí sobándome, masajeándome, edecán Garza, y no permitas que las pesadillas se me cuelen en las ensoñaciones.

Edecán no permitas
Estrella no permitas

No lo permitas E... mejor dicho mi Muerta. Tu nombre no debe ser pronunciado jamás. Pero por favor no lo permitas, tú tampoco.

Estoy ahora protegido por la Triple E
La Protección Sublime.

Viene Navoni y me dice Hacé correr la consigna. Nada de leer El Universal, El País, El Día, ninguno de esos diarios. No. Hay que leer La Voz.

Me estás tomando el pelo, le contesto. Ese pasquín del brujo. No trae ni una noticia.

Claro, insiste él. Pero los otros tampoco si vamos al caso. Y La Voz al menos no pretende traer noticias. Trae otras cosas. Es hora de que aprendamos a leer entre líneas.

Bueno, acepto; porque creo en Navoni y más aún creo en la virtud de leer entre líneas.

Un poco desconcertado estoy. No se puede decir que la cosa se me está escapando de las manos, eso sería impensable. Mis manos son tentaculares, soy Siva, no se me escapa nada de nada y todo lo aferro con mis cinco dedos y un dedo más de yapa. Pero no niego que el hecho de que la tirada de La Voz vaya en aumento a la vez de enorgullecerme me preocupa. Y esos errores de imprenta que se deslizan —he contratado a los mejores correctores de pruebas y nada, los errores aparecen cada tanto como un cáncer. Ya publiqué una fe de erratas para conjurarlos:

Donde dice	debe leerse
siempre	a veces
a veces	nunca
nunca	——

Ahora bien ¿qué deberá leerse donde por un desliz tipográfico dice

Nada: lo grande de los grandes
o
Nadie es luz de sí mismo, ni el sol.

El valor de *nunca* debe ser el valor de *nadie* y el de *nada*. Es esto lo que debe ser leído para poder alcanzar un conocimiento pleno de mi inmanencia.

¡La pucha! esta biografía se me está saliendo de madre, el brujo cobra más y más vida propia y ya no puedo tomarlo a la ligera. Los acontecimientos nacionales son demasiado graves como para que una se ponga a describir rituales mágicos. Y menos propiciarlos. No estoy nada tranquila, últimamente.

Hemos logrado hacer entrar a dos asilados más a la embajada pero me temo que serán los últimos. Y tanta gente perseguida, tantas razzias. Ahora están llegando amenazas de la Triple E y existe el peligro de que retiren al embajador amigo. La cancillería de su país puede ordenarle el regreso en represalia porque el gobierno local no emite los salvoconductos para que puedan viajar los asilados. Ya no sé qué hacer. Me gustaría meterme en cama por un buen tiempo, desaparecer bajo las mantas, pero la cama es el lugar menos seguro porque en la inmovilidad late el miedo de que tiren la puerta abajo y vengan a buscarme.

Me muevo, sigo escribiendo con desilusión creciente y también con cierto asco. Asco hasta conmigo, por farsante, por creer que la literatura va a salvarnos, por dudar de que la literatura va a salvarnos; todas estas contradicciones. Un vómito.

Mientras me preparo para la toma de Capivarí, qué remanso. Me concentro en el discurso que les endilgaré mañana, a las 11 a.m. para ser exacto, discurso de una hora de duración porque a mi primera palabra serán cerradas las compuertas de la presa y justo una hora después ¡crac! ni una gota de agua en los canales capivareños. El pueblo en seco por la magia astringente de mi verba.

Una hora de discurso perfecto, pulido, que preveo totalmente inútil y eso es lo que más me place y me complace: forma parte de mi plan. Esos buenos rebeldes capivareños sólo se entregarán cuando se haga cuerpo la amenaza y no les circule por las acequias ni un mililitro del líquido elemento. Pero anteriormente yo los habré inundado de palabras, les habré hecho palpar mi poderío.

Pueblo de Capivarí ¡anexáos! exhortaré, aun sabiendo del escaso efecto que tan importante conminación provocará en ellos que jamás fueron interpelados por autoridad alguna. Sólo la concreción del peligro les devolverá la razón y les hará ver claro la sublime posibilidad que les ofrezco de incorporarse al Reino de la Laguna Negra. Cuánto trabajo cuando hay que tratar con palurdos, con quienes no saben de grandeza. ¡Pueblo de Capivarí! invocaré con toda la fuerza de mis pulmones aunque ellos no se merezcan tamaño apelativo, tal respeto. Y altoparlantes sabiamente dispuestos a cierta distancia unos de otros multiplicarán la intensidad de mis palabras y desdoblarán el eco.

Mientras tanto y a la espera de la mañana de mañana ¡qué remanso, qué remanso! repito. El repiqueteo del martillo de mi edecán mientras talla la cuna me trae este sosiego. No quiere que vea la cuna y yo prefiero no verla hasta que llegue el momento: vaya uno a saber qué clase de cuna es para vaya uno a saber qué niño.

Pienso seriamente, mientras repiquetea el martillo y me adormezco, en el hijo que vendrá. Mi amada Estrella en su divina esfericidad sin quiebra no podrá amamantarlo y he aquí otro problema que debemos encarar conjuntamente. No podré permitir que nada espúreo ingrese en el organismo de esa criatura que habrá de pertenecerme por completo: todo lo por mí engendrado será por mí parido y por mí alimentado. Nada de intervenciones foráneas, nada de aceptar ayuda externa. Este hijo, hijo de mi exclusiva persona porque Estrella soy yo. Este hijo: mi continuidad, mi esencia.

Muerde la mano que le da de comer. De golpe esta frase me vino al espíritu así, en la duermevela, y espero de todo corazón que sea en referencia a mí y no a mi futuro hijo, y sobre todo no en relación con aquél que ahora se ha ennoblecido por el acto propiciatorio de estarme fabricando la cuna. Emplea una madera dura, la va tallando con martillo y formón y a mí me mece el acompasado repiquetear que me recuerda a otros carpinteros. El pájaro carpintero, eso es, allá en la selva cuando después de haber visitado al ex maestro —¡oh tan maestro entonces!— quise volver a casa y no encontré el camino. Yo, trece años, esas floraciones, después del maestro sabiendo tantas cosas, intuyendo muchas más que habría de saber más tarde, con una carga demasiado pesada como era ese saber, tratando de regresar a las casas donde nací, de este lado del río, de todos modos con la impresión de que a las casas no se regresa, nunca se regresa a las casas.

Agazapeme al oír voces, escondime entre los matorrales porque a pesar de andar ya por esa selva benigna entre lo yermo y los esteros acababa de escuchar voces de hombre y los hombres nunca son benignos. Encontré refugio en el amplísimo tronco hueco de un árbol, una boca desmesuradamente abierta que estaba allí como esperándome, y sobre mi cabeza en ese mismo árbol el pájaro carpintero martillando para hacer su nido que sería su cuna. Por suerte y para defenderme el pájaro carpintero carpinteaba y los hombres no oyeron el ruido de alguna rama que quebré al meterme en mi escondite. Eran muchos hombres, como diez hombres eran, todos armados con escopetas escoltando al hombre solo, maniatado, amordazado. Al llegar casi frente a mi árbol al hombre le agregaron una venda sobre los ojos y lo plantificaron no más en ese claro del bosque, le ataron los pies como a caballo maneado y sin demasiado orden ni concierto allí no más lo fusilaron.

Me gustó el cadáver, parecía un matambre todo atadito con cuerdas. Cuerdas para no correr, para no gesticular, para no hablar, para no ver. Todas ya tan inútiles. Me quedé como tres días en mi hueco del árbol comiendo algunas frutas y observando el cadáver. Me quedé para estudiar cómo se iba escapando el hombre, poco a poco, de tanta atadura innecesaria, yéndose de a pedacitos metido en la panza de cuanto animal depredador se le acercaba. Se lo fueron comiendo primero un gato montés bastante angurriento, después las ratas, los caranchos, los buitres y sobre todo esos gusanos, por dentro, que hacían en la noche un ruido de aserradero.

Al tercer día —creo que era el tercer día— dos cazadores llegaron hasta el lugar y lo descubrieron. Se pusieron a registrarlo. Y uno le dijo al otro

—Mirá este payé. Mirá este Sanlamuerte. Y el hombre tenía la frente hundida en el medio, esa marca. Vámonos dejemos todo como está, no conviene tocarlo. Trae yeta. Es el que le hizo el hijo a la Eulalia, la hierbera, hace ya diez años o más. ¿Habrá venido a buscar al gurí, después de tanto tiempo? Me pregunto qué lo habrá traído de vuelta y quién lo habrá matado.

Yo, como no tenía respuesta a ninguno de esos interrogantes, salí de mi escondrijo cuando los cazadores estaban ya lejos. Y nunca más quise regresar a las casas, ¿para qué?

El que volvió para buscar su muerte y yo: el que está acá para dar vida. Ahora sólo pensar en mi hijo. Aquel hombre, nada que ver conmigo: no tuve por qué vengarlo. Pero anduve por el mundo vengando tantos otros agravios, tantos atropellos. Ajenos y propios, porque los atropellos hay que contraatacarlos aunque los haya cometido uno mismo. Con mayor razón si los ha cometido uno.

Golpea y golpea el martillo y una cuna tan golpeada no sé si va a ser buena pero va a ser una cuna muy bella como todo lo que sale de manos del Garza. El aporta una brisa cálida a todo esto, la fabrica con sus propias manos y al compás de esta fabricación voy hundiéndome en el sueño y me hamaco en mi antiguo cajón de fruta y soy chiquitito otra vez —ahora que soy enorme—; el tiempo no cuenta para mí ni el tamaño cuenta. Quiero ser el de antes y lo soy, siendo a la vez el de hoy, el de siempre.

El de mañana hablará hasta por los codos y no convencerá a nadie. El caudal de mis palabras tendrá su contracara cuando se corten las aguas: otro nuevo atropello vengado por el mismo atropellador. Revertido. Me gusta esta posibilidad de dar vuelta la moneda, de ofrecer cara y ceca simultáneamente. Soy la cinta de Moebius, la botella de Klein, la esfera de Pascal, la antena de Hormiga Roja. Transcurro en un espacio del todísimo plano porque para mí el espacio no ofrece escollo alguno, ni montes ni quebradas, y estoy en todas partes y en ninguna. Soy lo que no soy y también soy, hasta bondadoso puedo ser, espléndido y magnánimo. Es precisamente esto lo que les demostraré mañana a los irreverentes toscos capivareños. Yo soy el Señor y podré permitirme el lujo de perdonarlos, después de haberles cortado el agua, después de haberles hecho pasar sed y susto. Eso ya está decidido. Ellos me abuchearán primero, no creerán en mis amenazas, hasta que se les agote el agua y entonces creerán por fin en mis palabras y creerán que ya es tarde. Los perdonaré, entonces, después de un gran acto de contrición que deberán celebrar en plaza pública. Ellos se humillarán para clamar clemencia, confesarán sus culpas, sus malos pensamientos, y yo que estas cosas me las paso por el culo igual voy a aparecer espléndido y con un gesto soberano les devolveré las aguas. Ese líquido amniótico.

Magnífico Señor, me haré llamar entonces. Padre de las Aguas, Amo Esplendoroso de la Laguna Negra y de Capivarí de las Siete Corrientes. Porque tendrán más agua que nunca, los inundaré de agua, ellos que siempre fueron parcos con sus riegos y sólo supieron cultivar maíz tendrán gracias a mí arrozales, sus tierras serán una enorme laguna. Ampliaré mis dominios.

Esta noche vino Navoni a verme. Rulitos, me dijo, creo que nos vas a hacer falta. Ya eran como las 11, yo había estado tratando de escribir a pesar de todo, tratando de imaginar qué estaría tramando el brujo en esos momentos. Me había venido a la mente la idea de un padre; por más brujo que fuera, eso de haber nacido de sí mismo ¿no? puras fantasías del hombre, sueños de autosuficiencia. ¿Pero qué pito vendría a tocar un padre en este punto tan avanzado de la historia del jobru? Me sentía desconcertada. Lo recibí por lo tanto muy bien a Navoni, bendiciendo la interrupción pero no cayendo del todo en su trampa: ¿hacerles falta yo, para qué?

—No me digas que querés hacer entrar más gente a la embajada. Eso se ha vuelto imposible, me temo. Duplicaron la guardia frente a las puertas. Y el embajador, cuando no se desvela pensando que llega el momento de romper relaciones diplomáticas, no duerme porque cada auto que se acerca por las noches puede ser el de los paramilitares que vienen a tomar por asalto la embajada para llevarse a los asilados. Pobre hombre, eso no es vida. No puedo pedirle más.

—No, Rulitos, no te asustés, no vengo a reclamar de vos nada tan concreto. Se trata de algo que anda por caminos más esotéricos, como a vos te gusta. Ahora que ya te deshiciste del diablito aquél que te tenía trabada podrás actuar con toda libertad. Mirá, sólo quisiera que en tu novela biográfica o en tu biografía novelada o lo que sea, lo matés al brujo. No creo que te pueda pedir que hagas caer al gobierno, me temo que no, pero al menos matalo al brujo ¿eh, chiquita? así nos sacamos ese fantasma de encima y en una de esas la cosa actúa por simpatía.

—¿¡Por simpatía!?

—Sí. Como esas balas que a veces estallan solitas, simplemente porque otra bala fue disparada y estalló a kilómetros de distancia. Una simpatía, digamos, algo estrepitosa.

Logró despertar todo mi cariño; por simpatía, claro. Este tipo tan racional, pragmático, mirá con lo que ahora me sale. Lo sentí muy cerca, tan cerca que acabamos en la cama. Muy buena ubicación, muy buena fórmula aunque poco estable, volátil digamos cuando del amigo Navoni se trata, siempre impulsado él por deberes que trascienden la materia.

Después del amor —y ahí sí que no puedo quejarme, con Navoni eso siempre resultó perfecto— creo que la pata la metí yo, no más. Entre vagos suspiros y con un hilito de voz no se me ocurrió nada mejor para decir (como si hubiera sido necesario decir algo, de todos modos)

—Este triunfo se lo dedico al pueblo de Capivarí que me estará escuchando.

Serían ya como las tres de la mañana, el pueblo de Capivarí, con todos sus habitantes, dormido y requetedormido, desatendiendo olímpicamente mi supuesta emisión radial. Pero nuestro encantador héroe —encantador cuando está en posición horizontal, la verticalidad (y en una de esas también el verticalismo) lo endurece— pegó un salto como recordando una misión impostergable. Lo que no dejó de ser medio halagador. Me hizo suponer que quizá, con suerte enorme había durante algunas oh muy breves horas olvidado la dicha misión en pos de otra dicha más, digamos, sustantiva.

—Tengo que irme volando, negra. El deber, que le dicen. Pero no te molestés y quedate calentita en la cama. O mejor no, espiá por la ventana cuando salga, no sea que me estén siguiendo. Fijate bien pero con todo cuidado ¿eh? que no vayan a detectar de qué depto salí. Yo me voy a quedar un rato en la esquina como buscando un taxi, después camino unas cuadras y te llamo de un teléfono público. Y vos me decís si viste a algún sospechoso. Y no te preocupés, que siempre subo y bajo por la escalera. No te preocupés. Te quiero, te protejo.

Valiente protección, me dije, valiente protección viniendo de uno que ahora la pide a gritos. El Gran Protector se vistió a las apuradas, con los nervios de punta, afilados, agudos. Se abrochó mal la camisa, le quedó una cola blanca como un ala partida, olvidó subir el cierre del pantalón quizás en homenaje a lo que él mismo había sido en otros tiempos; media horita atrás, digamos.

Junto al farol en la esquina frente a mi ventana, Navoni deteniéndose con toda calma para encender un cigarrillo. Todavía lo veo. Todavía veo, también —y eso es lo que pone nuestras vida al filo del la incertidumbre, cayéndose del lado del terror— esa sombra que quizá fue sólo sombra moviéndose a unos pocos metros.

Cuando por fin suena el teléfono hago lo imposible por recuperar la calma e inventar una clave.

—Ricardito, menos mal que me llamaste. Mamá sigue muy mal. Estoy muy preocupada, venite.

—Imposible. Estoy muy lejos.

—Pero mamá está mal, mal.

—¿Estás bien segura? Yo no creo ¿le habrás tomado bien la temperatura?

—Sí. Al menos, me parece que sí. La noto muy caída. Pero no pude leer bien el termómetro, estaba muy borroso y oscuro.

—A ver, dejame pensar un minuto... Mirá, lo mejor

es que no vaya a trabajar hoy a la fábrica, el otro sereno puede reemplazarme. Voy a dar unas vueltas por ahí para sacarme esta preocupación de encima y a las seis en punto te vuelvo a llamar. Si no me pude comunicar, vos llamá enseguida al doctor y avisale.

—Esperame, voy para allá.

—Por dios, ni se te ocurra salir. ¿La vas a dejar sola a mamá? Sería peligrosísimo.

—Puede ser, pero me sentiría más tranquila.

—No es para tanto, no te preocupés. Mamá ya tuvo muchos ataques como éste y siempre salió bien. Es una vieja fuertísima. Acordate, te llamo a las seis. Besos.

¡A mamá mono! casi grito al colgar el tubo, y me dan ganas de agarrármelas a patadas con el teléfono de puro no poder agarrármelas a patadas con Alfredo. Hay que ver: una vieja fuertísima, y él mismo lo dice de sí mismo. Y me pone a esperar hasta las seis, como si una no tuviera ya suficientes esperas, y me pone a pensar en algún abogado para la desesperante eventualidad de que no *pueda* llamar a las seis. Un abogado, rápido. Y pienso en Carlos M. pero no, está quemado, no podemos comprometerlo aun más. También hay que descartar a Jorge Silva. Y a Chochó y a Perla; tantos y tantas que se devivirían por ayudar a Alfredo Navoni y ahora tienen la trompada prohibida. Peor que si le hubieran retirado el título. Ellos también son sombras, ahora, sombras pero tan distintas de ésa que en este preciso instante quizá lo esté marcando a Alfredo aunque quizá, con suerte, sea tan sólo la sombra de mi propio miedo.

Sanlamuerte

Hay en el Altar del Dedo un cofrecito oscuro cerrado con candado y sujeto a una de las columnas naturales por una gruesa cadena. Lo que en ese cofre se oculta es secreto para todos, hasta para el Amo y Señor que ha tenido a bien olvidar su contenido. Muchos olvidos cuando le conviene, muchos misterios relegados a los repliegues de esa memoria tan replegada en sí misma, tan llena de dobleces. Si hasta se ha olvidado de aquellos que mandó a sucumbir en aras de la Muerta. Ese pueblo anónimo y lejano que no supo acatar sus órdenes ya no le interesa, ahora le interesa sólo este pueblo más cercano y dominable, el de Capivarí. Los otros, al demonio. Y allí precisamente se solazan, habiendo sucumbido a la idolatría, la mayor de las delicias.

Los pobres se babean al reptar de rodillas por las calles aledañas a la Basílica en pos de un milagrito. Se quedan sin rodillas, en muñones, dejan todo su dinero en las alcancías de la iglesia, y mutilados y despojados se sienten por fin hermanos de los otros, los que fueron despojados por el poder central.

Hay cierta homogeneidad, ahora, en el pueblo de la Capital, que lo hace indiscernible, monótono. Sólo estos rebeldes de Capivarí merecen su atención y merecen también que por ellos el Amo y Señor refresque su memoria.

Así que hasta el Altar del Dedo va, al cofrecito va, a oír el ruido de rotas cadenas porque debe partirlas de un mazazo para liberar el contenido del cofre, el secreto y olvidado contenido.

Sólo encuentra en el cofre una bala machucada y un esqueletito hecho de hueso, presumiblemente humano. Estos elementos sin aparente importancia están cargados de importancia. Son un payé y un Sanlamuerte. Talismanes que le abrirán las puertas de Capivarí cuando se cierren las compuertas.

Amén.

Ver clarear, clarear con el sonido del teléfono, menos mal, a las seis en punto porque estas cosas deben ser matemáticas para cumplir su finalidad y que la angustia quede relegada. La puntualidad puede ser buen paliativo. Y un alivio como pocos, la llamada

—Todo bajo control, todo OK. Me temo que lo de la enfermedad de mamá fue una falsa alarma, no hubo ningún otro síntoma, y yo que no fui a laburar por eso y me esperaban para una tarea bien importante. Pero no te sintás culpable, linda. Ahora vos ocupate de tus asuntos, olvidate de la enfermedad de mamá que no corre peligro alguno, volvé a tu novela. Y no te olvides de despachar al protagonista ¿eh? Creo que puede ser la mejor manera de conseguir un verdadero éxito de librerías. Un best seller, digamos.

—Se hace lo que se puede

—Así se habla. Te vuelvo a llamar en cuanto tenga un minutito disponible. Me encantan tus interludios. Te beso el párpado izquierdo.

—¿Debo tomarlo como una conminación a cerrar los ojos?

Señorial con sus dos talismanes colgándole del cuello en una bolsita de seda verde —dos son los talismanes heredados y tres los que le cuelgan más abajo por derecho propio—. Señorial y sintiéndose dueño absoluto de sus poderes, el Brujo se dirige esa luminosa mañana hacia Capivarí donde desde la salida del sol sus voceros vienen anunciando la llegada. Son hombres adiestrados en el uso de la palabra convincente, estos voceros, y por los cuatro costados proclaman el alto honor que significará para el pueblo de Capivarí la sublime posibilidad de escuchar a la Voz por primera y única vez.

Voz tonante, aterradora cuando se alzó por encima de los chatos techos y de los exiguos arbolitos de Capivarí, extendiéndose más allá de los tristes postes de telégrafo. El Brujo orador empezó su alocución pausada pero impresionantemente. Tenía cuerda para rato: durante su noche de insomnio había preparado un discurso simple —para esa gente simple— y a la vez implacable. Sabía del crescendo en la amenaza y lo empezó a graduar hasta en los decibeles,

"Pueblo de Capivarí" arengó para dar cabida a todos y seguro de que ni un alma en ese pueblo —gracias a los altoparlantes— dejaría de escucharlo. "Pueblo de Capivarí" repitió, y más firme "sé que ustedes son indomables y por eso me gustan; pero yo voy a hacerles plegar la testuz. Sé que ustedes no van a entregarse por las buenas, no quieren anexarse a mi Reino de la Laguna Negra,"

Y los capivareños reunidos todos en la pequeña plaza que era más bien un potrerito para jugar al fútbol, empezaron a agruparse en pequeños corrillos, consultándose, murmurando entre sí y haciendo correr la voz hasta que todos al unísono se pusieron a gritar

La-la-gú-na

La-la-gú-na

y gritaron sí, sí, queremos anexarnos, a-nex-ar-ños, y se pusieron a saltar y a levantar los brazos con entusiasmo y cantaron Señor, Señor, qué grande sos, y las mujeres fueron a buscar sus cacerolas y salieron golpeándolas con las tapas a manera de bombos, y la pelota se fue corriendo hasta la zona del arco y goool! todos gritaron que sí, querían anexarse al Reino de la Laguna Negra y se ponían en manos del Señor —Señor de Capivarí, ahora, y tantos problemas que lograría solucionar.

Y así le cortaron al pobre Brujo el discurso, dejándolo desconcertado por brevísimos instantes. Recuperó el dominio de sí mucho más rápido que cualquier mortal en circunstancias parecidas y por lo bajo impartió órdenes para que su edecán intentara comunicarse por radio con los hombres de la Zona 3. A toda costa debía evitar que cerraran las compuertas de la presa. E inmediatamente procedió a retomar su discurso, con signo ya cambiado, mostrando el aspecto positivo de lo que antes pensaba plantear como una maldición.

Al hablar reflexionaba: ya va a estar mermando el agua, no va a haber tiempo para que los de la Zona 3 corran a la presa a dar la contraorden. Ya debe de estar mermando el agua ¿y yo qué digo?

Nunca nunca nunca me han faltado los recursos y no tenía por qué ocurrirme esta desgracia en ese instante para mí glorioso.

Estaba por primera vez solo en el balcón —aunque fuera apenas una tarima hecha de tablones— sólo yo solito frente al pueblo y el pueblo me aclamaba. No habría de defraudarlo. Al menos no entonces.

Prometo, prometo (total las promesas se las lleva el viento) que nunca les faltará el agua, hijos míos, mis protegidos. Si el agua no les llega por vía terrenal —cosa que podría suceder, los hechos terrenales me merecen muy poca confianza— les caerá agua del cielo. Estos milagros no fallan cuando estoy de por medio: lo celeste es mi ámbito

Dictaminé oteando con disimulo el horizonte donde parecían estarse formando unas nubes negras. Yo podía verlas y ellos no, yo estaba en lo alto como corresponde y ellos sólo tenían ojos para mí, como corresponde. Pero las nubes empezaron al rato a disiparse, fue otra promesa vana de las tantas.

Por eso, a la hora exacta en que calculé que faltaría el agua, clamé

Ahora detendremos el curso natural de las cosas, revertiremos las corrientes, haremos el cambio de fluidos en esta tierra para que todo, dentro de muy poco, tome un cauce más radiante y profundo.

Señor, señor, gritaron, y cantaron el Qué grande sos y saltaron y bailaron con algarabía pocas veces vista que me retrotrajo a otras épocas, épocas que prefiguraron éstas y que me fueron abriendo el camino de la luz. Las mujeres con sus cacerolas como bombos, y el que no salta es un traidor, y tanta energía desplegada, tanto entusiasmo.

Les prometí un partido monumental de fútbol en que el Capivarí Juniors sería campeón. Les prometí una convención internacional de brujos con invitación extendida a todos los babalaos, todas las ialorixás, los cabalistas, los espiritualistas, los paleros, los astrólogos, los oriates, osainaistas, ifas, mentalistas, ilalochas, shamus, curanderos, conjureros. Los que adivinan por medio del tarot, del diloggun, del okuele, del obi: los que practican el obeah, las mesas blancas y las mesas negras, el n'kaci n'kici, los herbalistas, los vaudoistas y los vuduístas. Las serafistas y las médiums de trance. Todos. Absolutamente todos: las fuerzas estarán con nosotros cuando la luz esparcida sea recompuesta, cuando las aguas se dulcifiquen y vuelvan a correr como solían. Vendrán para reunirnos como amigos que han estado separados por siglos.

Capivarí será Capital de la Magia. Que por simple deslizamiento se transformará en Capital. Capital Mágica.

Tanto hablar e invocar —disimuladamente— a la espera del milagro invertido que se produciría al cortarse las aguas. Les prometí trasladar hasta esa misma plaza —la única del pueblo, hija de madre viuda— el Altar Mayor del Dedo sin aclararles a qué dedo me refería, ni a cuántos. Les hablé de mi infancia, de Seisdedos, del opa, de los pájaros, las hormigas y los capivaras —el emblema de ellos—. Prometí mandarles a tallar un poste totémico de propias manos de mi edecán el artista escultor, prometí y prometí y como las aguas por fin no se cortaron corté el flujo de mis palabras, mi torrente verbal, y para mi coleto decidí hacerles pagar a los de la Zona 3 tamaño desacato.

No, me temo que no tengo fuerzas para matarlo al brujo. Empuño la pluma a punto ya de hacerlo y ¡zas! surgen otros temas que acaparan mi atención y el brujo sigue allí, vivito y coleando, tan lleno de bríos como siempre.

Debe de ser por eso de la simpatía que sugirió Navoni, y no precisamente por ningún tipo de simpatía que una pueda sentir hacia ese monstruo. Todo lo contrario. Algo que más bien tendría relación con la magia simpática, yo en el papel lo suprimo al brujo de un plumazo y este acto tan simple se revierte y repercute sobre Alfredo, sobre mí. No, no puedo. Y Alfredo que desde aquella infausta madrugada no me llama y yo me pregunto por dónde andará y si le habrá pasado algo. Es decir que de nuevo pendiente del teléfono por un tipo. Me había jurado que eso no, nunca más, aunque estas son circunstancias muy distintas y hasta puedo perdonarme la ansiedad, y permitírmela. Me dan ganas de buscar al embajador para pedirle socorro, pero no, me temo que el socorro que le pediría no tendría nada que ver con la cuestión política y esos asuntos más vale olvidarlos por ahora. Estoy sola, por lo tanto, pendiente de un llamado. El brujo también está solo en medio de su horror. Después de todo quizá le profese una cierta simpatía: es nuestra contracara, el lado oscuro de nuestra lucha. El suscitador. No podría matarlo aunque quisiera y también por eso lo aborrezco. ¿Dónde se habrá metido Alfredo?

Tengo mis obsesiones, tengo un miedo que me arrastra. Estoy entretejida en una red de miedos, se entrecruzan por encima de mi cabeza, me encierran como una enorme telaraña de los juncales, negra y precisa, maléficamente bella. Esta red de miedos, este diseño tan geométrico también yo lo voy tejiendo sin querer, sin darme cuenta, pero no logro comprenderlo. Quisiera descifrar al menos un cabito, una punta de red para ir desatando la infernal trama pero eso tampoco me está permitido. Algunos de mis amigos más queridos han sido muertos, otros están incapacitados o presos, otros —¡Navoni!— corren todo tipo de peligros y yo aquí bromeando, hablando de una telaraña que me atrapa, metiéndome en imágenes poéticas y lo peor es que la vislumbro con toda claridad, algo tejido por montones de arañas negras, agazapadas a la espera de su presa, extensísima, kilométrica red y nosotros las presas y también las arañas.

Hace cuatro días que espero noticias de Navoni. Ya ni su abrazo espero, tan sólo saberlo a salvo. La Voz que llegó este mediodía a la Capital —ya la traen por avión— habla del discurso del brujo y de la anexión de Capivarí al Reino de la Laguna Negra. Qué espanto. Perdimos.

¿Matar al brujo? Imposible. El brujo no vive por mí y yo quizá sí viva por el brujo. Es mi verdadero contrincante. Eso sí, matar en lo posible a los oficiales que usan al brujo de justificación, de escudo.

Leo La Voz y espero por esta vía tan pero tan indirecta saber algo de Navoni

¿así que les prometió un campeonato de fútbol a nivel internacional? Qué original. Nadie ni por un instante dudará del triunfo de su equipo Capivarí Juniors, será un evento deportivo sin demasiadas sorpresas. Más interesante suena esto del congreso de magia. Quién sabe si con un poco de suerte nos llega alguno que pueda superar al brujo. Sería su verdadera derrota, en propio campo

> En el rincón negro tenemos al Señor de la Noche
> que se presenta ante nosotros, hoy, con máscara
> de hormiga. En el rincón blanco tenemos al
> Caboclo de Mar, a cara descubierta.
> Será una pelea sin límite de rounds, sin cuartel.
> El vencedor deberá serlo por K. O. absoluto.
> O reventamos todos.
> Señoras y señores, ha sonado el gong.

La multitud aúlla

Pido un minuto de silencio. Un minuto de silencio para retomar el hilo de la realidad y no perdernos en sueños de deseo. El enfrentamiento abierto no comienza aún, quién sabe si tendrá lugar algún día. Y la otra consideración: el verdadero peligro no proviene de este personaje algo farsesco que es el brujo, el muy pintoresco sádico, nuestro Rasputín telúrico. Quienes verdaderamente detentan el poder acá en la Capital son la real amenaza. Pero tendemos a ver siempre la máscara y la máscara es el brujo. Destruyendo la máscara esperamos acabar con los hombres que se escudan detrás de la máscara. Los que están acorralando a Navoni entre tantos otros, los que me tienen en vilo y no me dejan escribir en paz, los que ignoran esta última palabra, los que sólo nutren y promueven el río de sangre con nuestra colectiva sangre.

> La toma de Capivarí no la utilizaremos como una medida de presión al régimen militar, sino para protestar por nuestra situación y por la indiferencia gubernamental ante nuestras demandas.
>
> El Señor de la Laguna Negra y Capivarí de las Siete Corrientes no acepta de parte de los otros ni pretende a su vez ejercer una política de liderazgos, de poder o de hegemonías más allá de sus dominios. Sólo aspira al buen curso de las relaciones bilaterales entre nuestro Reino y el ahora país vecino.
>
> Debemos mantener viva la llama de la cohesión indestructible entre nuestros dos países que poseen ideales semejantes para derrotar el terrorismos subversivo y los colonialismos ideológicos.

El Tacurú ha cobrado verdadero aire de fiesta. Nunca antes se habían encendido allí tantas lámparas votivas, nunca tantos saumerios habían rarificado el aire. El Tac se ve ennoblecido en relación directa con el alto cargo que ahora ejerce su Amo y Señor. Este último es ahora Emperador de la Laguna Negra y Capivarí, el primero es su sede central, al mismo tiempo palacio de verano y casa de gobierno.

La muerte de la Machi ha dado lugar a grandes cambios. Las sementeras de hongos alucinógenos fueron trasladadas a otras cuevas de menor interés —los hongos ya no irradian su luz verde, se apagaron al apagarse la señora— y la esplendorosa catedral-caverna de sal gema ha sido transformada en la sala del trono. Se lo merece, por opulenta e iridiscente, por enjoyada y preciosa. Los largos corredores de acceso a la sala están ahora reservados para uso exclusivo de los habitantes de palacio; los otros, los burdos mensajeros del mundo externo, deben ingresar en la sala de un solo envión, sorpresivamente —para ellos.

Llegan a las inmediaciones del Tacurú de preferencia a mediodía, cuando el sol pega con más saña sobre la yerma desolación de superficie. Una voz en off ordena entonces al visitante pararse en un punto preciso, justo en medio de cabalístico pentáculo dibujado en el piso con arena de colores y ¡flón! se abre la trampa a sus pies y el visitante cae azorado por un tobogán que lo conduce de golpe justo frente al trono en la catedral de cristales salinos.

El brujo está allí, siempre allí cuando vienen visitas, iluminado por un haz de luz natural al mejor estilo Delfos. Y el recién llegado al verlo todo de rojo en el trono dorado, en medio de muros naturales transparentes y coloridos, queda con la boca abierta por lo general enmudecido.

Cosa que no le ocurre al maestro Cernuda, no, a él

no, el maestro Cernuda es hombre al que no le falta la palabra. Y la palabra es

¡Sublime!

sublime en todos los sentidos del vocablo: excelso, eminente, grandioso y también volátil. Que pasa directamente del estado sólido al etéreo, expresión de deseo que el maestro Cernuda logró verbalizar de la más sutil manera, sin ganarse las iras del Amo, como halagándolo. Y prosiguió de tal manera su declamación:

—Oh Maestro de Maestros, Magnífico Señor, el pueblo de Capivarí, su pueblo de usted, nuestro pueblo, me ha conferido el altísimo honor de nombrarme enviado especial ante su Eminencia. Heme aquí investido de la muy noble misión de entregarle este pergamino finamente iluminado por nuestros mejores artistas vernáculos. En él aparecen el bombo y el talero como emblemas mayores: creemos que el acervo cultural y folklórico de nuestro terruño es nuestra mayor riqueza, y confiamos que Vuestra Señoría así lo entienda y sepa salvaguardarlos. Y precisamente para salvaguardar a través de ellos los valores de la tradición local que sabemos el Excelso Señor tiene en tan alta estima es que hemos decidido formar nuestro primer equipo de pato —deporte eminentemente nacional— para lo cual requeriríamos que la divina gracia de nuestro Primer Mandatario nos procure una buena tropilla de caballos pur sang. Como usted bien sabe, nuestros humildes paisanos sólo montan humildes caballos criollos, aptos tan sólo para las más toscas tareas del agro, y sería inconcebible que la gran Capivarí, abocada a la protección de tan Alto Dignatario, no tenga la mejor de las tropillas para su flamante equipo de pato ¡toda de un mismo pelo!

Además, Sublime de Sublimes, pensamos que nuestro viejo y gastado generador eléctrico estaría incapacitado para cumplir la Alta Misión que ahora se requiere de él, a saber: iluminar la presencia de Su Majestad y también iluminar las justas deportivas que serán celebradas en Su honor.

Pero esto no es nada, Oh Digno. El pueblo de Capivarí sabe que Su Gracia hará asfaltar las calles, hará construir el servicio de cloacas, no reservará el nuevo sistema de correo aéreo para uso exclusivo de Vuestro inapreciable periódico.

Hemos tomado muy en cuenta, Maestro Excelso Sublime y Adorado, las inmerecidas promesas que nos hiciera hace semana y media durante aquella su Inolvidable Alocución. Nada alegrará más nuestros corazones que un Altar Mayor y un totem conmemorando la gloria de nuestro Amo y Señor. ¿Pero el Amo y Señor cree que la paupérrima plaza de Capivarí, apenas un potrerito, es digna receptora de tan sublimes ofrendas? Nosotros no lo creemos así, Señor Magnánimo, por eso humildemente sugerimos que antes de abocarse a tamaño despliegue de méritos convendría remozar dicha plaza. Plantarle árboles, hacer canteros, un kiosko de música, quizá. Y colocar allí juegos para niños, porque nunca nos cansaremos de insistir que los niños de hoy serán vuestros más amantes súbditos del mañana, y esta eventualidad nos colma de orgullo.

No olvidemos, Señor: en la Nueva Capivarí los únicos privilegiados son los niños. Ellos conjugarán el verbo porvenir, en manos de ellos está la nueva Capivarí Potencia. Y de ellos nos ocuparemos, Respetadísimo, creando por ejemplo una nueva escuela. Una escuela de verdad, no el galpón que venimos utilizando hasta ahora. Escuela que engalanará el alma de su Excelencia, que será como una bellísima flor inmarcesible en el ojal de su espíritu; ya la veo, constando de un jardín de infantes, cursos de primaria y secundaria, adscripta al Ministerio de Educación de la República hermana, de la que nos hemos separado pero con la que aún conservamos lazos de fraternal amistad.

En otra oportunidad, oh Magister Iluminatisimus, abordaremos el tema de las aguas corrientes, y de la reducción de los impuestos agropecuarios. Por ahora me conformaría con dejar estas inquietudes en Vuestra nobilísima alma, seguros como estamos de que serán atendidas, oh Grande entre los Grandes.

¿Quién podrá decir que el Brujo perdió sagacidad a golpe de alabanzas? ¿Que tanta mayúscula se le fue subiendo a la cabeza? ¿Quién tira la primera piedra, quién se engaña? Quizá tan sólo él —es el único que puede permitírselo—. El, el amo, señor de tambores, capo de Capivarí, omnipotente, omnisapiente, se permitió el lujo de dejarse acunar en los halagos, escucharlo al maestro Cernuda hasta el final y, en un gesto de magnanimidad que lo honra, atender algún pedido agregándole eso sí su toque de color (local).

—Apunte, edecán, apunte. Mejoras para mi Capital: pedir a los cuatreros caballos para integrar el equipo de pato. Camisetas amarillas con vetas granate para el equipo de fútbol, y creación del Hormiga Boxing Club. Me gustan los hombres corpulentos, soy gran defensor del deporte que ennoblece al ser humano y lo distrae de otras preocupaciones menos halagüeñas.

El resto de las súplicas me las suprime de un plumazo. Por inconstitucionales.

Y ahora vuelvo a mi pirámide y que no me molesten, no estoy para nadie, entregado tan sólo a las lucubraciones, únicas damiselas que podrán interrumpir mi voluntario enclaustramiento de esta tarde. Venid, especulaciones, habladme de Capivarí mi Capital que convertiré en ciudad lacustre como doble venganza —y la venganza es el sello inconfundible de mi paso—. Aquellos que no cerraron las compuertas allá arriba, en aquella memorable oportunidad haciéndome sin saberlo un favor de los más grandes, tendrán ahora que abrirlas de par en par, bostezadas compuertas, aguas desbordadas, caudalosas aguas para anegar las tierras de Capivarí y hacer que mis lagunas extiendan sus dominios.

Que los capivareños encaramen sus casas sobre pilotes y puedan así mecerse acunados por las aguas. Muerte, muerte y muerte a todo aquello que no busque refugio en las casas patilargas, a todo lo que pretenda circular por tierra y a lo que quiera vivir sin mi permiso.

Vendrán también los otros, insensatos, los veneradores de la Muerta con la secreta intención de asaltar la fortaleza y se ahogarán en mis aguas. Son los que han sucumbido a la superstición y no pienso ayudarlos. En cierta oportunidad les mandé el mensaje del Dedo reclamándoles cierto apoyo logístico y ellos, perdiéndose en la iconografía del Dedo, dejáronme a un lado, Muerte también a los adoradores de antes, por lo tanto; son numerosísimos y alimentarán a mis animales carroñeros y al lobo que llevo dentro. Vendrán los adoradores, clarito lo veo, hasta las orillas de la Laguna Nueva clamando mi perdón y yo les vedaré el acceso a la ciudad sagrada. Se los comerán mis pirañas, mis caimanes.

Capivarí la Santa, depurada por el agua, encaramada sobre sagrados pilotes que haré bendecir uno por uno. Y se salvarán sólo los justos, los que no se asociaron al juego de aquella hoguera que intentó consumirme. Jajajá, y já, y já, pretender consumirme con fuego nada menos que a mí que soy la llama viva. Por eso sólo me visto de rojo, ahora, para que me reconozcan —y vendrán multitudes desde la antigua Capital y tratarán de aclamarme una vez más ahora que mi grandeza ha vuelto a la superficie y se ha hecho evidente. Y yo me daré mi viejo gusto: los aplastaré sin misericordia y a la ciudad sagrada la verán tan sólo como un espejismo.

Contemplarán la ciudad espejada, infinitamente ennoblecida y bella, y morirán a su vera —del lado del dobladillo— sabiendo que jamás de los jamases la podrán alcanzar ni aún después de muertos. Porque le haré a Capivarí un anillo mágico para protegerla de fantasmas y/o aparecidos, y sólo podrán llegar a ella quienes yo elija y cuando yo lo decida. Digamos antes o después de muertos, digamos a nado, en bote o caminando anfibiamente por el fondo de mi nueva laguna. Y vendrán esas aves eternas de las aguas que se largan en picada como flecha para pescar su presa y les picotean el cráneo.

Me gustan los cráneos picoteados. Me gusta ver volar los sesos cuando a alguien le revientan la cabeza de un balazo. No yo. Yo nunca llevo armas, tan sólo las cargo a veces para hacer honor al viejo dicho. Hay que darle razón a la sabiduría popular y no me engaño: yo soy el diablo, soy también el diablo y debo atender a los deberes que la tradición me impone. Trabajo abrumador, hay que reconocerlo, por eso mismo muchas veces sólo instigo y delego. El poder me atrae como pocas otras cosas en el mundo pero para nada aspiro a las obligaciones que el poder requiere. Por eso he decidido interrumpir —hasta nuevo aviso— todo contacto con el gobierno del que fuera mi país antes de hacerse realidad mis sueños separatistas.

Hoy voy a retroceder, voy a recuperar al que fui hace mil años, en vida del Generalís, cuando él y nadie más que él sabía de mis poderes y los acaparaba. Buena fórmula para mí mientras él fuera quien era y yo su secreto copiloto. Hasta que empezó a declinar y yo determiné que ya no merecía la exclusividad de mis poderes. ¿No me nombró acaso su sucesor extraoficial? Y con razón. Sucesor siempre soy, con o sin nombramiento: soy quien viene después y quien crea los sucesos

soy el que pinta las uvas
y las vuelve a despintar

yo soy el que siempre ha sido, y si no me cantan más los folkloristas no ha de ser por falta de méritos de mi parte. Ha de ser por miedo. Miedo sí que inspiro y lo digo con orgullo, el miedo es el sentimiento más puro que tiene el ser humano porque le impide actuar con cordura y lo obliga a ser él mismo. Mucho más que el amor, el miedo dignifica.

Dignificaba también la Muerta, esa mujer, porque desparramaba miedo y además lo sentía y a su vez consolaba. Ella era nuestro único consuelo. La otra no, la Intrusa ni miedo ni consuelo ni nada, tan sólo un gran vacío. Pero yo fui su amigo, yo traté de insuflarle algo de las fuerzas de la Muerta y durante 27 noches la Intrusa durmió con el cadáver embalsamado debajo de la cama.

Si no captó toda la luminosidad que emanaba de la Muerta no fue seguramente por falta de entusiasmo de mi parte. La alenté en lo posible y hasta le sostuve la mano en horas en que el Generalís dormía. Con el Generalís despierto la cosa era distinta y su risa a veces me daba retortijones de ira. Hasta que opté por rebotarle la risa: me transformé en pantalla y cada carcajada dirigida a mí se reflejaba en mí y lo golpeaba, convertida en boomerang. Duró apenas dos meses de pie y después cayó en cama para siempre.

—No hay que reírse del Brujo, fueron casi casi sus últimas palabras y yo le perdoné entonces aunque está claro que no lo perdoné del todo.

—Señor Presidente, disculpe el atrevimiento pero creo que esto ya pasa de castaño a oscuro. Nosotros aquí, tratando de imponer nuestro modelo al mundo, embarcados en el magno Proceso de Reconstrucción Nacional capaz de conducir al país al puerto de sus más altas aspiraciones, y viene ese fantoche a crear un reino independiente en el seno de nuestra nación desatendiendo todos los llamados a la unidad. Creo que la maniobra no es tan inocente como aparece a simple vista, me consta que ese hombre es un agente de la penetración foránea. A nadie se le escapa, por ejemplo, la megalomanía imperialista de nuestros vecinos del noreste. Estoy seguro de que la aparente payasada del Reino de la Laguna Negra responde a un plan, que puede no resultarnos beneficioso en absoluto.

—Se equivoca usted, contraalmirante, como de costumbre. Si maniobra hay, se tratará de una maniobra diversiva que muy bien puede servir a nuestros fines. ¿Quién tiene puestos los ojos en nuestra acción de gobierno, hoy por hoy? Por un lado, los fanáticos de la Basílica atraen multitudes y el pueblo ya no piensa en otra cosa, por el otro lado, la prensa extranjera se ocupa del brujo y no piensa en nosotros. Tenemos las manos libres para actuar. Imposible pedir mejores circunstancias tangenciales.

Diez días ¿o serán 15 ó 7? que no sé nada de Navoni. Como si estuviera presa, el tiempo se me hace chicloso e inasible. Tengo que empezar a medirlo con aparatos, relojes, calendario, esos elementos del dolor; ya no lo siento pasar en mí, no sé de días o de noches, sólo sé de separaciones, un gran caldo de cultivo de la separación, confusas horas sólo marcadas por la espera.

Algo hice: escribí un poco más sobre el brujo sin siquiera poder declararlo enfermo. Enfermedad física, claro, porque lo que es enfermedades psíquicas, eso le viene desde chico. Lo sé por lo de las hormigas: sólo los inocentes y los locos escapan a la furia del mundo invertebrado

¿Qué más hice? Fui a verlo al Caboclo de Mar para que me hablara de Navoni y él me dijo todo en orden, no corre peligro el hombre por ahora, está en lo suyo pero más vale alejarse de él, tiene pasiones más apremiantes que el amor. Razón por la cual, en lugar de alejarme me puse a buscarlo como loca ¿dónde están esas pasiones más apremiantes que el amor, por qué no me contagiará un poco? Cuando el amor entra en la mira lo vuelve todo tan restringido, el foco de atención se limita hasta el punto de no permitirnos el menor discernimiento. Para mi consuelo me digo: quizá no se trate de amor, simplemente; detrás de esta búsqueda otro sentimiento, otra ansiedad se agazapa y salta.

Tras esa presa indistinguible y codiciable empecé a recorrer las calles y por fin me uní a una peregrinación que se dirigía a la Basílica. El final del camino lo hice con toda humildad y a pie llegué hasta el altar de la Muerta en un intento de descifrar algún mensaje.

Pero también ¿a quién se le ocurre? Sólo se me puede ocurrir a mí que me he vuelto totalmente estúpida con la ansiedad. Si lo vengo sabiendo desde siempre. Los milagros no existen, ni siquiera existe la comunicación o la fe. Este es el puro engaño, las reliquias son falsas, las indulgencias se venden. Como siempre, como en todos los santuarios del mundo.

¿Navoni cree en la Muerta? Navoni cree en las fuerzas de un pueblo que habría que encauzar, esas cosas que él siempre proclama cuando yo menos lo escucho. Y después lo tildo de cándido. Y mírenme a mí ahora al pie del santuario con ganas de agarrármelas con los pobres baldados, como si yo no supiera también del poder de la fe. Como si yo no pensara que quizá, por encima de todo esto, aunque nunca al margen sino más bien tratando de seguir la corriente, algo podrá algún día realizarse.

Todo lo cual me dio la idea del aviso. Un mensaje en La Voz para convocarlo a Alfredo. Publicar algo así como Volvé, Angelito Negro, te necesitamos. La Luisa. El reconocerá sus iniciales y me contestará de alguna forma. Leer entre líneas es la consigna. Por si acaso busco entre los avisos clasificados, bajo el inaudito rubro Agradecimientos - 13B.

RUBRO **13B**
Agradecimientos

(13b1)

GRACIAS Espíritu Santo por tu milagro, E.B.E.

GRACIAS Espíritu Santo por la gracia concedida. M.C.L.

GRACIAS Espíritu Santo por los favores concedidos. A.M.L.

GRACIAS Espíritu Santo por los favores recibidos, E.G.

GRACIAS Espíritu Santo, I.S.V.

GRACIAS Espíritu Santo, H.B.P.

GRACIAS Espíritu Santo, Susana

GRACIAS Espíritu Santo, C.R.

GRACIAS Espíritu Santo, Rubén

GRACIAS Espíritu Santo por los favores recibidos Luis Eduardo

GRACIAS Espíritu Santo por el favor de siempre, F.M.I.

Gracias Espíritu Santo, M.E.T.

GRACIAS Espíritu Santo y San Antonio de Padua. S.L.C.

GRACIAS Espíritu Santo por los favores recibidos, O.S. y R.P.

GRACIAS Espíritu Santo, Magdalena

GRACIAS Espíritu Santo, M B P

GRACIAS Espíritu Santo. J.S.C.

GRACIAS Espíritu Santo M.G.S

GRACIAS Espíritu Santo, J.C.R.

GRACIAS Espíritu Santo, J.C.R.

GRACIAS Espíritu Santo E.R.F

GRACIAS Espíritu Santo, Yaya

GRACIAS Espíritu Santo. C.A.K.

GRACIAS Rita María, H. Robin

GRACIAS San Pantaleón S. Cefe

¿Gracias? ¿de qué, en tiempos como estos? Y al Espíritu Santo, nada menos, pajarito travieso como diría el otro, inasible imposibilidad de esperanza.

> Se ruega al estimado público guardar absoluto silencio. Nuestro artista va a realizar una prueba de extrema peligrosidad y sólo en máxima concentración podrá lograr su ¡Sabto mortal francés! ¡El mejor del Mundo!

¿*Sabto* mortal? ¿Un error como la gracia *concebida* a doña Elba de la página anterior? ¿Sabto, y el mundo con mayúscula, francés? Hay que leer entre líneas, entre letras, fuera de caja, cualquier cosa por encontrarlo a Navoni y pienso que quizá sea este un mensaje para mí, seguro, él tuvo la misma idea y me ganó de mano. Por eso salgo corriendo a buscar un ejemplar de Le Monde del sábado último.

Busco, y busco, y no lo encuentro por ninguna parte. En ninguno de los kioscos donde a veces, con suerte, lo suelen vender, ni en Air France ni en el Banco Francés ni en la Alianza Francesa. Ni tampoco —último recurso muy burdo— en la agencia marítima Navifrance. En ninguna parte. Por algo será, me digo mientras me encamino a Casa Visigodo donde consiguen de todo. El viejo Tomás me conoce, sabe que yo no busco porque sí

—¿Para qué quiere Le Monde del sábado?

—Por el folletín. Si me quedo sin saber si la viuda mató o no a su marido, muero yo. Es un suspenso que no aguanto. Pago lo que sea.

—Bien. Se lo consigo, pero le advierto que le va a salir caro. Esos números están detenidos en Aduana.

Así fue como invertí mis últimos pesos en una corazonada y lo bien que hice. Porque el diario tenía una única foto más que asombrosa: conferencia de prensa de tres encapuchados mostrando a su vez una segunda foto.

A Navoni lo reconozco no sólo por su estatura y su porte sino también por la marca de su ingenio: esas capuchas que parecen máscaras blancas tienen mucha relación con lo que está ocurriendo. Lo único que no entiendo es cómo habrán conseguido la foto que muestran, y que aparece ampliada en un recuadro. No demasiado clara la segunda foto, tomada con poca luz, de manera subrepticia, evidentemente. Pero no hay duda de que se trata del brujo en su palacio cristalino. Y parece inalterado, maldito sea.

Dueño del dolor, dueño del miedo

Valiente la tortura, feroz y acolmillada. En cambio desdentados ellos los que de nuestras manos logran (lograron) arrancarse. Nos quedamos (quedaremos) con sus partes más vitales, nos entregaremos con placer al desmembramiento y lo que es más nos chuparemos los dedos. Sí señor, los dedos —los propios y también los ajenos, sobre todo uno ajeno—; chuparemos y chuparemos hasta dejarlos enjutos, hasta que la carne se consuma y nuestras mandíbulas queden del todo acalambradas.

Ya sin poder articular palabra, sin poder entregarnos a manducación alguna, sin lograr —y es lo más atroz de todo— proferir el grito. Lo peor es la ausencia de motivo y no tenemos por qué —nosotros— levantar la voz o pedir socorro alguno. Por eso mismo debemos gritar, por no ser menos. Acoplar nuestros gritos a los otros, superarlos, ensordecerlos.

¿Quién abrirá la boca, quién pero quién estará por lanzar el alarido? Con mandíbulas tumefactas de tanto andar sorbiendo (absorbiendo). Con mandíbula tumefacta, entumecida, el alarido es aún nuestro. Todo nuestro.

Y nuestro grito es un grito de triunfo. Nunca permitirnos el desbarrancamiento en el dolor o el miedo. O mejor dicho sí: permitírnoslo todo porque sea como fuere ni dolor ni miedo nos alcanzarán jamás, en el doble sentido de darnos alcance y de bastarnos. Porque somos —soy— el único capaz de provocarlos como dueño que soy del dolor y del miedo.

Miedo y dolor, dolor y miedo: los suelo imponer en los demás para mantenerlos a raya. Allá ellos con las sensaciones provocadas por mí. Allá ellos porque lo que es acá, yo, a resguardo de estas contaminaciones. Incólume. Impoluto.

Arrastro a los otros a la muerte para alejar a la muerte de mí. Desgarrar a los otros significa congelar el momento. La muerte como prolongación de mis dedos es decir no impregnándome. Muerte que no me atañe cuando la produzco, no me toca. Manipulo la muerte, la manejo a voluntad y ella me respeta y no me toca.

Ellos, los muy blanqueados, los encapuchados enmascarados, cobardes desafiantes que se esconden, han conseguido cierta fotografía de mi persona en un momento algo íntimo, lo que significa que no sólo han invadido mi reducto sino que se han acercado a mí más de lo prudente. Hay un entregador por lo tanto entre las muchas personas que ahora me rodean. Bien podría divertirme un rato apretándolos a todos, de a uno o en montón, para hacerlos cantar y seguro que encuentro al culpable en un abrir y cerrar de ojos (o quizás en un arrancar de párpados). ¿Y eso a mí qué me importa? ¿Detectar a un fotógrafo, a un delator barato, desenmascarar a uno dos o tres, ahora, cuando hasta tal punto se han desdoblado las máscaras?

Ya es otra la apuesta, son otros los valores en juego si es que de valores puede hablarse y no de la más pura cobardía.

Con cobardía en juego opto por permanecer de este lado de la raya que trazo y es raya circular que me rodea.

Me protejo en un círculo mágico que por ahora tiene el diámetro de éste mi cuarto, mi pirámide. Es un círculo ampliable. Iré ampliando mi círculo y como tiendo a la recta —mis acciones siempre lo han demostrado— la curva de mi círculo protector seguirá la línea de horizonte y se plegará dócilmente a la curvatura de la tierra.

De un lado estaré yo, enmarcado por alguna latitud de mi elección, y del otro los mortales sobre quienes como corresponde ejerceré mi don de muerte logrando de tal forma detener mi propio deterioro.

Todos ellos son máscaras.

Desde la vereda de enfrente mirándome a través de los ojos de las máscaras para protejerse. Mi resplandor podría enceguecerlos y las víctimas ciegas son menos víctimas, por eso sólo perderán la vista quienes yo señale y cuando yo lo estipule.

Quiero que me vean, quiero que me huelan y quiero a la vez verlos, tocarlos, olerles ese tufo a terror que rezuma de ellos y que es acre y picante como el olor de las fieras. El olor a miedo de los otros me estimula y excita. Pueblo de Capivarí que no me teme, emprenderé un sutil tormento para poder olfatearlos en el aire. Husmearé por las noches, me pasearé por las calles solitarias y oscuras —habrá toque de queda— y de dentro de las casas me llegarán los efluvios.

Correrá un río de sangre

Correrá el río de sangre que ya empezó a formarse y navegando por este río provocado por mí llegaré hasta la Capital y me pasearé de noche por las calles solitarias y oscuras. Habrá toque de queda. Habrá todo lo que practiqué en Capivarí y mucho más también porque me pasearé por las calles capitalinas imponiendo el silencio y el estatismo que necesito a mi alrededor para extenderme al mundo. Una mordaza en una mano una venda para los ojos en la otra en la otra unas esposas en la otra un látigo en la otra una manea y varios metros de soga para atarlos a todos. Mis innúmeras manos ocupadas, mis incontables brazos y todos mis pies bailando. Mientras me río de ellos.

Es por eso que grito, y al compás de sus alaridos de dolor gritaré de furia. Con alegría a veces; siempre con una sana indignación que me nace del odio.

Fotitos a mí. ¿Qué pueden hacerme con mis fotos? ¿Pueden señalar mi imagen con el dedo, clavarle alfileres? ¿Qué más con una foto y yo como siempre invulnerable, ya con otros designios?

Ya no soy más el Garza. No más lobo ni perro; soy pájaro carpintero, ahora, artífice del milagro. Mi necesaria mediación para que el embarazo se consuma. Mi intervención en el parto (que él se encargue del odio —es lo que sabe hacer con más conocimiento— yo me abocaré al amor). Le estoy tallando alas a la cuna, también voy a tallar un niño. Por si acaso, el niño. La madera está viva y la acaricio. El sabrá insuflarle el espíritu que le falta. Hay maneras y maneras de venir a este mundo y si yo tallo al niño le podré dar la suavidad de alguno de mis rasgos y hacerlo algo benigno. Que el Amo no se entere. Toc, toc,crea que sólo la cuna. Lijo y pulo y cada tanto pego unos martillazos de costado para disimular el silencio del amor. Lijo —casi no uso las gubias— un niñito pulidito del todo de madera muy rubia, opalescente. Las mejillas de este niño de madera están como latiendo y que el Amo no sepa de esta mi talla actual. Quiero contribuir al nacimiento. Algo de mí en el Niño: la obra de mis manos —mis caricias.

Tras la segunda máscara que es una capucha blanca con los ojos pintados lo reconozco a Alfredo, pero tras la foto del brujo tan sin máscara ¿existe alguna posibilidad de reconocimiento? Como si eso importara. Importa tan sólo —ahora— saber si Alfredo Navoni sigue vivo o si se nos ha perdido en esta burla.

Oigo el martillo golpeando sobre el formón y es como si viera volar las astillas de madera, como esquirlas. Virutas por el piso, retorcidos rulos de madera porque el Garza está del otro lado del muro fabricando la cuna. Para ese hijo todo completito mío. El Garza sólo puede brindarme un cajón de fruta y el frutal y la fruta seré yo, fruto proveniente tan sólo de mí mismo.

¿Qué más? Una fantasía que a veces se apodera de mí al escuchar el martilleo: están elevando un cadalso. Una guillotina ante la puerta misma de mi morada para que las cabezas rueden hasta mis pies y me entretengan. Vendrán a hacerme guiños, las cabezas. Vendrán —quizás— a proponerme un pacto. No sueño con transar. Cabezas todas encapuchadas, todas, cabezas cubiertas, solitas ellas, encapuchadas y no por la capucha del verdugo sino por una capucha blanca de pintados ojos puesta allí por propia voluntad. La única propia voluntad posible: la de cubrir vergüenzas.

Esos hijos de puta me fotografiaron a cara descubierta. Sólo yo puedo permitirme la desfachatez de mostrarme tal cual soy. Ellos usan máscaras, usan capuchas; dispositivos de ocultamiento que más que otra cosa los delatan. Esos que allí aparecen con las caras tapadas son cualquiera son todos y todos resultan así ser mis enemigos. Más vale pegar a ciegas pero pegar con saña que tratar de adivinar tras de las máscaras.

No. Creo que por el momento nos conviene abstenernos. La próxima ceremonia la celebraremos a puertas cerradas, tan sólo para limpiarnos. El mal puede ser contagioso, pero estamos avanzando en nuestro cometido. El círculo de rechazo se va cerrando alrededor del hombre de la Laguna Negra. Pretendió hacer un levantamiento popular y sólo logró revivir una fe. Ha copado un pueblo y sus habitantes no lo toman para nada en serio. Parece que nuestros rituales de Umbanda están dando resultado. Pero hay que seguir actuando con extrema prudencia. Y dejar que el tiempo haga también su trabajo. El tiempo, que este hombre pretende despreciar olímpicamente, va a ser por fin su verdadero enemigo.

Sólo me queda esta foto mal impresa con los negros gránulos impuestos por la realidad de un diario. Una foto que es y no es Navoni, mostrando la otra foto que sí es el brujo, al fin su vera efigie, al fin la jeta del brujo y a mí qué demonios me importa. Demonios es la palabra exacta. La cara de mi biografiado me la entrega Navoni y Navoni no está ¿dónde se esconde? ¿y si se escondiera de mí? Ya ni me importa el de la cara descubierta, me importa el otro, el tapado, que sé que es mi Alfredo y no aparece.

Estoy tentada de ir a buscarlo personalmente al brujo y ponerme a su servicio. Convertirme en su escritora fantasma: si él está en verdad escribiendo su novela y yo estoy tratando de hacer su biografía con los escasos datos que me llegan, ¿por qué no combinar su conocimiento y mis capacidades literarias y lograr la obra de verdad que muy bien podría ser ésta? Estoy requeteharta de no pertenecer a la historia y más requeteharta de que se me haya escabullido de entre las manos el único personaje de esta historia que me importa. Pertenecer. ¿Y si Navoni al irse me hubiera dejado su semilla? No hay precaución posible cuando una se aferra tanto al otro ser y se aferra a la vida.

Nuestra criatura se llamará Fe y es precisamente lo que más nos falta.

—No tenemos que dejarnos obnubilar por la coyuntura, señor Presidente, hay que pensar fundamentalmente en el largo plazo. En este Proceso se ha invertido mucho, ha costado mucha sangre y muchas vidas, no lo vamos a abandonar fácilmente ahora que nos falta muy poco para alcanzar nuestros objetivos. Por eso insisto que debemos mantener una vigilancia muy estricta sobre nuestro hombre, como usted lo llama. Dudo que esta movilización de la Laguna Negra sea simplemente una fantochada más. Hay que tomar en cuenta las grandes extensiones de agua, pueden ser un camino de invasión.

—No caigamos, Contraalmirante, en la misma paranoia que tratamos de implantar a nuestro alrededor.

—No nos sintamos tan seguros, señor Presidente. Ya ve cómo ha ido escalando poco a poco, ha ido saliendo a superficie: del supuesto hormiguero trepó a la pirámide, altura desde la cual se permitió jugar con el pueblo de Capivarí como si se tratara de un teatro de títeres. El Reino de la Laguna Negra —convino a nuestros proyectos de entonces, y en territorio limitadísimo se expuso a los ojos de la opinión pública, aislándose de nosotros. Un separatista no es un cómplice. Convino a nuestros planes, de acuerdo. Pero ahora ha llevado la cosa demasiado lejos: el dar la cara a través de la prensa extranjera es una maniobra sutil que debe responder a inconfesables fines.

—Mejor que haya dado la cara. Así el público no lo sigue creyendo invisible y omnipotente. Ahora lo sabe de carne y hueso, no más, y bastante envejecido.

—No tan envejecido, no crea. Para mí que se trae algo bajo la manga

—En la foto aparece en camiseta

—Por eso mismo: nada por aquí, nada por allá, y ¡paf! en una de esas aparece la paloma. ¡La paloma, señor Presidente! ¿Se da cuenta de lo que eso significaría?

Yo voy siempre adelante, adelante siempre. Atrás sólo queda —ya lo he indicado— mi centro del placer y una que otra memoria que no pretende perturbarme.

Yo siempre con la mirada en alto aunque en la célebre foto aparezca algo cabizbajo y no muy favorecido. ¿Quién de los que me rodean habrá sido el traidor? El Garza no, a él lo oigo martillar y pulir y burilar sin descanso y sólo se interrumpe cuando lo mando llamar para que atienda mis urgencias más urgentes.

Las que me permito entre una medida de protección y otra. He ordenado que se requisen todos los aparatos fotográficos que puedan encontrarse en mis dominios y alrededores aunque sé de la inutilidad de este operativo. Así como me pueden enfocar con un lente 2.8 pueden muy bien hacerlo con una mira más o menos telescópica. Me tiene sin cuidado. Me cago en las armas y me cago en los venenos. La fotografía es una forma más sutil de asesinato; con las fotos pueden hacerme un trabajo de magia y ellos tienen mis fotos. Yo ahora debo concentrarme en un contratrabajo en los espejos.

PUEBLO DE CAPIVARI,
ENTREGAD LOS ESPEJOS

hice publicar esta proclama y no hubo perdón. Pataleó sobre todo el peluquero alegando que eso lo llevaría a la quiebra y qué razón tenía. Mandé dos camiones a recoger toda la preciosa carga es decir todos los espejos, toditos todos, desde los de los roperos de tres cuerpos hasta los pequeños espejos de las polveritas femeninas. Todos todos, todos todos todos todos todos los espejos, hasta los retrovisores de los pocos coches que por allí circulan y los de los tractores. Por mí, que se estrellen y se embromen, necesito los espejos sin que me falte uno.

Causó mucho más estupor que lo de las cámaras

fotográficas. Provocó un miedo borroso, indefinido, eso de requisar los espejos. Y me alegro: sembrar un miedo inexplicable es otro de mis designios.

Ellos tienen una o dos o diez o más de mis imágenes, sólo eso. Yo tengo en mi posesión *todas* las otras. Yo me reencuentro a cada paso que doy, me reconozco y me nombro. Voy nombrándome a cada paso para no dispersarme, no perder mi identidad tan mía. El milagro de mi identidad no quedará en sus manos, suscripto a esas pocas visiones borrosas de mí en blanco y negro. Sólo yo sé nombrarme, sé serme y sé hacerme. Ellos ni saben cómo en verdad me llamo, cuál es mi verdadero nombre.

Con los espejos de Capivarí estoy haciendo tapizar el interior de mi pirámide. Sabiamente desplegados por las cuatro triangulares paredes hasta el vértice. Y no en lisa superficie especular sino espejos dispuestos en miríadas de facetas de distintas formas, tamaños, orientaciones, que logran desdoblar multiplicar fragmentar mi imagen repitiéndola hasta el hartazgo. Y justo en el centro de la pirámide, en plomada con el vértice, está mi cama. Me acuesto y me contemplo, me muevo y en cada mínimo rincón de mi pirámide me estoy moviendo. Cada uno de mis gestos aquí se hace infinito. Estoy en todas partes.

Sólo yo puedo entrar en mi cámara de espejos, únicamente mi imagen me rodea y ahí queda, perdura aunque yo me haya ido a merodear por el confín de mis dominios (mis demonios). Eso es. Mis demonios asistiéndome en la empresa. Mis íncubos, mis súcubos, mi poltergeists, Azael, Luzbel, Semiazas, Asmodeo, Ayphos, Azqueel, Uzuzel, mis dibbuks, mi Pombero. Me miran con mis propios ojos, mis mil ojos en esta pirámide de mí. Donde recargo fuerzas.

Ponerse a escribir cuando por ahí, quizás al lado, a un paso no más, están torturando, matando, y una apenas escribiendo como única posibilidad de contraataque, qué ironía, qué inutilidad. Qué dolor sobre todo. Si al detener mi mano pudiera detener otras manos. Si mi parálisis fuese al menos un poco contagiosa pero no, yo me detengo y los otros siguen implacables, hurgando en los rincones, haciendo desaparecer a la gente, sin descanso, sin justificación alguna porque de eso se trata, de mantener el terror y la opresión para que nadie se anime a levantar cabeza. Me pregunto hasta donde llegará el hambre de represión de este gobierno, a qué gula responderán, cuál será la glándula que segrega este indiscriminado odio, cómo llegar a detener esta descarga química.

Mesiánica ¿eh? También yo volviéndome mesiánica y he aquí el verdadero contagio, la impregnación del brujo. El quisiera dominar el mundo poniéndole la pata encima para aplastarlo a gusto. El espera —con la acción— destruir a su antojo. Y yo, desde esta forma tan pasiva de la acción que es la escritura, quisiera detenerle la mano, acabar con su influencia accediendo quizás a la total pasividad, al silencio. Detener el horror evitando nombrarlo, de eso se trataría. ¿Ponerme una mordaza? No: la mordaza implica un conocimiento silenciado a la fuerza, una censura. Y ahora me doy cuenta de que no sé nada, no puedo saber nada y me estuve engañando todo el tiempo, creí que era necesario mantener viva la memoria como arma de defensa y de esclarecimiento. Ahora me temo todo lo contrario, temo que el nombrar genere.

Si ahora callo y cruzo a la otra orilla quizá Navoni pueda venir a mí sin correr ningún peligro y aportarme ese conocimiento al que no tengo acceso aquí y ahora.

Sí, señor. Planto bandera, planto el lápiz, planto la palabra escrita y quizás algún día todo esto sirva de semilla. Me alejo de mi país para poder respirar a gusto por un tiempo y si Navoni me quiere todavía, que me busque. Estaré donde él no corra peligro alguno. Ni tampoco yo, por el momento. Después veremos:

quien encuentra papel encuentra lápiz, quien encuentra su voz encuentra oídos, quien busca se desgarra. ¿Encontrar sin buscar? Se trataría de eso, y por lo mismo, Brujo Hormiga Roja,señor del Tacurú, amo de tambores, gran sacerdote del Dedo, dueño de La Voz, acaparador de espejos, probable embarazador de su propia pelota, saboreador de sangres, aquí te dejo librado a tu suerte y espero que sea la peor de las suertes, la que te tenés ganada.

En esta sencilla ceremonia hago abandono de la pluma con la que en otras sencillas ceremonias te anotaba. Ya ves. Somos parecidos: yo también creo tener mi gravitación en los otros. Callando ahora creo poder acallarte. Borrándome del mapa pretendo borrarte a vos. Sin mi biografía es como si no tuvieras vida. Chau, brujo, *felice morte*

¿TRES?

¡Qué bien me siento hoy rodeado de mí mismo! Qué libre —qué completo. Hoy ya tengo otra cara, no soy más aquél de la muy infame foto. Voy a festejar este cambio de piel volviendo a sumergirme en

Mis sueños de sangre

cosa que no me impide para nada sumergirme en la sangre. Lo importante es que el líquido vital no deje de correr, para siempre alimentándome, alimentándome siempre a mí que soy el sol y con sangre resplandezco. Correrá un río de sangre. Instigado por mí. Las compuertas que abriré para inundar Capivarí serán en realidad las venas de mis enemigos y creo que tendré suerte y habrá muchas venas. Arterias no. La sangre sale a borbotones de las arterias y yo quiero un fluir ininterrumpido, constante. El río de sangre sin saltos, sin remolinos, un río vidriado, majestuoso, que siempre se saldrá de madre para arrasar con cualquier dique de paz que se le interponga.

Como si quedara alguien para oponerme barreras, para rechazarme con asco como cierta vez me rechazó la Intrusa cuando le expliqué mi gran sueño de sangre:

ella instalada en la altísima tarima como en un pedestal, en otro cielo. Ella en un trono vestida de reina toda entera, reina por fuera y reina también por dentro, libando (yo habría hecho la instalación, yo me habría encargado de conseguirle el trago). Una cánula de plástico muy flexible, transparente, de esas que se utilizan en las transfusiones, y yo me encargaría de iniciar el flujo pegando la primera chupadita. ¡La habría elegido tan bien a la doncella! Una niña rubicunda, rozagante ¡la habría vestido tan bellamente de blanco! Y la Intrusa en lo alto apenas haciendo un mínimo esfuerzo de succión que ni se le habría notado y yo apaciguando a la doncella con mis pases y colocándole la cánula en la yugular y el rojo líquido empieza a correr, ya corre por su camino transparente y asciende y asciende hasta llegar a los labios de la Intrusa y ella ya no intrusa, reluciente ahora y con los labios del todo enrojecidos, sorbiendo y sorbiendo mientras la doncella en mis brazos va tornándose lívida, deja de ser pura, deja de ser doncella, va vaciándose del todo drenada por aquella que es ahora la pura, la doncella, la reina, la nutrida de sangre, la tibia, la

el festín ha terminado porque ya no queda ni una gota de sangre en la doncella y yo en mi calidad de sumo oficiador beso primero a la de abajo, la exangüe, y después trepo los escalones hacia el alto pedestal de aquella que ahora se ha duplicado para mí, se ha llenado de otra para besarme rojo, para darme lambetazos de sangre, para adorarme rojo salado tibio calmándome mi más profunda sed

y no llores, Estrella

no gimas, vení acá entre mis manos, dejame que te mime un poco, aceptá mis caricias, y ¡ah! si pudiera besarte, si sólo pudiera alcanzarte con mis labios, entonces sí que me desangraría por vos, como el pelícano me arrancaría el buche para alimentarte, lamerte con mi sangre. Te daría los más ardientes besos, Estrella. Estrellita mía. Igual te amo aunque no te alcance con mis besos, y aunque vos a tu vez no sangres nunca. Igual reconozco tu extrema femineidad y sé que sos parte de mí y te voy a hacer un hijo, vamos a hacer un hijo vos y yo, yo y yo. Me haré un hijo que también será parte de mí y lo llamaré Yo. Un hijo con el que saldremos —saldré— a dominar el mundo. Yo nos irá abriendo el paso, el resto dejalo por mi cuenta.

Basta de deleites, basta, basta de deleites basta y basta ya con los deleites en los que hasta ahora nos hemos regodeado. No me relamo más, no me esponjo las plumas: quietecito me quedo en mi cunita, en mi gran cama que es en realidad un gigantesco cajón de la más bella fruta, muy quieto con las rodillas casi tocándome la boca, acunándola a Estrella me quedo, hamacándome en el tiempo de mí mismo circulo por mis corrientes interiores sin desperdiciar ni un gramo de energía en vanos ensueños (en ensueños de venas). Quédome, permanezco encerrado en mí mismo con Estrella en mi preciso centro, acunándola a Estrella, perfecto ambos, dos en uno como el círculo perfecto del Yin y del Yang. ¿Te das cuenta Estrella, la muy empulpadita, Estrellita-durazno, dulce aterciopelada y tibia?

Ha llegado el tiempo de la acción detenida, ya no nos moveremos tanto, ya no te sacudiré por el momento en danzas ceremoniales. Cerrados en nosotros mismos, reciclándonos, nada puede afectarnos, ni siquiera la aparente indiferencia del gobierno central que ahora pretende ningunearnos y ya no envía sus consultantes. Pretenden aislarnos, ignorarnos, sin saber que es eso lo que precisamente buscamos ahora. Nuestro nuevo separatismo es una forma de autocomunión para poder amarnos a gusto y fecundarnos. Estrella. Pelotita adorada, bolita de dulzura. Te voy a llevar a la selva y voy a cortar para vos todas las flores. Alguna sabrá despertarte y te transmitirá las ansias, otra te enseñará a abrirte. Sos mi flor, Estrella, y yo seré tu polen, tu pistilo, pero sepamos por ahora mantenerlo en secreto.

Garza, grito, guainas, grito, para que ayuden a envasar este amor que siento por Estrella, que no se me escape por los poros el amor, y menos que menos se me derrame la semilla. Por fin ha llegado el momento. Tengo la centrifugadora lista y el congelador en marcha. Las manos del Garza —ahora algo callosas de tanto haber estado trabajando la madera— van a celebrar una vez más las ceremonias del vaivén pero hoy sin desperdicios. Mi semen se recogerá en unos tubos de ensayo será centrifugado y congelado a la espera del momento sublime. Y ya liberado de mi parte masculina, podré entregarme con fruición a las hormonas para desarrollar mi otro aspecto, el femenino. Y así lo gestaré a Yo, y Yo nacerá —renacerá— para apoyarme en mi/su/nuestra empresa.

Las guainas actúan de telón de fondo en estas solemnidades. Son el coro. Se mueven sigilosas a lo lejos mientras trato de alcanzarlas con mis dardos. Uso cerbatana de oro porque espero lastimarlas con lujo. Ellas se retuercen de dolor. Yo me retuerzo de gusto no sé si por el dolor que les inflinjo o por el hábil manipuleo de mi edecán a pesar de que le tengo prohibido, en estas circunstancias, usar la lengua.

Es decir que no puede lamer ni pronunciar palabra —sólo obrar con unción y preocuparse por recoger de mí el esperma sagrado. Mi virilidad queda así depositada en estos tubos de ensayo como falos de vidrio y yo puedo ir dejándome penetrar por el principio femenino. Toda mi persona, mi persona total llegará a ser Estrella para poder devolverle mi semilla, reintegrarme a mí mismo dando origen a Yo que no será tan sólo un desdoblamiento, será la totalidad, seremos en él los tres en uno: Yo. Pasaré de una a otra de las manifestaciones de mí para llegar a Yo, ¡y después hay quienes opinan que el yo no existe!

Amor, amor, me susurro a mí mismo mientras soplo los dardos a través de mi larga cerbatana y con acierto los incrusto en las partes más vitales de las guainas. Son por lo tanto dardos de amor y ellas no se los merecen, dardos que les atraviesan la cobriza piel y con algo de suerte para mí encontrarán su cauce en el torrente sanguíneo y tarde o temprano llegarán al corazón y les provocarán la muerte. Vigilaré a las guainas a la espera de estos sublimes instantes. No deben sobrevivir mujeres en Palacio cuando la única mujer seré yo, diosa de la fertilidad y de la muerte, Hécate y Pomona, Venus Colíade, Cuetlicue, Coyoalxaoqui.

Corre ya un río de sangre y no precisamente de una sangre menstrual, contaminada.

Después, es decir ahora, es decir en algún punto del tiempo que a mí me tiene sin cuidado por ser simplemente eso, tiempo, me ocuparé de transcurrir en el plano del olvido. Cosecharé olvido, entregareme a la no-memoria para que los que pretendan narrarme no me puedan herir. Ni aun en esa mínima, diminuta medida picadura de mosquito invisible en la que antes, quizá, podían herirme.

Estoy flotando, estoy en el delicioso vacío de la memoria como en líquido amniótico. Es como si una mano se hubiera detenido, como si alguien hubiese dejado de escribirme. Tan sólo un devenir, ahora, vaciado de mi esperma aligerado en mis dos pelotas auxiliares, entregado tan sólo a la palpitación de Estrella. Unos toques de estrógenos por ahora, más adelante progesterona en dosis masivas. La receta apareció en La Voz, y aunque no sé quién ordenó ese artículo sé que me beneficia ciento por ciento y no me asombro. Para eso creé ese diario y aunque a veces aparecen dislates del tipo

Casi no he tocado el barro y soy el barro

o

Todo es como los ríos, obra de las pendientes

o

Lo pagado con nuestra vida nunca es caro

reconozco que se trata de burdos errores tipográficos que en nada empañan mi buen nombre o el respeto que me merezco. Bien saben mis lectores que *nada* vale ni podrá valer ni valdrá jamás más que mi vida, y saben también que mi río de sangre no atiende las pendientes, corre por donde yo decido por la simple razón que me río de la sangre.

En lo que respecta al barro, tengo mis reservas. Yo que he aprendido a leer entre líneas en mi diario, yo que soy el receptor de todos sus mensajes tengo sentimientos duales en relación con esta sentencia. Yo sí he tocado el barro y no soy para nada el barro, más bien todo lo contrario, soy lo preclaro y seco, a menos que se haga referencia al barro primordial y entonces sí soy el barro, soy el que todo lo crea y de donde todo emerge. Lo demostraré aún antes de engendrar a Yo, de autoengendrarme.

Por lo pronto que vengan obreros ciegos a cubrir mi cámara de espejos. Ya ha cumplido su función de proteger mi imagen y de todos modos ¿qué? mi imagen es ahora otra, está en plena mutación, y a mi nueva imagen nadie la podrá atacar: será la depositaria de toda la ternura.

—¡Ciegos, he dicho! ciegos de nacimiento. Quiero que mi camarín de espejos sea retapizado por manos diestras y no por las torpes manos de quienes estaban acostumbrados a la vista.

—Ciegos de nacimiento no hay por estas comarcas, che Amo. Acá los ciegos de nacimiento no llegan a grandes ¿quién puede salvar su tierna vida sin ver al buitre? ¿Acaso un niño ciego puede percibir la yarará que viene sigilosa y lo envenena? ¿Cree usted, che Amo, que alguien puede sobrevivir en estas tierras sin la más aguda de las vistas? Todos los que estamos nos hemos hermanado con el lince, somos videntísimos. Los que quedamos

eso alegan las guainas encargadas de reunir la cuadrilla. El Garza en cambio, tan dulce él, imbuido de mis enseñanzas, sugiere

—Arranquémosle los ojos a cuatro de nuestros paisanos de Capivarí. Los hay diestros con el lazo, hay hábiles tejedores de trenzas de ocho, hay quienes tuzan los caballos con los ojos cerrados. Ellos lograrán hacer un fino trabajito a ciegas.

Hoy estoy de ánimo generoso y además necesito hombres que en verdad sepan manejarse en lo oscuro. No debe haber ni una gota de luz en mi cámara de espejos cuando la penetren presencias extrañas. Espejos que sólo pueden contener mi imagen, espejos que no deben ser rotos ni rayados pero sí obliterados para siempre. Si no aparecen los ciegos de nacimiento encontraré otras soluciones, recursos no me faltan.

A la espera de la idea que aflorará muy pronto sigo cuidadosamente las recetas que sin querer me brinda mi periódico. Acaba de aparecer, por ejemplo, un artículo sobre las hormonas sintéticas. Científicos alemanes opinan que las hormonas sintéticas ingeridas por la madre producen niños con un alto grado de agresividad social. ¡Qué buena noticia! No es que un hijo mío corra el riesgo de salir demasiado pacífico, pero más vale optar por lo seguro. He encargado varias gruesas de ampollas de Dietilstilbesterol, DES para los íntimos, y ya he empezado a inyectármelas. Algunas se las refriego a Estrella para que absorba la hormona por los poros y se vuelva a su vez agresiva, predispuesta.

DES es ahora mi aliado, como lo es también el Porginón Estradiol, otro de los compuestos que mi diario me brindó en bandeja, sin quererlo.

Alguien anda por ahí dándole las respuestas y alentándolo en su empresa pero él no quiere enterarse. Le gustan los súbditos, no los cómplices, y este aparente aliado que semana tras semana va abriéndole las puertas de las transformaciones es casi como hermano que conoce y estimula su secreto. Son aparentemente informaciones sueltas que aparecen en La Voz, pero él sabe que le están dirigidas personal e inequívocamente. No las pueden estar seleccionando ninguno de los tres redactores que él ha hecho traer de la otra capital y que sólo responden a sus directivas. Ni ninguna otra persona que tenga acceso al periódico. ¿Entonces quién? Algún ángel caído del cielo o del infierno con el único fin de aplaudir su empresa:

ERA EL REY TUTANKAMON REALMENTE UN HOMBRE?

¿Los faraones egipcios eran reyes, reinas o ambas cosas a un tiempo?

Científicos del mundo entero se están formulando esta pregunta aparentemente sin sentido. Considérese por ejemplo a Tutankamon y a los tres faraones que lo preceden. ¿Poseían en realidad los pechos con los que tan generosamente los ha adornado el arte de su época? Era Akhenaton —que aparece sin genitales en alguna estatua— anormal de nacimiento, castrado durante una batalla o la estatua está sin concluir?

Estas inquietantes preguntas han surgido porque al menos los cuatro últimos faraones de la décimoctava dinastía aparecen representados con rasgos feminoides. Algunos investigadores han adelantado hipótesis médicas, tales como desórdenes glandulares, pero otros alegan que dichos desórdenes no podrían explicar la calidad andrógina de los cuatro.

Actualmente, los científicos de Delaware alegan que los faraones sufrían —o gozaban— de una condición hereditaria que otorga pechos amplios y generosas caderas a los hombres. Condición conocida bajo el nombre de pseudohermafroditismo incompleto del tipo 1.

Propiedades del barro

También aquella frase, recuerdo, que deseché en su momento y ahora recupero para mis propios fines. *Nunca he tocado el barro y soy el barro*, creo que era así, era así, seguro. Engendrador y curativo, el barro, y por lo tanto el barro soy y podré remodelarme a mi antojo.

No barro blando untuoso y fértil por ahora, no; eso vendrá después. Soy gredoso barro con el que se lo moldeó a Adán, barro para empezar de nuevo.

En cierto repliegue de las lagunas negras hay una zona propicia, arcillosa. En compañía del Garza retomar la navegación, entonces, e ir en busca de los silenciosos serrucheros que se han pasado los últimos meses de jarana en una isla. Alcoholes fuertes por las noches y mujeres al amanecer, ya no son lo que eran antes y ahora al verlo llegar no bajan más los ojos en señal de respeto sino que encienden bengalas para festejarlo. Porque el Amo y Señor nunca llega solo, el Amo y Señor siempre trae nuevas ideas que estimulan la imaginación y enriquecen la fiesta.

Esta vez el Amo les da poca razón de regocijo y les ahuyenta a las mujeres. Fuera, brujas, fuera, fuera, brujas, les grita furibundo y las corre a latigazos de la isla. Ellas saben nadar pero la distancia a tierra firme es grande y si el viento no se apiada y les pone una isla flotante en el camino muchas perecerán. El brujo se desentiende de esos pormenores. Los cuatro serrucheros lo dejan hacer sin defenderlas —son hombres de obediencia— y cuando él les ordena subir a la canoa saben que no ha de ser para ir al rescate de las cabecitas oscuras que se van perdiendo en lontananza.

El sol ya ha del todo despuntado y el Brujo no quiere perturbar la detención del aire con el rugido de un motor fuera de borda. La larga canoa resulta ideal: un serruchero remando a popa y el otro a proa y los dos restantes sosteniendo el baldaquín. Y el Garza a sus pies, lamiéndole las plantas.

La superficie de la laguna es un espejo más pero él no piensa por ahora en la remodelación de su pirámide. Esta laguna es un espejo bruñido que en lugar de reflejar su imagen se la traga. Para transformarla en el fondo, para devolverla convertida en otra y éste es en verdad el motivo del viaje.

El tan brillante navegar los lleva hasta la muy resplandeciente zona de carrizos. No son los juncales altos con alma de cortina, no. Por aquí sólo totorales bajos de varas que conservan una individualidad precisa, acristalada. Estos rayos de un sol apenas nuevo que le llega a filo de agua para darles un esplendor dorado son los mismos rayos que un poco más allá vuelven de plata los penachos de las cortaderas, sutilísimo mar de plata que se ondula con la brisa. Y el brujo, para nada atento a fulgores mañaneros, aceptándolos con la naturalidad de quién sabe que se merece eso y mucho más.

Es el sietecolores
es el aguapeazú
es la palomita pituhué
es el dueño del sol
el cardenal

el mirlo

el boyero, ese nido

ello serán todos estos nombres y muchos más, con las plumas más vistosas del mundo. Ellos necesitarán colores para poder brillar, esplendorosos cantos. Yo he de sumirme en la humildad sin colores y sin canto, transformaréme en un pájaro muy nuestro: seré el hornero, me cubriré de barro, mi propio nido alrededor de mí, envolviéndome, mi nueva forma que el Garza sabrá modelar. Garza promocionado de carpintero a alfarero, Alfarero del Dios, mi nido en mí para que florezca Yo.

—¿Y la cuna, Señor? Ya está casi terminada

—La cuna es para más adelante, no te preocupés por ella. Y no me llamés más Señor. Es ya un nombre del pasado

e impartí minuciosas instrucciones para que nada me distraiga durante el ritual.

Puedes llamarme mi Reina

El está de pie sobre un agua transparentísima que le llega apenas a la altura del tobillo. Ese fondo no se remueve, no rezuma ni lo absorbe. Es un fondo hierático del cual el Garza va extrayendo puñados de greda sin enturbiar para nada el agua. Greda que va depositando con método sobre el brujo, embadurnándolo, esculpiéndole —primero una y después la otra— un par de bellísimas mamas con pezones erectos, predispuestos. Y con barro el Garza lentamente lo va modelando hacia abajo: generosas caderas que destacan y afinan la cintura, un pubis prominente que la resalta a Estrella cubriéndole los a láteres. Unos muslos candentes, pantorrillas torneadas.

Mi Reina, suspira el Garza e intenta acariciarlo —pero esa mole de barro que poco a poco va secándose, agrietándose, no invita para nada a la caricia. Sí a la admiración, sí al desconcierto. Al mirar arrobado.

—Te gusto ¿eh? Soy una esculpida figura de mujer casi completa porque el agua es mi vasalla. No sólo me refleja, me defiende, también. No has podido seguirme modelando ¿te das cuenta? Toda la pantorrilla sí, casi hasta el tobillo, hasta el filo del agua. Y por debajo del agua sigo siendo el de todos los días. Jamás ídolo con pies de barro sino todo lo contrario: soy el barro con pies de ídolo, con mis pies de siempre, pies firmes para aplastar a todo aquél que se me interponga en el camino. Pero decime ¿cómo es que sabés tanto de cuerpos femeninos, mariquita de mierda? ¿Y te creés el Creador, ahora que me modelaste del barro como el otro? Ya vas a ver quién manda

Y ahí nomás el embarrado Brujo se rajó un pedo estrepitoso que hizo temblar el agua fragmentando su imagen en miles de pedazos. Y el pobre carrizal —que con el sol ya no era de oro sino de mera y resequísima paja— ardió durante días.

La contradanza y la danza, un desenfreno extático, el son de los tambores, unas flautas muy finas —penetrantes— violines agudísimos que los violinistas se apoyan contra el plexo para transmitirles el sonido de sus tripas. Cada cual baila tañendo su instrumento y el Brujo baila más que nadie y todos veneran ese resplandor que les viene de lejos, desde las aguas en fuego. El horizonte no cambia de colores, es una constante, ardiente puesta de sol de la mañana a la noche y durante la noche, celebrada en la danza.

Al brujo con la danza se le va resquebrajando el molde de mujer, se le van cayendo poco a poco pedazos de greda reseca al que han quedado adheridos los vellos y sus otras asperezas viriles.

Cual pollo cocido al barro poco a poco se va descascarando el brujo y lo que aflora es su nueva y femenina pulpa. Sus carnes algo han ido aprendiendo del molde y se han vuelto jugosas, lampiñas, tiernas, y sus pechos rebozantes apuntan ahora al resplandor del fuego y Estrella parecería reinar en soledad.

Guainas, serrucheros y demás siervos del Tacurú y de la Pirámide, todos bailan por esta maravillosa metamorfosis y el Brujo baila, salta, se retuerce, se contonea para desprender los últimos vestigios de su cáscara, rescatando ondulaciones de la pelvis antes para él desconocidas.

Una memoria muy antigua revive detrás de su memoria presente que se le va borrando. Baila para desprenderse de pasados lastres y también porque sabe que en el futuro no bailará más, por un buen tiempo al menos, hasta que nazca el hijo que lo llevará al gran baile del mundo, a la conquista.

El carrizal sigue ardiendo y arden los juncales, los totorales, los cañaverales, las tacuaras, los pajonales. Mejor. No habrá más paja en el mundo ahora que ni tocarme puedo.

De los animales que mueren achicharrados se desprende un olor a asado con cuero que me estimula el apetito. Bien, hoy comeré todo lo que pueda y mucho más. Vomitaré y comeré y vomitaré hasta el cansancio. Ya me pondré a vigilar mi régimen cuando suene el tiempo de la gestación que sonará muy pronto.

El resplandor despierta aquello que está dormido y algo parece estarse desperezando en la selva más allá de la frontera, del otro lado del río. Los hombres de la Zona 3 están tranquilos porque ya no reciben contradictorias directivas relacionadas con las compuertas de la represa y pueden dedicarse sin interferencias a la caza y a los otros placeres de la espera. Por culpa del reblandecimiento disciplinario ni han levantado la vista para detectar el resplandor ni la han bajado lo suficiente como para detectar aquello que lentamente se les va deslizando fuera del campamento como agua entre las manos. Con los ojos puestos tan sólo donde pueden poner la bala, los hombres de la Zona 3 permiten que se les escurra una, dos, tres cuatro cinco seis la 730 Arrugas. La vieja de los poderes.

Algo la está llamando hacia aquél lejanísimo resplandor de fuego y ella repta por las humedades de la selva perdiéndolo de vista —por culpa de los árboles que se cierran sobre su cabeza— pero sintiendo en cada una de sus arrugas el crepitar de la paja en llamas.

Esto de las interpelaciones, los llamados. Otros también los perciben. Y eso que ya están más o menos a salvo después de haber logrado cruzar fronteras más sureñas. Y también deciden ir a meter sus narices donde quizá se los esté reclamando sin saberlo. Son tres: un hombre corpulento, de blanco, otro alto que parece haberse integrado a su máscara blanca como una capucha y una mujer de pelo ensortijado, negro.

Se embarcan en una lancha maderera y emprenden la navegación río arriba, contra la corriente.

En Capivarí hay un compás de espera. En la Capital, el gobierno central ha emprendido la búsqueda del cabecilla prófugo y está rastrillando el país entero. El nombre y las señas de Alfredo Navoni inundan la prensa oral y también la escrita, a veces lo describen totalmente vestido de negro pero nadie en Capivarí lo toma en cuenta. Estas cosas no atañen al Reino de la Laguna ni aparecen en La Voz. El país, pura movilización, puede muy bien venirse abajo que allí y por las inmediaciones del Tacurú y la Pirámide impera la calma chicha. Le Bruj se repliega sobre sí, maquina. Ya ni hombre ni mujer, la pura transición, no se lo puede calificar con género definido alguno y hay que crearle nuevos adjetivos. No neutros porque de neutro nada tiene le Bruj, sino adjetivos ambiguos, mutantes.

Todo mientras le Bruj cavila sobre la mejor manera de anular los espejos del interior de su pirámide sin destruir su imagen masculina que ha quedado allí inscripta. Esos espejos le contienen cuando le Bruj era él y mientras permanezcan allí le Bruj no podrá regresar a la pirámide, so pena de contaminación. Ni le Bruj ni nadie puede volver a reflejarse en esos espejos que han quedado sacralizados, detenidos en un momento y un reflejo. ¿Qué hacer entonces para que le Bruj pueda retornar a su cómodo vientre piramidal? Y sí, como siempre, le Bruj tiene la solución más perfecta. ¡La Carpa!

Hará fabricar una gigantesca carpa también piramidal que montada dentro de su recinto le servirá de cortina. Un telón magnífico y albo para el gran final: el nacimiento.

¿Qué hacen los de Capivarí que andan como distraídos y ni siquiera le alcanzan ofrendas? Pues se acabaron los tiempos de egoísmo. Ahora tendrán que donar todas sus telas blancas: las mantillas de ir a misa, las carpetitas de randa, los blancos tipoi si es que los tienen (no se los merecen), los pañuelitos bordados, las enaguas, las camisas blancas. Sábanas no. Eso sí que no. Nada con olor a sexo, a desgracia vagamente compartida. Sólo las telas más finas, los encajes, las puntillas y esas cosas del más puro blanco purificado al sol, que servirán para contener tanto espejo tan preñado de imagen. Y si le Bruj se sigue sintiendo magnánime —en estos momentos sí pero puede muy bien no durarle— donará algo de lo requisado al antiguo santuario de la Muerta: algún mantel de altar, algún vestido de novia de los más deslucidos, los que nunca se pone.

Los capivareños coserán y unirán los distintos trozos de fulgurante lienzo blanco —usando anteojos ahumados para no deslumbrarse— y cuando por fin esté lista la carpa a la exacta forma y medida, unos pocos elegidos entrarán en la pirámida en la más densa oscuridad y la colocarán a tientas, cubriendo las paredes de espejos.

Una capa más de donaciones capivareñas para este postre milhojas que es su santuario. Para la flor Milhombres.

Tratándose de le Bruj (el ex-Brujo, el gran mutante) parece no haber solución de continuidad en el paso del dicho al hecho. Al ser nombradas, las acciones, enseguida y casi simultáneamente son puestas en práctica. Como con el verbo jurar: basta el enunciado para que la actividad se formalice. Por eso los pobladores de Capivarí y tierras aledañas ya están cose que te cose en la amplia y desolada plaza del pueblo. Las mujeres usan hilos de seda, los hombres agujas de enfardar y los hilos de coser las bolsas de harina. Mientras tanto los hombres de le Bruj recorren las casas y requisan todo lo que les parece conveniente: desde los tules de novia hasta el más mínimo pañuelito bordado con tu pelo si tu pelo es canoso, porque en la confección de esta alba carpa de pureza no puede ingresar ni el menor toque de disgusto.

Y Capivarí, en el silencio de la costura compartida, compulsiva, se va volviendo el centro axial del mundo. Las fuerzas convergen hacia el pequeñísimo pueblo que empieza ya a cobrar grandeza. Es ahora Cap. y no sólo del muy indefinido Reino de la Laguna Negra. Y eso que el resplandor se ha apagado. El fuego del Gran Pedo Maestro acabó por consumir los pajonales que enmarcaban las lagunas y sólo unas pocas, tristes islas flotantes se salvaron. Quedan sí las raíces subacuáticas, perdura el embalsado. Volverá a crecer el paraíso de la yarará y la lampalagua, pero mientras tanto los caranchos se convierten en aves acuáticas y se zambullen para devorar los restos tostaditos de los últimos ciervos del pantano.

Llorad, mariscadores. Ya no iréis más con la escalera de mano a plantarla entre los juncos para poder detectar la presa desde lo alto. No hay más juncos ni hay más presa. El Señor de estas comarcas —ahora indefinible Seño— ha modificado la ecología, ha alterado el equilibrio biológico. Como corresponde a sus altas propiedades taumatúrgicas bastante destructivas.

Las lagunas están más negras, más quietas que nunca porque el viento ya no les ondula las rubias cabelleras. Los prófugos en cambio están más inquietos que nunca. Ya no tienen dónde esconderse, más les vale entregarse e integrarse a este reino de le Bruj que lo trastorna todo.

Van hasta Cap, los prófugos, los juídos, aquellos que escapando de la justicia buscaron la protección de los cañaverales ahora incendiados. Y calladitos se acercan a la plaza mayor (la única) y se sientan en algún rincón poco conspicuo para ponerse a coser con los otros sin llamar la atención. No tienen qué temer. Se habían hecho al monte por crímenes no censurables en este nuevo reino donde sólo el desacato a Seño es pasible de condena.

Reintegrados, entonces, nuevamente útiles a la sociedad, los violadores, los asesinos, esos muchachos, cosen con fruición la carpa piramidal y cada tanto improvisan un bordado. Como quien chifla bajito.

Cap es un imán que atrae a muchos aun sin aquel memorable resplandor que le servía de aureola.

Por el río va subiendo la lancha maderera con los tres misteriosos personajes. ¿Y por la selva? Más misterioso aún es ese reptar que se van tornando verde, compenetrado. Entre árboles que crecen dentro o por encima de otros árboles, bajo hojas gigantes que sirven de techo cuando se largan las lluvias, avanza la 730 Arrugas y sin saber por qué en su camino sólo se alimenta de hongos.

En Capivarí la carpa crece y crece y va cobrando forma aunque todavía falten muchos metros de tela para terminarla.

Muchos metros y las telas reblancas ya empiezan a mermar. Cunde cierto pánico. El maestro Cernuda que está como corresponde a la cabeza del operativo lanza un SOS al Tacurú.

Le Bruj desnuda entonces a las guainas de sus tipoi. Desnuda al Garza que como su nombre indica siempre viste de blanco, y por fin consiente en desprenderse del material antes mencionado. Un camión volcador, repleto, se dirige a Capivarí y al llegar vierte su preciosa carga a un costado de la plaza. Catarata de blancos lienzos que es recibida con muestras de alegría.

Coser es una forma de oración. Rezar es estar uniendo con puntada invisible los trapos sueltos del Misterio. Los capivareños rezan con las manos, con el tierno vaivén de las agujas. De alguna forma se hermanan con quienes en el sur, río abajo, rezan ante el nuevo Santuario de la Muerta, en la Basílica, y piden secretamente por la paz (mientras vuelan las balas en el sur, mientras las sirenas y las razzias y las desapariciones). En Capivarí la paz ni se menciona, es palabra prohibida, pero las puntadas blancas y los ríos de blancos lienzos intentan quizás absorber el río de sangre que corre desde la vieja profecía.

Aire de sosiego se respira en Capivarí al menos por un tiempo. Hasta que la muy anciana desconocida, sentada a un costado de ese ondulante mar de blancas telas, exclama

—¡Este es mi vestido de novia! Se lo llevé hace montones de años al antiguo altar de la Muerta. ¿Qué hace ahora acá?

Los milagros no dan marcha atrás, las ofrendas avanzan en santidad, nunca retroceden hasta volver a las manos de quien las ofrendó en primera instancia. Anatema. Anatema.

¡Y pensar que tanto aplaudieron la llegada del camión que del Tacurú les trajo estos sinsabores! Otras prendas del Santuario fue encontrando la vieja, armando por lo tanto el consiguiente alboroto. ¿Qué hacer, entonces, reintegrar las reliquias al renovado Santuario o cosérselas no más a la carpa encargada por le Bruj, Seño del Tacurú y de la Pirámide, Figura Preclara de la Laguna Negra, Persona?

—Vamos a tener que coserlos, no más. Nos estamos quedando sin paño y la carpa debe completarse lo antes posible. Tremebundas catástrofes pueden caer sobre nuestras cabezas si no nos apuramos.

A pesar de los fundados temores la vieja no quiere largar su prenda ni esas dos o tres más de reconocida procedencia. Lo que alguna vez perteneció al Altar de la Muerta al Altar debe volver y no hay vuelta de hoja. Pero la vieja se compromete a reemplazar la tela, centímetro a centímetro.

(Hacen un paquetito, lo meten en una bolsa de plástico y lo mandan río abajo en un camalote. Están seguros de que los seguidores de la Muerta lo pescarán en la boca del río y lo llevarán al Santuario Nuevo, felices de recuperar algunos emblemas de los tiempos añorados.)

La 730 Arrugas se dispone entonces a cumplir su promesa de reemplazar las telas. Aunque mienta a veces —ella jamás soñó con casarse, qué va a haber andado perdiendo el tiempo en pavadas— nunca defraudará a los suyos.

Y mientras los demás siguen cosiendo muy lentamente para que no se les acabe de golpe la tela y la esperanza, la vieja se dirige hacia el decrépito galpón donde todavía quedan algunas linotipias de La Voz. Y una vez allí, en el rincón más oscuro, hurga entre la estopa y no sólo recupera los vellones más blancos. También mantiene un diálogo y es casi como si hablara sola. Pero escucha, escucha y al ritmo de la muy tenue voz va hilando la estopa y después la teje. Crea un buen trozo de tela de una trama algo abierta pero consistente que luego formará parte de la carpa, aportando las palabras que se han intercambiado en ese indefinible encuentro.

Quedan todavía huecos. Los tules muy transparentes y los encajes de randa han sido descartados por los hombres de le Bruj. No es carpa de mirar a través. Esta que están cosiendo en Capivarí es carpa de ocultar, de separar.

Apenas unos pocos claros para terminar la obra. Y los tres forasteros que han llegado a Capivarí presumiblemente por vía fluvial contemplan embelesados el manto blanco que cubre la plaza y potreros aledaños. Quisieran ser aceptados y algo van a contribuir, sin duda. La mujer se quita la enagua, el hombre alto les tiende algo blanco que es un híbrido entre capucha y máscara. El maestro Cernuda siente una inexplicable reverencia al aceptar este último don y determina que se le cosan todos los orificios para que no sea rechazado: tres puntadas en cada ojo, nueve para la boca y también cerrarle los oídos. Por el momento es ésa la consigna. No ver, no oír, no hablar. Todo a la espera.

El hombre corpulento se desviste en silencio. Está ataviado de blanco de pies a cabeza y una a una va donando sus prendas. Manos ávidas se las quitan de las manos y las cosen con celeridad a la carpa, antes de que se arrepienta; así van llenando los huecos hasta completar la obra.

Esta carpa ha desnudado a muchos. Ha despojado como loca. Pero sólo queda uno desnudo de verdad, de pie, estatuario, casi un monumento en medio de la plaza ahora blanquísima de Capivarí. Plaza como nevada y él estatua de cobre, irreverente

desnudo

mástil erecto

Hasta que llega el camión del Tacurú y se lleva la carpa dejándolo solo, ahora inconspicuo, confundido con la tierra.

¿Confundido con la tierra, el Caboclo de Mar? Y sí. Estos son tiempos muy tergiversados.

Por eso tampoco asombra saber de los otros dos plácidamente mateando con el maestro Cernuda bajo los sauces mientras conversan de temas esenciales —el tiempo y las cosechas, las vaquitas, la oveja de cara negra, buena para los terrenos pantanosos— como si la carpa no hubiese sido fabricada. Como si los juídos no se hubiesen ofrecido de voluntarios para colgarla a ciegas.

Le Bruj aceptó lo propuesto inmediatamente y dejó la tarea en sus manos, con plena confianza. Hombres al margen de la ley que habían pasado los mejores años de su vida escondiéndose en los esteros ¿quiénes más indicados que ellos para tapar resplandores y moverse en lo oscuro? No rompieron ni uno solo de los cientos de miles de espejuelos y por fin le Bruj pudo retornar cierto día a su piramidal nido, tapizado de blanco. Se encendieron entonces todas las lámparas de aceite y aquello pareció el interior de un gigantísimo merengue pero le Bruj supo reconocer ciertos reflejos familiares que se escapaban por entre el hilado más fino y rememoró su enjoyada sala de trono —catedral de sal— o ciertas zonas de lagunas, a determinada hora.

La carpa albísima separa la vieja imagen más o menos viril de le Bruj, por siempre depositada en los espejos, de esta su nueva figura que se va deleitando en mutaciones y empieza a reclamar su dádiva.

¡Ha sonado la hora!, clama con su mejor voz atiplada

tratando de asumir a fondo el nuevo papel de hembra receptora.

Ha sonado la hora

y duda entre oficiar una grandiosa ceremonia o celebrar su autocomunión en la mayor intimidad. Opta por lo último pero que el Garza, su sacristán, lo rodee de saumerios. El Garza ahora desnudo —quien ha donado sus ropas para la confección de la pirámide de tela no podrá volver a vestirse por un tiempo sin infringir las leyes de la Laguna Negra (leyes tan cambiantes como las aguas mismas).

El Garza ahora desnudo, sacristán de esta ceremonia, se siente divinizado. Ya ha concluido su cuna, el ritual de madera. Empieza ahora con el ritual de líquidos. Será la mano —otra cosa no puede ser, qué pena— que oficiará la teocópula.

Le Bruj ahora tan dulce, por fin acariciable, radiante, morbid, espera tod de blanco vestid, concentrad sólo en aquella sublime bola que el Garza creyó ser un testículo y que ahora, sabe, tiene por nombre Estrella.

Crecida, ahora, Estrella de primera magnitud ocupando todo el espacio visible y sobre todo plenamente a sus anchas en el otro espacio, el invisible. Estrella es también como la tierra, redonda y arrugada por partes, y allí está como la tierra predispuesta para recibir la simiente.

El, el Garza, oficiará de sembrador y si bien la semilla no le es propia —ya ha descongelado contra su pecho uno de los tubos de ensayo donde fuera depositado el elixir generativo— sabe del inefable privilegio de estar presente en tamaño evento.

Es ésta la tercera etapa de la consumación de mis bodas con Estrella, piensa le Bruj, y ya la llamada realidad se le va desdibujando y siente que toda su persona es la consumación activa.

Mientras, el Garza prepara los elementos que poseen el esplendor de la simpleza. Tan sólo una jeringa de vacunar ganado con chorro a presión y la compuesta inodora, incolora, insípida a la que hace más de mil años se dedicó el exbrujo. Era un líquido hermano del agua destilada que falló como solvente de úteros ajenos pero que ahora cumplirá la nueva misión de ablandarla a Estrella y volverla proclive.

Nada ocurre en el instante sublime de mezclar el sagrado esperma con el líquido, es de puro respeto: ni un fogonazo para romper la recoleta calma. Y los espermatozoides deben sentirse alegres coleteando en el líquido, de nuevo saltarines, y su felicidad se huele en el ambiente mientras el sacristán prepara con unción los implementos litúrgicos.

La inyección ya ha sido aplicada. 20 cc. La Teocópula. Ahora le Bruj en su gigantesca cama de la pirámide duerme entre cojines su merecido sueño y el Garza con las manos vacías pero el corazón rebosante de alegría se pasea por los vericuetos del Tacurú planeando la fabricación de un cochecito.

Yo lo voy a sacar a pasear. Voy a ser su niñera. Que su madre-padre le enseñe las cosas del deber, yo le haré tocar el placer con propia mano.

Brujo travesti, transexual, puto, reputo, brujo de meras transformaciones hormonales, brujo de confusas gónadas, ya nadie osa ni siquiera escribirte ¿quién te señala ahora? ¿Quién te estará mirando, brujo, quién te sigue con un ojo y te manipula un poco y a veces te narra, verbalmente, porque lo tuyo ya ni merece ser escrito?

Tenés suerte de encontrar siempre alguien a tu servicio, a la espera quizá de una oscura recompensa que podría muy bien consistir en tu aniquilamiento.

Soy la neurona padremadre, se repite el ser de la Blanca Pirámide, y aunque ya no dice Espejo soy, mírense en mí, la transparencia será hallada en la imagen mía que está en la pureza de quien se sospecha y es, en cambio toma el encantamiento por el rabo e insiste e insiste: tierra son mis flatos y océanos y cielos mis palpitaciones amenguadas. Soy la neurona padremadre

y pronto seré madrepadrehijo y ya nadie podrá venir a sustituirme. No habrá más presidentes, no habrá más generales ¿acaso no es esto lo que muchos desean? Habré yo, sólo yo y Yo, y no sé si he de permitirle apartarse de mí o si lo retendré para siempre en mi entraña.

Ahora seré mi propio hijo como una vez fui mi propio padre. Ya sin ayuda de mujer alguna, sin apoyo de potencias enemigas. Me quedaré en éste mi albo claustro durante las diez lunaciones que establecen las leyes naturales —únicas que muy de vez en cuando me avengo a respetar. El Garza será mi cordón alimenticio, me nutrirá de su boca a mi boca y cada tanto oficiará una nueva inoculación para contentar a Estrella.

Estrella. Que empieza a crecer lenta pero inexorablemente, en el secreto de la pirámide. Y el Garza que lo va notando le lleva más y más comida a la figura yacente, se la da de comer ya masticada para que la divina persona no malgaste energías, se la mete en la boca con la lengua y parecen besos. Son besos. De devoción a la divinidad a la que hay que mantener lubricada y contenta.

Masajes con aceites preciosos, mucho sobarle los nacientes pechos para que crezcan al ritmo de Estrella. El Garza atiende a la Divinidad sin permitirse ni un minuto de reposo. Ensaya su papel de niñera y la baña y la entalca, con especial atención para ese vientre tan redondo que poco a poco va hinchándose, transformándose en un sol alrededor del cual girará el planeta Tierra.

Aceites de la más pura almendra para que no se resquebraje la piel del sol, no se le formen estrías. Una piel cada vez más fina, elástica, cada vez más estirada al recibir con fruición las nuevas inoculaciones.

Y mientras crece Estrella crecen las expectativas en el Reino de la Laguna Negra y en el país que lo rodea e incluye. La separación entre uno y otro no es clara, y ante la noticia de que un convoy militar se dirige a Capivarí los tres forasteros se han borrado del mapa. Hay dos fronteras que se pueden cruzar por esa zona del mundo con cierta impunidad, aunque no se pueda estar demasiado seguro en parte alguna.

La Voz no menciona el avance, llegada y posterior partida del convoy militar y los redactores, que ya no reciben directivas del Tacurú, se dedican a escribir sobre sus respectivos campos de interés. Como a ninguno le da por esas cosas de la magia sobre la que se veían obligados a escribir en otros tiempos, la repercusión del periódico va muriendo hasta desaparecer y poco a poco Capivarí recupera su calma agropecuaria.

A pesar de los contingentes militares que empiezan a atravesarla de sur a norte cada vez con mayor frecuencia. Y más tarde de norte a sur, a la vuelta de sus infructuosas aunque luctuosas cacerías.

Y Capivarí, como si nada. Eso que los allanamientos están a la orden del día. Hasta el más remoto rancho es pasado por el rastrillo y los interrogatorios son frecuentes y repetidos. Pero nadie sabe nada

—No vimos a ningún forastero, ¿quién quiere que aparezca por estas tierras peladas? Tampoco una mujer. Sí. Vimos bien las fotos. Nos las muestran a cada rato. No tenemos la menor idea. Aprieten, no más, si eso los pone contentos ¿qué le vamos a hacer? ¿qué quieren que les digamos?

—Sí, cosimos unas telas blancas. No, no eran mortajas. No, sin ningún fin político. No les pintamos inscripciones.

—No. No somos adoradores de la Muerta. No, no sabíamos que el santuario había sido decretado ilegal pero tampoco nos importa; estamos muy lejos de todo eso.

—Sí, conocemos la antigua profecía. "Correrá un río de sangre y después vendrán veinte años de paz." Y yo le pregunto ¿qué quieren decir con eso de un río de sangre? ¿Y qué clase de paz?

—No. No somos separatistas. Lo del Reino de la Laguna Negra es la broma de unos graciosos, nadie nos consultó.

—¿Votar? ¿Qué es eso?

—¿Alfredo Navoni? Recién ahora escuchamos ese nombre

—¿Umbanda? ¿Con qué se come?

—¿Una escritora? No se haga el gracioso, si las mujeres no saben escribir

Durante los interrogatorios uno perdió la lengua, otro perdió tres dedos. Ninguno perdió la paciencia. Ninguno habló.

¿Dónde habrán quedado las reliquias, se preguntaron después, si el santuario ha sido decretado ilegal? ¿Y a dónde habrá ido a parar la rebeldía, si es que les quedaba algo de eso?

¿Y el paquetito de la vieja? Te acordás, con los vestidos de novia que no nos dejó coserle a la carpa. Y bueno. Habrán ido bogando río abajo y ya estarán vistiendo a algunos de los cientos de cadáveres que según parece han tirado al río. Con la panza abierta para que no salgan a flote. O con plomo en los pies si los tiraron vivos del helicóptero. Y bueno, esos al menos murieron parados.

—Mirá vos, nos había resultado escritora la otra, la de los rulitos. ¿Saldremos en algún libro?

—Yo creo que no vamos a salir en nada. De esta no salimos más

El delirio

¿Por qué vienen a visitarme las arañas? No las convoqué a mi pirámide blanca y ahí están todas negras todas agazapadas asquerosas a un costado de la red de encajes que es mi red, tejida para mí, no es telaraña, es tela para atrapar otras monstruosidades sin sangre que no alimentan arañas. ¿Qué quieren de mí las muy peludas? Quieren saltarme encima y me clavan los ojos, los cuatro ojos, los diez ojos, los nosécuantos ojos de la araña, me miran y yo cierro mis propios bellos dos únicos ojos los que tienen su forma de ver muy personal y aunque cierro los ojos ellas siguen allí, las arañas usurpando mi tela, me miran a través de mis párpados cerrados, me escudriñan y yo aprieto y aprieto los párpados hasta que las arañas con ojos y patas y pelos y todo desaparecen pero lo que no se va, no se va para nada, son los retortijones los tirones de esta que era mi Estrella y es ahora mi vientre, algo bajo eso sí pero redondo, abultado, un vientre que me da los retortijones y sé que no es el parto, no parto todavía, me quedo por aquí y grito. No, no grito aunque quisiera y aun si nadie me escucha no grito, es el hijo que está creciendo en mí que me patea y yo tengo que asumir ese hijo en el mayor silencio. No romperlo de un grito. Este es un dolor feliz de procreación. La esencial demiurgia.

Tampoco voy a reír. Una carcajada mía puede quebrar los espejos ocultos detrás de los encajes y entonces sí aparecerán las arañas, volverán miríadas de arañas azogadas, devoradoras de hormigas y yo no quiero verlas.

Soy el único ser por aquí que puede devorar hormigas, reviento tacurús de una patada y me como las larvas. Muy blanquitas las larvas, pegaditas unas a otras como el bordado ese allí a la izquierda ¿por qué se mueve el bordado, con qué permiso me reviven las larvas? Estoy en mi pirámide, mi campo magnético, mi círculo, estoy en mi protección total y no en medio del campo desolado ¿por qué ondulan entonces los juncales, por qué se mecen? Quietos ¡me marean! quietos, les digo, hilos de mierda, babas del diablo que se van despegando y flotan en el aire, llevándose el aire, consumiéndomelo. Son los hilos con los que fueron unidos estos trapos ¿quién les autorizó a coser con babas del diablo? ¿de dónde las sacaron? Cierro los ojos y puedo concentrarme en el lento crecimiento de mi vientre, a borbotones. Crecen burbujas de aire en el casi líquido barro de mi Estrella y estallan las burbujas, desmembrándose. Si abro los ojos veo brazos y piernas colgando del vértice de mi pirámide, no son míos por eso gotean este líquido espeso sobre la cama y no puedo moverme, Estrella es como un ancla, un lastre, una bola de plomo para hundirme y el líquido me está tapando, ya me ahogo. ¡Me ahogo!

Con los ojos cerrados me ahogo más que con los ojos abiertos. Con los ojos abiertos veo una parte de la carpa donde la trama es menos densa y justo allí se me aparece la cara de la Machi que me saca la lengua y se burla de mí. Muchos se andan burlando de mí allí entre los encajes, entre los trapos blancos.

Cuando entra el Garza a alimentarme todos se esconden pero después reaparecen con más risas. No quiero pedirle al Garza que se quede conmigo que me tenga la mano. La Muerta jamás pidió una mano y ella debe de estar por ahí alentando a los fantasmas, mandándome estas visiones para formarlo a Yo. Por él tengo que aguantarlas y sorberlas, incorporarlas a mi sistema ya tan convulsionado. Yo debe ser aguerrido y temerario, desde ya debe ir acostumbrándose a encarar la realidad y también las irrealidades que de la realidad se desprenden como rebabas.

Todas estas visiones son de mi más total y absoluta pertenencia, tengo que reconocerlo. Reconocerlas. Aceptarlas. Se me aparecen unas que a su vez quieren aferrarme, a mí, para deglutirme quizá, y cada mano tiene seis dedos y se me aparece un dedo más y por fin sé: es el séptimo dedo, el séptimo sello. Sello.

¿Sé yo acaso de quién es el cadáver ése todo atado con hilos, un matambre cualquiera, y se lo están comiendo los gusanos muy blancos, el brocado de un vestido de novia? Los hilos que lo atan mueven también al esqueleto como una marioneta, Sanlamuerte, no me es del todo ajeno, todo me pertenece, el esqueleto baila y yo bailo con él al impulso de hilos muy blanquísimos, bailo y me retuerzo, los dedos me señalan, me disloco en el baile

—Divinidad, despierta, Divinidad, despierta que estás soñando y eso puede hacerte mal. Te sacudes demasiado. Se puede interrumpir la gestación.

—No se interrumpe nada de nada y vos me interrumpís el sueño, le grité al Garza pero en el fondo le agradezco. El me trae a la superficie y entonces mi pirámide aparece tan sólo tendida de cortinados blancos para nada aterradores.

El Garza ignora mi martirio, el delirio. Sólo puede amarme en la pureza, bañarme una vez más acariciándome y untándome.

—Está cada día más grandota y más bella. Se la ve enaltecida.

Con sus palabras y sus atenciones el Garza disipa el horror y entonces empiezo a echar de menos el horror. Por eso le propongo

—¿Por qué no te traés una de las guainitas más jóvenes, la montás a los pies de mi cama y la agarrás a latigazos con la cola de lagartija que tanto te gusta?

Al pobre no se le ocurre nada mejor que escandalizarse.

—¡Traer mujeres al recinto sagrado! Sería un sacrilegio.

—Bueno, calmate, calmate. Traete a uno de los prófugos que se ofrecieron para recubrir la cámara. Ahora que no tienen nada más que hacer deben de andar holgazaneando por Palacio, emborrachándose

—No, Divinidad, por favor, no toquemos a esos que son nuestros mejores aliados.

—¿Y para qué quiero aliados? No te me retobés. Elegite uno bueno, sanito, y le das con fuerza hasta que vuele la sangre. Quiero salpicar de sangre estas paredes demasiado inmaculadas. Dan resolana.

Ay, Dios mío, Diosa mía, lloriquea el Garza tirándose a mis pies, Dios mío, Dios mío —y sabe que le tengo prohibidas esas imprecaciones— yo que cuidé tanto los detalles, lloriquea y lloriquea, yo que fui personalmente a inspeccionar la carpa y que allí donde encontraba una gotita de sangre porque alguien se había pinchado el dedo les hacía recortar el pedazo y coserle uno nuevo. Yo que entregué mis ropas más limpitas —ahora tengo que venir a mancillar tanta pureza.

Y después, siempre entre mocos

—Si lo que necesitás es sangre, Divinidad, puedes hacer de mí lo que quieras. Puedes morder la mano que te da de comer, puedes morder los labios que te dan de comer y sorberme la sangre

—¡Andá a cagar!

Pero debí haberlo hecho, después de todo. Morderlo y triturarlo con los dientes. Sólo la sangre puede borrar estos monstruos que vuelven a reclamarme cuando el Garza se va y me libra a mis fantasmas.

Siete inoculaciones se le han practicado a Estrella que ya tiene el tamaño de una sandía, y el éxito de mi proyecto —debo confesármelo— me preocupa. Ahora Estrella me va marcando los días, con su volumen creciente me señala el paso del tiempo del que siempre me mantuve al margen.

Y los monstruos que se desprenden de las telas para hostigarme aprovechan la nueva sensibilidad que ha despertado en mí esta circunstancia. Y eso que son todos ellos seres de mi propia cosecha. Los reconozco, uno por uno. A aquél le hice arrancar las uñas y después le hice amputar las manos y ahora me amenaza con los muñones como si fueran puños. A aquella yo mismo le metí el ratón en la vagina para que se la fuera royendo despacito y ahora es ese hueco negro, enorme, como una boca que intenta devorarme. No grito, no me retuerzo, los contemplo reconozco y desafío. ¿Se creen que no los identifico, no los individualizo? ¿Se creen que soy tan indiferente? Aunque no puedan mostrarme los resultados sé muy bien qué castigos he andado inflingiendo, y a quienes, y recuerdo al detalle el acto de inflingir los castigos y hasta qué punto se lo merecían.

Pero ni me permiten regodearme en el recuerdo. Todo lo contrario. Es como si quisieran devolverme la atención dispensada y siento que es a mí a quien están ahora desmembrando los verdugos y soy yo quien recibe las descargas eléctricas. Todo me arde y aunque no quisiera gritar, aunque quisiera rememorar y regodearme, soy yo soy yo ardiendo en la tortura a punto de volar en mil pedazos y esta carpa se va cerrando sobre mí, encogiéndose hasta oprimirme con sus babosos trapos como helados paños blancos que triplican el ardor en lugar de calmarlo

Garza, grito, Garza, con la boca bien abierta y a todo pulmón, a riesgo de reventar los espejos y cubrirme de una lluvia de azogue y la carpa ya chiquita, chiquitita, que me hace de mortaja.

—Garza fiel y eficaz, debo comunicarte que ha llegado el momento.

—Ay, ay ay, el momento del parto ¿qué haremos? ¡qué miedo! Voy a poner agua a hervir, voy a preparar la cuna, a esterilizar el material, voy a

—¡Qué parto ni qué parto! Dejate de revolotear sin sentido. Todavía ni sé si voy a permitir el tal parto o si voy a guardar mi hijo en mí para ser más completo.

—El vientre seguirá creciendo

—Claro. *Yo* seguiremos creciendo, seré inconmensurable.

No, el momento que ha llegado es el de devolverme al mundo, debo restituirles a mis súbditos la felicidad de contemplarme. Tienes que organizarlo todo, y rápido, porque quiero que me saquen de aquí lo antes posible y me lleven a lo alto de la pirámide. Tendrán que fabricar una parihuela majestuosa para izarme hasta el tope. Pedile ayuda a los serrucheros, a los juídos, a todos los que tengas a mano. Cuando caiga la noche encenderán antorchas y me entronizarán entre almohadones. Quiero que la meseta de mi pirámide esté bien adornada porque allí reinaré hasta nuevo aviso.

—El General Durañona manda decir que el Proceso de Reorg

—¡Que no venga a interrumpirme! El único proceso es éste de generación al que me he abocado.

—Pero resulta que en Fabricaciones Milit

—Sólo hay una fabricación: la del Hijo Sublime.

—Es que se avecina un levantamie

—¡Levantamiento! Levantamiento será el mío cuando yo lo disponga, cuando me alce de pie por encima de todos.

No por encontrarme momentáneamente estacionado en mi campamento de base tienen los de fuera derecho alguno de venir a molestarme. Mi Estado Interesante requiere la más absoluta calma y estos emisarios desconsiderados vienen justo ahora a perturbarla y a hablarme de levantamiento, cuando ni levantar la cabeza puedo.

Y claro. Se aprovechan porque me encuentran a ras de tierra y fuera de mi pirámide que fue mi protección para convertirse más tarde en mi cámara de torturas.

El flojo de mi sacristán se demora más de lo necesario en la fabricación de las parihuelas. Dice que deben ser muy sólidas y bien equilibradas. Las escalinatas de mi pirámide son por demás empinadas, como corresponde al modelo azteca, y tendrán que transportarme con infinito cuidado porque yo, que suelo rebelarme ante todas las leyes, acato sin vacilación la ley de gravedad.

Asciendo sobre los hombros de mis cuatro fornidos serrucheros y me siento muy bien. La tracción a sangre humana siempre ha sido el mejor de los medios de transporte y si esto no es tracción no importa, igual cabalgo muy lentamente a lomo de hombre, soy el fardo que les pesará siempre sobre las espaldas.

Despacito, escalón por escalón, uno a uno y con esfuerzo, con voces de mando de parte del Garza que oficia de timonel. Un, dos, un, dos, van subiendo con ritmo de tortuga pero con ritmo al fin y yo me distraigo contemplándola a Estrella que viaja al descubierto y ya está enorme y brilla centelleante al sol del atardecer. Poco a poco va adquiriendo tonalidades sonrosadas y también cierta forma de vida propia.

Cuando ya están por llegar les grito a los palurdos

—Pueden llamarme Alteza. Ahora más que nunca.

Porque estoy una vez más en la cúspide, y me depositan con enorme dulzura sobre los almohadones de lo alto, bajo el templete que el Garza mandó a construir para sorprenderme. Los ropajes se me han desplazado algo más de lo necesario para lucir a la ahora gigantesca Estrella, y uno de los palurdos abre la boca para formular la idiotísima pregunta, señalando además con asombrado dedo

—¿Y eso qué es, Alteza?

—¡Hay que ser paparulo! Es mi cánula de amor, qué otra cosa. Todos la tienen por debajo del vientre; yo la tengo por encima. Soy también en esto diferente.

Me he hecho decorar el ámbito con plumas. Adornos y ramilletes de plumas de pavo real, abanicos de plumas, almohadones, un enorme penacho de las mejores aigrettes, las más finas plumas de la garza sin que nadie por acá se sienta aludido ni lo tome como asunto personal. No he desplumado a nadie aunque esto es la pura pluma y debería sentirme angelical, grácil.

Como empollando el huevo filosofal del que nacerá el Ave Fénix, mi hijo. Crece y crece el gran huevo, el orgullo debería de inundarme y lo único que me inunda de la salida a la puesta del sol, día tras día, es el tedio. Me resulta intolerable el permanecer inmóvil acá arriba con miles de ojos que me miran. Pavo real, pero no dejan de ser pavos y los ojos de las plumas me observan y me siento tornasol e inmóvil como ellos, variando tan sólo con las variaciones de la luz. Empollando bajo un dosel que me lo tapa todo, hasta el vuelo de los patos biguás que parecen buitres.

Es cierto que también me tapan el vuelo de los buitres y eso puede ser una ventaja. A los patos me gustaría verlos pasar en formación de flecha apuntando hacia el sur que es mi objetivo. Pero a los buitres, a los zopilotes, los gallinazos, los muy pelados, esos malvados volando en círculos concéntricos, haciendo de mi huevo el objetivo único, a esos sí que prefiero no verlos. Sé que están allí arriba, sobrevolando en ávidos círculos que se van cerrando sobre mi cabeza. El dosel me separa de ellos como para protegerme. ¡No quiero protecciones de trapo! Quisiera fulminarlos con la mirada, con el apoyo de la miríada de ojos de las plumas, tan fatuas ellas. Que me sirvan de algo.

¡Garza, Garza, vení a arrancar el toldo con tu pico!

—Se va a insolar, Alteza.

Con puf puf lo dice, jadeando de haber tenido que trepar a las corridas. Qué mamarracho. Y yo traduzco para mi coleto: se le va a achicharrar el huevo, piensa el muy jadeante, se le va a cocinar al sol. Y puede que hasta tenga razón, por eso permanezco en digno silencio buscándole un cambio de orientación a mis reclamos. Esto ya se está volviendo demasiado aburrido, de alguna forma tengo que empezar a provocar el desenlace.

—Mirá, sacristán, edecán, bailarina de can-can, ex can. Ahora vas a cambiar de papel. Te voy a investir de emisario y te vas a ir a la Capital a decirles que vengan.

—¿A Capivarí, Divinidad?

—¡Ma qué Capivarí! ¡No estoy jugando! Vas a ir a la verdadera Capital, al sur, y me vas a convocar a todos los adoradores de la Muerta. Van a venir con gusto porque están desocupados, me dicen que de nuevo les prohibieron el santuario. Se lo tienen merecido por pasivos. Así que vas y les decís que su verdadera Divinidad Ilustrísima, yo en persona, aquella que los convocó en un principio, está a punto de dar a luz. Aclaráles que la luz se hará por mi mediación y a través de mi cuerpo. Gracias a mí todos serán iluminados.

—A sus órdenes, su Alteza

—Pobre de vos si no. Y ahora seamos prácticos. ¿La avioneta viene como de costumbre a retirar la mercadería?

—Por supuesto, Divinidad. Ese proceso no se altera, funciona como un relojito, como el ciclo de las estaciones que acá no vemos pero que sabemos existen, allá en el sur. ¿Qué tiempo estará haciendo? ¿Qué me pongo?

—Dejate de pavadas pero te ponés algo discreto. No llamés la atención. Sobre todo que nadie te reconozca. Te vas en la avioneta cuando venga y que te deje lo más cerca posible del Santuario. Seguro que los encontrás a todos todavía allí, contritos. Les llevás la Buena Nueva y les decís que vengan a adorarme. Y que se apuren. Se aproxima el gran Advenimiento.

La anunciación (el anuncio)

Ahora yo, el Garza, el sacristán, el edecán, el ex-can ¿bailarina de can-can? convertido en mensajero de la Divinidad con alas en los pies, mejor dicho metido en esta aluda bestia mecánica, me dirijo al Santuario a cumplir con la más bella de las órdenes. Soy el ángel de la anunciación ahora, ahora soy yo la estrella que los guiará hasta el lugar del nacimiento. A mi regreso subiré a la pirámide con la cuna en brazos y me quedaré junto a la Deidad en espera del sublime instante.

—Yo le aterrizo lo más cerca posible del santuario pero no muy cerca. Esa zona está muy vigilada, va a tener que andarse con muchísimo cuidado si no quiere que lo agarren. La situación está muy tensa. Hay rumores de complot y los militares están en pie de guerra. No andan como para chistes.

Chistes, musito yo una vez en tierra firme y encaminándome hacia el Santuario. Si el imbécil del piloto supiera. Pero no tiene por qué saber nada de nada, no es a él a quien tengo que transmitir el mensaje y por eso prefiero reservarme.

El piloto habló de complot. Y claro, todo debe de estar convulsionado ante la proximidad del Magno Evento ¡qué fiesta cuando anuncie la Nueva! ¡Qué jolgorio!

Avanzo eso sí con precaución, no se trata de desatender las señales del destino, como hubiera dicho el Amo cuando era amo y no Ama. Ahora usa palabras más poéticas pero igual de precisas y aun desde lejos me conmina a cuidarme. No puedo permitirme el lujo de caer en una emboscada y hacer fracasar mi muy noble misión.

Me cuido como loco. Espero en un bosquecito la caída de la noche y avanzo en lo oscuro con mis ojos de buho. Me vuelvo nictálope para servir a la causa, me vuelvo astuto como el zorro. Avanzo en la noche con mi nueva oscuridad de lobo, tengo algo de pantera sigilosa cuando contorneo a la guardia y les paso muy cerca sin que me noten. Y una vez en tierras del Santuario espero el amanecer en una gruta del río y contengo al gallo en mí que quisiera celebrar la primera claridad largándose a cantar de alegría.

Cuando el sol ya ilumina bien el mundo salgo de mi guarida para imitarlo aportando a los fieles mi dosis de verdadera luz. Allí estará todo el pueblo esperándome y al recibir mi palabra se armarán caravanas y largas peregrinaciones que llegarán hasta la pirámide trunca del Reino de la Laguna Negra. Y en el momento preciso estallarán las bengalas. El cielo se llenará de luces. Y el pueblo entero estará para recibir al niño. Mi cuna será una barca en la que lo traeremos río abajo. Todos vendremos cantando por la costa del río hasta llegar a este punto donde haremos un alto de saludo al santuario antes de llegarnos hasta el corazón de la Capital donde nos espera la Plaza Mayor y frente a la plaza la Casa de Gobierno.

El primer asalto es el de la pregunta ¿el pueblo dónde está? Y al ser formulada, esa pregunta externaliza todo el horror y también la tremenda, lacerante decepción. ¿Dónde está el pueblo, dónde? Porque el vastísimo atrio de la Basílica ha sido totalmente devastado. Ni rastros quedan de las muchedumbres que allí se congregaron una vez, no queda ni un mísero cirio a medio consumir ni una latita aplastada de cerveza. El Garza se retuerce sin poder disimular la desilusión, la desdicha. Tampoco tiene por qué disimularlas. Allí no hay un alma que lo pueda ver, nadie. Nadie de nadie.

Cada vez más temerario y triste el Garza se va acercando hacia el centro del atrio rodeado por la vasta desolación que él soñó como mercado persa. Es como si las torres gemelas de la Basílica se le vinieran encima mientras avanza, queriendo devorarlo. Y sí, que me traguen las torres, que me trague la tierra. La que no se lo va a tragar es la basílica propiamente dicha, con sus puertas clausuradas. Infranqueables.

Todo tan muerto. En el fondo del atrio sólo está viva una tenue nubecita de polvo. Como un pompón de humo se desplaza, va y viene, a veces se eleva un poco y otras veces se condensa y oscurece.

A falta de otro estímulo el frustrado mensajero se acerca con precaución para al menos transmitirle su mensaje a la nubecita. Pero cuando ya está a pocos pasos el polvo se disipa y en medio de lo que fue la nube aparece una vieja arrugadísima con una escoba en la mano. Ha dejado de barrer por un momento y se queja

—Esto estaba hecho un chiquero, ni se imagina. Por suerte prohibieron el culto, pero ahora tengo que limpiar y limpiar para devolverlo todo al orden.

—Vieja loca. No entiende usted nada de desorden sagrado. ¿Dónde se metió todo el mundo?

—Todo el mundo soy yo, ahora ¿no ve? ¿O acaso cree que me los barrí a todos? Deben de haber vuelto a sus casas. Los que pudieron, claro. Los otros me temo que estarán tapizando el río, sirviéndole de alimento al bagre que se come cualquier porquería. Cierta tarde entró la tropa tocando a degüello y agarraron a todos los que pudieron. A muchos se los llevaron y no los volvimos a ver. Tienen esa costumbre.

—¿Y por qué tanta furia?

—Vaya una a saber. Son así. Un día prohibieron el culto de la Muerta —cruz diablo, que no me oigan mencionarla— y dieron orden de desconcentrarse. Pero no dejaron tiempo. Al ratito no más arrasaron con todo, hasta maltrataron a algunos curas. Y se llevaron todas las reliquias.

—¿Y ahora qué hacemos?

—Yo tengo que seguir barriendo

—No me preocupo por usted, vieja, me preocupo por mí

—Y bueno, siga el curso del río hasta el sitio de donde vino. Pero vaya por agua, así no lo descubren. El río es zona de muertos, no de vivos, no lo van a andar buscando por ahí. Pero ni se le ocurra meter las narices en la Capital. Ahí seguro que lo chupan.

Muy distinto es bajar en avioneta que verse obligado a remontar a remo la corriente. No por llamarse el Garza, no por ave zancuda y algo acuática le resultó menos ardua la odisea. Días y días remando bajo el sol descarado, dejándose devorar por los mosquitos, y después esas noches como suspendido de la nada: durmiendo de agotamiento en el bote varado entre las malezas de la orilla, esa protección de nido muy endeble. Hasta que cierto atardecer cuando estaba ya a punto de entregarse a la desesperación reconoció sus costas.

No fue tanto un reconocimiento del paisaje —tan idénticamente inextricable en estos últimos tramos del camino. Fue un percibir a lo lejos la actividad de los sabaleros, hombres de los pagos de él, pescadores de a caballo ¿en qué otra parte del orbe podrían haber proliferado? Sólo en estas tierras donde todo aparece invertido pero es tan por demás inteligente.

Los sabaleros arrastran sus larguísimas redes río adentro montados sobre percherones. Es decir, los caballos arrastran, ellos sólo acrobáticamente los guían poniéndose de pie sobre el lomo cuando el agua les llega a las rodillas. Y a veces —si el caballo tiene que nadar— se le agarran de la cola para no recibir patadas. Aparte de esta sutil maniobra los caballos conocen mejor que ninguno su oficio de pescadores y al alcanzar el centro de la corriente se separan para desplegar la red y después con sumo esfuerzo la arrastran río afuera.

En esta particular circunstancia el arrastre les resultó más pesado que nunca. Entre la miríada de sábalos se destacaba un hombre que había abandonado su bote para poder colarse en la redada. Ya ni fuerzas le quedaban para remar o nadar hasta la orilla.

Un hombre tostado por el sol, como un pez gigantesco, un dorado en medio de esa palpitante marea de plata, la redada de sábalos.

Dorado por sus días de navegación, entonces, recubierto de escamas plateadas como lentejuelas, el Garza se sintió una vez más ángel de la anunciación y en tierra recuperó sus fuerzas. Exigió, valiéndose de todo tipo de amenazas, que los sabaleros le entregaran el único percherón blanco que tenían y sin montura ni estribos emprendió con trote firme el camino de regreso. Galoparía a Capivarí cargando una felicidad de pies colgantes, de cara al viento, de piel dorada y estrellada. Llegaría y los juntaría, los arengaría, ese amago de pueblo, para que por fin corriesen cual rendidos leones a las plantas de la Parturienta Deidad, La Cihuacoátl Quitzali o como se diga.

Ya estarán por llegar. El Garza muy pronto me los depositará a mis pies. El pueblo como siempre bien abajo, desde muy lejos me lamerá las plantas y yo ahora puedo por fin prever la maravilla y reintegrarme a mi orgullo. Puedo volver a mi total felicidad y al abandono. Puedo regodearme en toda mi capacidad de completud: completo soy, completa, completito. Padre madre e hijo soy, y esta pasividad en la que me encuentro no es tal (¿cómo pude aburrirme?) Soy la interna revolución gestante, la más resplandeciente.

Está creciendo en mí mi fruto. Estrella ya ha sido totalmente integrada a mi persona. Soy yo por dentro y yo por fuera. Yo que crece y yo mi propio ser, mi englobamiento.

Bajo palio, sobre pirámide, estoy en todas partes y muy pronto anegaré la tierra. La sal de la vida soy por este hecho para nada simple y terriblemente deslumbrante de tener un hijo. La felicidad del hijo. Elevaremos cánticos a la gloria del hijo que es mi exclusiva gloria. Seremos inmortales, ubicuos, enceguecedores, despiadados, aciagos, temerarios. Indivisibles seremos, seré indivisible en toda mi capacidad de división. Invencible. Unico.

Con temblores de dicha voy completando mi obra hasta lograr el dominio del mundo. Dominar el mundo es la única voluptuosidad posible, el gran orgasmo cósmico. La felicidad que se siente al destruir a otros, el goce de la tortura, todo multiplicado al infinito, naciendo ahora de mí, con toda facilidad, sin tener que emprender acción alguna, desarrollándose, creciendo sin exigirme esfuerzo, tan naturalmente de mí que ya es Yo, mi propio hijo. Todo mío. Mi suma dicha. Mi arma.

Centelleante con escamas de plata montado en flete de luna voy cantándole al sol poniente la grandeza de mi destino voy. A escasas leguas de Capivarí sé de la felicidad que siento y de la que sentiré cuando se me reciba como a una aparición. De mis músculos se ha borrado el cansancio y mis brazos han olvidado el remar y sólo mis muslos están tensos y alertas para mantenerme sobre el lomo de este brioso corcel que ahora ¿por qué? se detiene de golpe y recula. Pega unos pasos de costado —corcovea, casi, por nada del mundo acepta seguir su camino. Y de golpe oigo el siseo aterrador y veo (y se me paran los pelos de punta, creo que se me caen todas las escamas, los dientes me castañetean de terror, es una corriente indefinible que pasa del caballo a mi entrepierna y me recorre el cuerpo).

Bajo esa luz sin sombras del ocaso las veo y por primera vez sé del espanto verdadero. Es el nudo de víboras, la rueda del mundo girando, apareándose, las víboras de cascabel sacudiendo sus crótalos, la de coral y sus venenos, la yarará, la víbora curiyú, todas, no alcanzo a distinguirlas, son colores que se mezclan, colas y cabezas tan iguales y todas copulando. La gran rueda de cópula girando, volteándose a los lados. La víbora, animal de dos falos. La envidiable, la envidiosa, aglutinadas en masa única, bisbiseante, y mi caballo se yergue en sus patas traseras y ya no puedo retenerme, me dejo deslizar hasta el suelo y abro la boca para que mi grito de terror me abandone por fin y me deje desinflado y sin aire.

Es una señal, a no dudarlo. La centella de víboras copulando que gira por el mundo para anunciar desgracias.

Y yo ya sin caballo, despellejándome de mi piel dorada, ya sin una escamita de adorno, sin el menor brillo, desgarrándome, debo correr y trastabillar y correr y volver a caer e incorporarme, arrastrarme como sea, apurarme como pueda porque algo muy grave debe estarle ocurriendo. Allá en la Pirámide. El ser que amo necesita de mí. Es mi deidad, mi madre. Mi todo.

Llegó por fin. Cubierto de espinas y de abrojos. Lacerado atravesó montes y páramos, recorrió tacurusales, y más muerto que vivo llegó al pie de la pirámide con los primeros resplandores, al romper el día.

Y fue como si algo más se rompiera en ese preciso instante. Hubo un estallido seco, un chorro granate se elevó en el aire, allá arriba, desprendiéndose de la cima. Y la tonante voz se dejó oír.

¡Aunque mis venas sean víboras con los dientes rojos la sangre no estará menos azotada por un viento envenenado en la unión de mis despojos!

Y después nada. Sólo un pálido eco repitiendo *despojos*.

El Garza quedó tirado al pie de la pirámide.

Arriba, en la meseta de plumas y de olanes, algo que había reventado empezó a desangrarse finito. Y una línea roja como hilera de hormigas se escurrió escalinatas abajo y un escalón tras otro fue avanzando y siguió a campo traviesa la natural pendiente de la Tierra y enfiló hacia el sur. Un hilo rojo, vivo, larguísima y delgada viborita, con la cola allá en lo alto y la cabeza marchando hacia la Capital, estirándose a un costado del río que estaba embravecido. El hilito no. Sin cambiar de espesor o de textura avanzaba raudo, a veces en meandros, con desvíos ante algún inesperado obstáculo, siempre de frente al sur. Siempre adelante. Mercurial él, sin permitir que la tierra le absorbiera ni una gota. Lento lento hacia el sur bordeando el río, como con destino propio.

En la Capital, dos que estaban sentados al sol holgazaneando en la Plaza Mayor lo vieron llegar y se asombraron.

—Mire, señaló la mujer de pelo ensortijado. Tendríamos que ir a avisarle a Alfredo. Mire, por fin se materializa el célebre río de sangre. Ahí llega. Con un poco de suerte ahora sale el presidente de la Casa de Gobierno, patina en el río de sangre, se rompe la crisma contra el cordón de la vereda y ¡oh gloria! por fin sabremos de la paz. Los veinte años de paz que promete la profecía.

El hombre de blanco sacudió la cabeza

—Lo dudo mucho. Las tiranías ya no vienen como antes. Ahora tienen piezas de repuesto. Un presidente cae y otro ya está listo para reemplazarlo. Generales no nos faltan. Además, este hilo no puede ser el tan mentado río de sangre, porque entonces en lugar de veinte años nos tocarían apenas veinte minutitos de paz.